ぼんぼん彩句

宮部みゆき

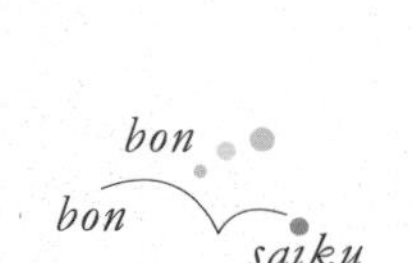

角川書店

ぼんぼん彩句　目次

装画　西村ツチカ
装丁　松岡史恵（ニジソラ）

ぼんぼん彩句

bon bon saiku

枯れ向日葵呼んで振り向く奴がいる

経路図を見もせずに、アッコは来たバスに乗った。ハローワークのすぐ近くにある、いつもは傍らを通り過ぎるだけだったバス停から、車体の横っ腹に赤い二本線の入ったバスに乗った。馴染みのない整理券・後払い方式で、前方にある料金表示パネルには二百円から千八百円までの数字が並んでいた。

九月の第一金曜日、午後二時を過ぎたばかりだった。雲は多いのに、その隙間から照りつけてくる日差しは真夏のそれだ。赤信号で停車した交差点にガソリンスタンドがあって、軽油、レギュラー、ハイオクの本日の値段の掲示の下に、現在の気温が表示されているのが見えた。三十三・二度だった。

バスは空(す)いていた。乗客はぱらぱらと散って座っている。最後列の左端に腰掛けて窓ガラスに額を押しつけると、車体の振動で頭が揺れた。エアコンが利いていて汗が引き、すぐに肌寒いほどになった。

仕事を辞めたのは二月半ばのことだ。花束をもらい、皆の笑顔と拍手で送り出してもらったあの日は霙が降っていた。外に出ると、バラとかすみ草のアレンジメントを包んだ透明なシートに氷雨があたって軽い音をたてた。タクシー乗り場まで傘をさしてきてくれた同僚が、ジューンブライドは素敵だけど梅雨時だから挙式の日も雨かもしれない、ガーデンウエディングはやめといてねと言って笑った。

うん、ちゃんと考えてるよと返してアツコも笑った。それから一ヶ月ほど後、婚約者が訪ねてきてアツコの目を見て、結婚を取りやめにしたいと言ったのだった。

車内に流れるアナウンスは女性の声だった。アツコが毎朝見ているNHKの天気予報コーナーに出てくる気象予報士の声に似ていた。本人が副業をしているのかもしれないと思うほどにそっくりだった。気象予報士はNHKの職員ではないのだろうから、副業をしても問題はあるまい。というかそもそも副業ではないのか。どちらもギャラの発生する本業なのか。

乗客は少ないのに、バスは停留所を一つも飛ばさず、いちいち停まってドアを開閉した。誰かが降りるときもあれば、誰かが乗ってくるときもある。狭い市道で対向車線のバスとすれ違うと、運転手は白手袋をはめた手をあげて挨拶を交わし合う。アツコは両手の人差し指が長く、ウエディングドレスはすぐ決まったのに、白手袋だけはなかなかぴったりするものが見つからなかった。バスの運転手もそんなことで困ったりしないのだろうか。世間のあらゆる〈白手袋をはめる職業〉の人々は、そんなことで困ったりしないのだろうか。

婚約者とは三年間交際していた。アツコが自分はきっとこの人と結婚すると感じたのは、その二年目の末のことだった。残業が終わって連絡すると、彼もちょうど日帰り出張から戻って駅に着いたところだというので、遅い夕食を一緒にとるために待ち合わせをした。行きつけのレストランで、洒落たウエイティングバーがあった。

アツコの方が着くのが遅かったので、窓ガラスの向こうにカウンターのスツールに座った彼の姿が見えた。シェリーのグラスを前に、大真面目な顔で、スツールの足かけに両足を揃えて乗せていた。一生懸命大人のふりをして丈の高いスツールにとまっている小学生の男の子のように見えた。そうしてアツコはこの人が本当に小学生の男の子だったころのことを知らないのだと気づき、この先の人生ではこの人のことを全部知りたいと思った。

それからまもなくプロポーズされて承諾した。彼もあの夜、バーカウンターのスツールで、アツコと結婚しようと考えていたのだと話してくれた。だから大真面目な顔をしていたのね。そうじゃなくて断られたらどうしようと思っていたんだ。

どちらも実家が遠いので、まずはそれぞれの両親に挨拶を済ませ、慌ただしく挙式の準備を始めた。結婚後の生活設計については真剣に話し合った。早く子供がほしい、二人はほしいよねと意見が一致すると、自然と選択肢はしぼられてきた。婚約者の仕事は激務だし転勤もあるけれど、福利厚生が手厚い。アツコはキャリア志向がなく、薄給だし、仕事も特別なスキルを要するものではなかった。彼が会社から受けられる各種手当ての恩恵に比べたら、アツコが今の会社に勤め続けることに拘る理由は見つからなかったから、寿退社しようと決めた。二人の暮らしが落ち着いたらパートを探し、妊娠出産まで働けばいいと話し合った。

何度も見かけていたはずのバスなのに、ちゃんと表示を見たことがなかった。乗ったときも確認しなかった。このバスはどこ行きなのだろう。市道から国道へ出ると、高速道路の入口を示す表示板が見えてきた。路線バスで千八百円の料金を払うと、どれぐらい遠くまで連れていってくれるのだろうか。アツコがもう戻ってこなくてもいいところまで運んでいってくれるだろうか。

婚約者の実家は南国の観光地にあって、両親は地元の食材を用いた料理屋を営んでいた。彼は次男で、兄とその妻が店を手伝っていた。大学から東京に出て名の通った企業に就職した次男坊を両親は自慢にしており、プロの技に裏打ちされた家庭料理でアツコをもてなしてくれた。兄夫婦も最初から愛想がよく、婚約者の子供時代の思い出話をたくさん聞かせてくれた。

アツコの両親への挨拶もつつがなく済んだ。顔合わせの場では、彼よりも両親の方が緊張していた。アツコの父親はすぐに彼を気に入ったようで、さかんに酒を勧めて飲ませ、自分が先に酔って潰れてしまった。アツコは一人娘なので、結婚話は嬉しいけれどやっぱり寂しいのだと、母親が目をうるませていた。

国道ではバス停の間隔が長くなった。乗客はアツコの他には三人しかおらず、そのうち二人が〈県営あおば球場西ゲート前〉というバス停で降りてしまった。バスがまた走り出すと、球場のスタンドがよく見えた。観客席に人が散らばっている。試合が行われているらしかった。

不意に次のバス停で降りて引き返し、あの野球場で試合を観ようと思った。観客席のいちばん高いところに座って、広いグラウンドを見渡してみたい。だけど次のバス停まではずいぶんと距離があり、強烈な日差しに照らされるアスファルトの歩道を眺めているうちに、歩いて引き返すのが億劫になってしまった。結局、次のバス停が近づいてもアツコは降車ボタンを押さなかった。

次の次のバス停は特急の停まる大きな駅のそばで、五、六人の乗客が乗り込んできた。ずっと一緒だった乗客は降りていった。鮮やかな空色のシャツを着た男性で、降車してゆくときにいったんこちらを向くと、ひげに白髪が交じってお腹の出っ張ったおっさんだった。背恰好がかつての上司に似ていた。

上司夫妻は、結婚披露宴にアツコ側の来賓として出席し、スピーチしてもらうことになっていた。招待状を持って婚約者と二人で自宅を訪ねたときは、夫妻だけでなく高校生の娘さんまで揃って歓待してくれた。破談が決まってアツコが一人でその報告とお詫びに伺うと、上司は婚約者の仕打ちを怒り、夫人はアツコを気遣い、話のあいだに娘さんが泣き出してしまった。

元の職場への復帰は難しかったし、それが可能だとしてもアツコが気詰まりだろうと、上司は自分の伝手で取引先や関連会社に就職の口を探してみようと言った。アツコはただ頭を下げていた。

勤めているときは、どちらかといったら煙たい上司だった。厳しいというより陰気で、何を考えているのかわからないところがあった。それはアツコだけの印象ではなく、同僚たちもそう評していた。来賓として招いたのは婚約者に諭されたからだ。入社以来ずっとお世話になってきた上司を蚊帳の外に置いてはいけない、と。

そんな気遣いのできる立派な社会人の彼は、アツコと結婚話を進めながら会社の同期の女性とも付き合い、妊娠させてしまったのでアツコとの婚約を解消して彼女と結婚しなければならないと言い出したとき、ずいぶんと凛々しい態度をとっていた。その顔つきは、何か途方もない困難を乗り越えようとしている男の顔つきだった。アツコはどこかでこういう表情を見たことがあると思ったが、なかなか思い出せなかった。

あとで自分の書棚を見て、世界で初めてエベレストの単独無酸素登頂を果たした登山家のことを書いた本だとわかった。その口絵に、氷壁にアイゼンを蹴り込む登山家の写真が載っていたのだ。その本は婚約者がアッコに面白いよと貸してくれた本だった。

それからは呆れることばかりだった。婚約者の浮気に気づかなかった自分に呆れた。同期の女性がアッコに会いに来て、彼にとってはわたしの方が本気であなたの方が浮気だとまくしたてて泣く姿に呆れた。何から何まで自分の責任だからこそ生まれてくる子供に責任をとりたいという彼の言い分に呆れた。相場の慰謝料を払う、あとは弁護士を通してくれとしか言わない婚約者の両親に呆れた。実家の両親が怒って怒りすぎ、父親は血圧が上がって寝込んでしまい、母親は泣きすぎて中耳炎になり、仕事を辞めて暇なんだから帰省して家事をやってくれと電話してきたのに呆れた。それは親心だと説教する友達の訳知り顔に呆れた。招待客へ結婚が取りやめになったことを知らせる詫び状の印刷代が、招待状のそれと同じくらい高いことに呆れた。その詫び状にそれらしい定型文があったことに呆れた。結婚話とは砂糖菓子のように壊れやすいものなのだった。

アッコはあまり泣かなかった。一人でぼうっとしていると涙が出たが、いつもすぐ乾いてしまった。交際期間に婚約者と撮った写真は、すべてフォトデータでパソコンに移して保管していたから、消去するだけで済んだ。結納の記念写真はホテルの写真室で撮ったので立派な表紙と台紙付きだったから、台所のコンロで燃やした。すごく嫌な臭いがした。

車体の横っ腹に赤い二本線の入ったバスは、国道をずんずん走り続ける。市街地を抜け、まわりの景色が変化していった。ビルやマンションが消え、生け垣や板塀を巡らせた古風で広々とした家々が目につき、田畑とビニールハウスが現れる。遠足のようだとアツコは思った。

アツコは乗り物酔いしない体質だった。遠足でバスの隣の席に座ったクラスメイトが盛大に吐いても、もらいゲロをしなかった。だからよく世話を任された。強いメンタルの小学生が、季節外れのビーチサンダルのように脱ぎ捨てられても壊れない大人の女になった。もしも同期の女と立場が逆でも、アツコは彼と別れて一人で産んで一人で育てるシングルマザーになる道を選ぶ。それがもらいゲロをしない生き方だと思った。

次のバス停で停車し、一人降りて一人乗り込んできた。貧乏な幽霊のようにズタボロになったビニールハウスの立つ、乾ききった畑のど真ん中のバス停だった。降りたのは背広姿の男性で、乗ってきたのは涼しげな麻のパンツスーツの女性だった。この畑のどこかに、政府の秘密機関の通用口があるのかもしれなかった。そういうところで働けたら面白いだろう。これから永遠に裏切られた心の傷を舐めながら生き続けるとしても、仕事をしているときは楽しく過ごせるだろう。

それから二つ先のバス停で、乗客はアツコ一人きりになった。終点まであと三つのバス停がある。アツコは降車ブザーを押さず、バス停にはバスを待つ人の姿がなく、バスは次々とバス停を無視して通過した。ＮＨＫの気象予報士の声にそっくりな女性のアナウンスは淡々と続いた。ここまでずっと、何度も何度も何度も〈降りるときはブザーを押してください〉〈ドアが開閉できないから離れて立ってください〉と繰り返してきた。録音でなかったなら、うんざりする仕事だ。昔の車掌は大変だった。畑のど真ん中にある政府の秘密機関に通勤するよりも大変だったことだろう。

いよいよ終点の案内が流れた。終点のバス停は〈いこいの丘市民公園入り口〉だった。〈丘〉という言葉に張り切ったようにバスはエンジンを唸らせて上り坂を登り始めた。しかし唸るほどの急角度ではなかった。〈丘〉でもこんなに張り切るのだから、〈山〉だったらどうなるのだろう。小学校の遠足でアッコたち児童を山へ運んでいってくれたバスはどんな音で唸っていたろうか。いつも乗り物酔いしたクラスメイトの世話ばかり焼いていたアッコは覚えていないのだった。

バスが終点に着くと、初めて運転手がマイクを使ってアナウンスをした。お忘れ物のないように降車してください、ご利用ありがとうございましたと言った。アッコは小銭を持ち合わせていなくて、五千円札を出して千八百円支払った。運転手は三千二百円のおつりを声に出して数えながら返してくれた。

いこいの丘市民公園前は円形のバスターミナルになっていた。アッコが降車したバス停のほかにも、いくつものバスの発着所があった。乗ってきたバスを振り返って正面から仰いでみると、行き先を示す表示がくるくるとスクロールして〈市立あおぞら総合病院〉行きになった。結婚が決まったすぐ後に、アッコが歯科でおやしらずを二本抜いてもらった病院だ。結婚する前におやしらずを抜いておいた方がいいというのは、実家の母のアドバイスだった。一本目のときはほとんど腫れなかったのに、二本目のときは満月のように頬が腫れた。

病院通いには地下鉄を使ったので、路線バスがあることには気づかなかった。なぁんだ、あの病院に通じるバスだったのかと思ったら、遠足気分が薄れてしまった。

日差しは暑いが、風には涼味があった。アッコはいこいの丘市民公園のなかにぶらぶらと歩いていった。入ってすぐのところに花時計があって、その前に〈睡蓮池〉〈熱帯植物園〉〈市立図書館いこいの丘市民公園分館〉への道筋を示す標識と、公園内案内図が立っていた。どこを目指して歩いても、ぐるっと一周すればここに戻ってこられるようだった。

平日の午後にしては、園内にはそこそこの数の人々がいた。芝生の広場では、何頭もの犬が飼い主と散歩していた。鞄を放り出し、フリスビーを投げて遊んでいる学生たちがいた。遊歩道沿いに転々と配置されているベンチでは、週刊誌を顔に載せて昼寝しているサラリーマンがいた。ベビーカーを押すママ友同士らしい二人連れとすれ違った。

熱帯植物園は入場料が三百円だった。華やかな蘭や珍しい蔦や、変わった形のサボテンやへんてこな食虫植物を見て回った。熱帯だけあって外よりも建物のなかの方が蒸し暑く、外に出るとアツコは自動販売機でペットボトルのミネラルウオーターを買った。水を飲みながら歩いてゆくと、また別の標識に出会った。〈太陽の世界〉と書いてある。矢印は右手の奥の方を指していた。メインの遊歩道から分かれ道が延びているのだった。

アツコはそちらに足を向けた。何が〈太陽〉なのだろう。市役所の庭に置かれている巨大なマカロニの塊みたいな金属製のオブジェが頭に浮かんだ。いつもピカピカに磨いてあり、日差しを眩しく反射している。この公園にもあの手のオブジェが展示されているのだろうか。

細い分かれ道をたどってゆくと、植え込みが途切れて開けた場所に行き着いた。その手前に、また〈太陽の世界〉の標識が立てられていた。

そこは一面の向日葵畑だった。テニスコート二面分ほどありそうな平地に、びっしりと隙間なく向日葵が植えられている。だから太陽の世界なのだった。

一本残らず、向日葵は枯れていた。首を折ってうなだれていた。向日葵の集団の大がかりな葬送のようだった。あるいは囚人の整列のようだった。勢いよく地球に侵略してきたのに、バクテリアに感染して死にかけている宇宙人の群れのようだった。

アツコはゆっくりとまばたきし、目を見開いた。

この景色は今のあたしだ。

この向日葵の一本一本が、これまでのアツコの人生の場面だ。あの日、心を打ち砕かれたアツコが過去を振り返った瞬間に、全ての思い出が立ち枯れた。ギリシア神話のゴーゴンに見つめられて石と化す哀れな犠牲者のように、生き生きと咲いていた思い出が一本残らず干からびてしまった。

やがて園内のアナウンスが聞こえてきた。熱帯植物園の閉館を知らせるアナウ

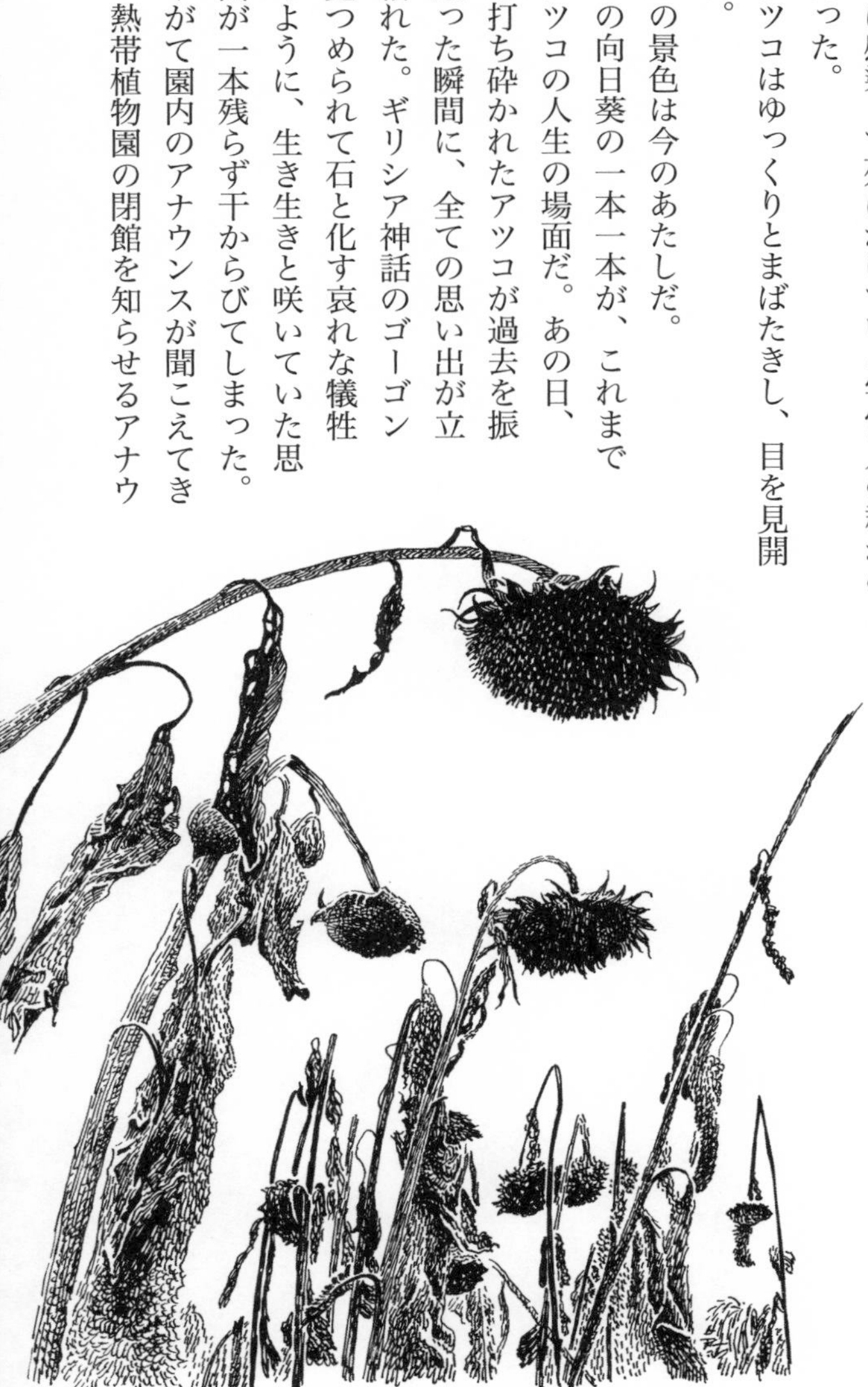

ンスだった。アッコは時間を忘れていた。我に返ると、足が棒のようだった。

目が覚めて、アッコははっきりと理解した。無数の枯れ向日葵は、ここにあったのではない。アッコが連れてきたのだ。あのバスに乗せて、みんな一緒に連れてきたのだ。

枯れ向日葵の群れに向かって、アッコは声を出した。かすれた小さな声で、自分の耳にさえよく聞き取れなかった。呼吸を整え、もう一度呼びかけてみた。

「お〜い」

アッコの声が響くと風が吹き渡り、向日葵の群れがざわついた。折れた首がいくつか上下した。息のある奴がいる。

「あたしは帰るよ」

そう言って、よろめかないよう慎重に後ずさりしてからアッコは踵を返した。歩き出すと膝の関節が軋んだ。

公園の出口を目指して歩くアッコのあとを、そろりそろりとついてくる向日葵がいる。種を落とさないように折れた首を持ち上げている。バスに乗る前に、今度はちゃんと小銭を揃えておこう。

枯れ向日葵呼んで振り向く奴がいる　よし子

鋏利し庭の鶏頭刎ね尽くす

正午過ぎ、仕事先から事務所に戻る途中で、夫の実家の前を通った。つば広の帽子の上から手ぬぐいを巻きつけ、両手に長手袋をはめるという恰好で、義母が庭いじりをしているのが見えた。縁側に置いたポータブルラジオから、NHK第一放送の「ひるのいこい」のテーマ曲が流れている。

義母はわたしの車に気づかず、わたしもスピードを緩めずに、そのまま通り過ぎた。

義母はガーデニングが趣味である。夏休みに入ったばかりのこの時期、庭には日々草やアマリリスが咲いている。けっこうな広さのあるこの庭は、夫が子供のころは駐車場兼農具置き場だったのだそうだ。二十年ほど前、夫の実家が農業をやめ、義父が駅前の繁華街で居酒屋を営むようになってから、義母が少しずつ庭造りを始めて、今のような美しい眺めをつくりあげた。

八年前、わたしが夫に連れられて初めてこの家を訪ねたのは四月の半ばで、庭には芝桜と沈丁花が咲いていた。その美しい景色とかぐわしい香りに、当時は頭のなかにも花を咲かせていたわたしは、義母の手入れしている花々がわたしたちの幸せな結婚を祝福してくれているような気がして、胸がいっぱいになったものだ。

それは悲しい勘違いだった。

夫とわたしは、夫の友人の紹介で知り合った。夫は地元の機械メーカーのサラリーマン。当時のわたしは、今も勤めている事務所で時間給の事務員として働きながら、司法書士の資格を得るために勉強していた。

当時も今も、夫は真面目でおとなしい人だ。骨惜しみせずに働き、めったにグチもこぼさない。お酒は付き合い程度で、ギャンブルは嫌い。あまり身の回りにかまわず、もさっとしている。付き合い始めてすぐに、彼が生まれてこのかた理容室にも美容院にも行ったことがなく、髪は母親にカットしてもらっていると聞いて、正直わたしはちょっと引いてしまい、これからは少しお洒落をしてよと勧めた。一緒に買物に行き、よさそうな理容室を見つけて連れて行ったりもした。

交際二年で結婚し、一年足らずで息子を授かった。わたしが育児に気をとられているうちに、夫はまた身の回りにかまわなくなり、義母に髪のカットを頼むようになった。それっきり、二度と理容室に行くことはなかった。

たったそれだけのことだけれど、わたしたちの結婚生活の齟齬が、ここによく表れていると思う。

代々の家業だった農業については、そもそも義父は継ぎたくなかったそうで、やめるときに揉めることはなかった。宅地開発が進んでいるところなので農地もすぐ買い手がついたし、義父の念願だった居酒屋の経営も順調だから、問題はない。親戚筋にはうるさい年配者もいたようだが、今ではみんな鬼籍に入っている。義父母は好きなように暮らし、人生を楽しんでいる。

いわゆる嫁いびりをされたことはない。いびってやろうというほどに、義父母はわたしに関心を持っていないのだ。孫であるわたしたちの一人息子についても、疎んじることはないが可愛がってもくれない。

夫にはずっと好きな女の子がいて、義父母も、夫の二歳下の妹――わたしにとっては小姑である義妹も、その女の子と夫が結婚することを望んでいたなんて、わたしには知るよしもなかった。結婚前も結婚後も、夫の家族との付き合いのなかで、わたしがその女の子の名前をちゃんと耳にすることはなかったし、いまだに写真さえ見せられたことがない。

それは夫の一家四人だけの秘密だった。わたしにはその一端を窺わせる必要などない夢と理想だ。わたしと息子は、それを打ち消す身も蓋もない現実でしかない。

それならなぜ、夫はその女の子と付き合い、結婚しなかったのか。

答えは簡単だ。彼女は十五歳のときに交通事故で亡くなっているからである。


今日はみっちゃんの月命日だ。

みっちゃんはミモザの花が好きだった。うちの庭にもお母さんが植えているけれど、あれは春の花だから、この季節にはみっちゃんに供えることができない。

今朝、庭からアマリリスを何本か伐ってもらって、お店に行く前に、みっちゃんのうちを訪ねた。みっちゃんのお母さんは、今も自宅で書道教室をしている。夏休みなので午前中から生徒たちが来るから、邪魔にならないよう朝のうちに行ったのだけれど、ちょっと早すぎたのか、みっちゃんのお母さんはまだ寝ぼけたような顔をして玄関に出てきた。

「秋美(あきみ)さんは、毎朝こんな早くにお店に出るの？」

「ランチタイムの定食の仕込みがありますから」

「そう。お店は評判がよくて、このあいだテレビで取り上げられたんですってね」

「ケーブルテレビだから、大したことありませんよ」

みっちゃんのうちにはちゃんとした仏間があって、立派な仏壇が据えてある。そこにアマリリスを供えて手を合わせ、麦茶をいただいて、みっちゃんのお母さんと少しおしゃべりをした。

「おうちの皆さんはお変わりないですか」

「はい、みんな元気です」

「智之(ともゆき)君の子供さんも大きくなったでしょう。今年から学校だったかしら」

お兄ちゃんの子にはお正月しか会わないので、あたしはよく知らない。人見知りな子で、可愛げもないのだ。今年の元日にうちへ来たときも、ずっと義姉の背中に隠れていて、ろくに口もきかなかった。

お兄ちゃんがみっちゃんと結婚して、可愛い子供ができていたなら、あたしもいい叔母さんになれたはずだった。みっちゃんが死んでしまって、いろんな夢が全部壊れた。

義姉は司法書士で、県内でも指折りの大きな事務所で働いている。お兄ちゃんがいなくたってちっとも困らないんだろうに、どうして早く離婚しないんだろう。そもそもお兄ちゃんも、どうしてあんな女と結婚したのか気が知れない。

話を逸らしたかったから、あたしは仏壇の写真に目をやった。

みっちゃんのお母さんは、みっちゃんの遺影のほかに、いろいろなスナップ写真を小さな額に入れて、仏壇のなかに飾っている。写真はときどき入れ替わる。

「これ、四年生の遠足のときですよね」

バスで郊外のキャンプ地へ行き、飯ごうでご飯を炊いて、大鍋でカレーを作ってみんなで食べた。この写真はみっちゃんのところだけトリミングしてあるけれど、隣にはお兄ちゃんが写っているはずだ。うちのアルバムにも同じ写真が貼ってある。

「そうなの。楽しそうな顔してるわよね」

おしゃべりしているうちに、みっちゃんのお父さんが仏間に顔を出した。あたしが挨拶すると、朝刊を手に持ったままどこかに行ってしまった。

「それじゃ、うちもこれから朝ご飯にするのでね。お参りしてくれてありがとう」

みっちゃんのお母さんに玄関まで見送ってもらい、あたしは自転車をこいでお父さんの店に出勤した。お父さんはまだ寝ていたので、一人で掃除に取りかかった。

あたしとみっちゃんは、幼稚園のときからの仲良しだった。みっちゃんはあたしを妹みたいに可愛がってくれたし、あたしもみっちゃんが姉さんだといいなあと思っていた。

「いつか智之がみっちゃんと結婚すれば、あんたたちは本当の姉妹になるよ」

うちのお母さんも、もう思い出せないくらい昔からそう言ってたんだ。

なのに、酔っ払い運転のバカ男のせいで、みっちゃんは死んでしまった。今年で十九年目になる。あたしは一日だってみっちゃんのことを忘れた日はないし、お兄ちゃんもそうだ。命日や月命日はいっそう辛い。床のモップがけをしているうちに、涙が出てきた。

職場の上司が薄気味悪い。

わたしは今年の春に市内の商業高校を卒業し、地元でいちばん大きな機械メーカーに就職した。うちの会社の一般事務職の新卒採用枠はごく小さい。わたしは幸運だった。

三ヵ月間の研修が終わって財務会計課に配属され、今はまだ仕事を覚えるのに精一杯だ。うちの先輩は母と同年代のすごいお局さんだけれど、それくらい歳が離れている方がかえって気楽で、わりとうまくいっている。工学系の男っぽい会社だから、上司もみんな女子社員には優しくて、その点でもこの会社に入れて本当によかったと思っている。

ただ、直属の野方次長だけは感じがよくない。というか積極的に気持ち悪い。

この人、三十半ばの妻子持ちなのに、事務机の上に昔の同級生の写真を飾っているんだ。セーラー服を着た女の子が笑っている写真なので、てっきり次長の妹さんなんだろうと思っていた。歳が離れてる妹だから可愛いのかな、こんなぼさっとした人だけどシスコンなのかなって、それも何か笑っちゃう感じで思ってたんだけど、ついこのあいだ、給湯室で三時のお茶の支度をしているとき、

「まあ、取り越し苦労かもしれないけど、ちょっと忠告しておくわね」

そう前置きして、先輩がこっそり教えてくれたんだ。

「次長の机の上に飾ってあるのはね、高校生のときに事故で亡くなった幼なじみの同級生の写真なのよ」

「え！　妹さんじゃないんですか？」

「うん。妹もいるけどね。もっと歳がいってる」

「だって野方次長って結婚してますよね。お子さんもいるんでしょ。このあいだ課長と、運動会がどうとか話してましたけど」

「いるよ。一昨年（おととし）、創立五十周年の謝恩パーティのとき、奥さんと一緒に来てたけど、お行儀がよくて、奥さんそっくりの可愛い男の子よ」

　先輩は給湯室の出入口をちょっと気にしてから、早口で囁いた。

「だけど野方さんは、亡くなった幼なじみのことを忘れられないらしくてね。ずっとあの写真を大事にしてるのよ。平（ひら）だったころはロッカーに隠してたんだけど、役付になったら堂々と机に飾るようになっちゃって」

　前の課長は私物の持ち込みにうるさい人で、いっぺん野方次長に注意したことがあった。家族想いなのはけっこうだが、写真は自宅に飾りなさいと。そしたら次長が急にキレちゃって、「これは大事なものだ」「部下のプライバシーに口を出すな」って言い返して、大騒ぎになったんだって。

「その騒ぎで、誰の写真かわかったのよ。まあ、前々から知ってて黙ってる人もいたんだけど」

　うわぁ。信じられない。

「次長はああいう……ちょっと何考えてるかわからないヒトだけど、仕事はちゃんとしているし、ほかには問題とか起こしたことはないからね」

その一件のあと、前の課長は定例の人事異動でいなくなり、今の課長はいろんな点で事なかれ主義なので、写真はそのまんまになった。事情を知っているまわりの人たちは、見て見ないふりを続けているそうだ。

「だからあなたも知らん顔しててね。こっちから何か言わない限り、次長の方から写真の話をしてくることはないから」

「わかりました。でも、そのこと奥さんは知ってるんでしょうか」

「知ってるみたいよ」

先輩の声がいっそう低くなる。

「次長のお父さんが、駅のそばで居酒屋をやってるの。安くて美味しいって、常連になってるうちの社員が何人もいるのよ。そのへんから噂が入ってくるんだけど、夫婦仲はもう完全に冷え切ってるらしいわ」

わたしはすぐに思った。「子供さんが可哀想ですね」

「ねえ。でも、どうしようもないみたいよ。亡くなった幼なじみとは家族ぐるみで仲良くしてたんで、次長のご両親も、いまだに残念がっているんだって」

本当は幼なじみがうちに嫁に来ていたはずだったのに、と。

「何ですかそれ。ひっどい！」

写真で見る限り、次長の幼なじみは確かにとっても可愛い女の子だけど、亡くなってどれだけ経ってンだって話よ。

「ひどいよねえ。このあいだ課長と運動会の話をしてたのも、あなたよく聞いてた？　課長の下のお子さんが次長の息子さんと同じ小学校だから、もうすぐ運動会だなって話を振ったのに、次長はそのこと知らなかったのよ」

マジで目が点になる話だ。フッー、奥さんとうまくいかなくたって、子供は可愛いもんじゃないの？

「ちょっと意味わからないです。そんなに幼なじみを忘れられないなら、最初から結婚しなけりゃよかったのに。子供までつくってて、何ですかその態度」

「死に別れは、未練が残るものらしいからねえ」

先輩はしょっぱそうな顔をして言った。

「昔から、生き別れの後妻になっても死に別れの後妻にはなるなって言うじゃないの。あたしもね、それで諦めた縁談があったの。ホントいい人で、好き合ってたんだけど、うちの親が承知しなくてねえ」

以下は先輩のグチだったので、省略。

ともかく、野方次長はひどい。奥さんも早く別れちゃえばいいのに。

もう半年以上、嫁にも孫にも会っていない。

やっぱり、お正月に言い合いしたのを引きずってるんだろうか。たかが一枚の絵のことで、あんなに口を尖らせて文句を言うなんて、知花(ともか)さんが大人げなかったのに。こっちには悪気はないんだし、いい加減で慣れてくれてもいいだろうに。

年末は三十日まで仕事だったそうで、大掃除が終わらないうちに元日になってしまったと言っていたけれど、身ぎれいにしていたから、美容院には行ったんだろう。満流もこざっぱりした恰好をしていた。知花さんは自分の稼ぎがいいから、贅沢をさせてるんじゃなかろうか。そういうのは、男の子にはいい躾にならない。あたしだって、ひとこと言ってやりたいのを我慢してきた。

秋美がみっちゃんの思い出話をしたがるのは、あの子にとってはみっちゃんと仲良くしていた時代がいちばん幸せで、みっちゃんが亡くなってからはちっともいいことがないからだ。楽しいことばかりだった昔が懐かしいのはしょうがないじゃないか。

秋美はいまだに独身だから、結婚して子育て中の地元の友達とは話が合わなくなっているし、会う機会もない。夫の店で働くようになって、アルバイトを転々としなくなったことだけはよかった。商売なんかしたこともない旦那だから、反対したし心配だったけどさ、秋美のためにも、旦那のやりたいようにさせてやってよかったんだ。

みっちゃんを亡くしたショックで、秋美は学校にいかなくなり、うちに閉じこもるようになった。結局、高校にも行かなかったのは、やっぱりまずかったと思う。あのころもっと厳しくして、引っぱたいてでも立ち直らせておけば……。今さら後悔してもしょうがないんだけど。

茶の間に掛けてあったあの鶏頭の油絵は、みっちゃんの形見だ。描きあげる前に事故に遭ってしまったから完成していない。それでも、秋美が滝口さんにお願いしてもらってきた。みっちゃんは絵が好きで、生きていたら美大に進んでいたかもしれない。滝口さんは奥さんが書道家だし、そういう才能がある血筋なんだろう。お金持ちだし。秋美はそういうところにも憧れていて、みっちゃんが全てになっていたんだろう。

うちは細々とビニールハウスをやっているだけの農家で、土地を手放した今の方が、生活がずっと楽になったくらいだ。あたしも気ままに庭いじりできるのが嬉しい。ビニールハウスはきつかった。旦那もあたしも農業は嫌いなのに、なんでか農家に生まれてしまって、跡継ぎにされて、損ばっかりだった。

あたしらの苦労や秋美の不幸に比べたら、知花さんはお嬢さん育ちで楽してきたくせして、この程度のことに、どうしていちいち尖るんだろう。嫁の立場なんだから、ちょっとぐらい我慢することがあったってしょうがないのに。

「いつもいつも亡くなった方の話ばかりされて、わたしにはわかりませんし、何かにつけて比べられているようで不愉快です」

あんな居丈高な言い方をすることはないじゃないか。秋美が怒るのも当たり前だ。智之も、自分の女房なんだから、もっと強く叱ればいいのに。

智之が知花さんを連れてきて結婚するって言ったときから、正直あたしは気に入らなかった。見るからに勝ち気そうな女だったし、父親は転勤族で、たまたまこの土地に居着いただけの、しょせんは他所者だからね。

みっちゃんがいなくなってしまった以上、そりゃあ智之だっていつかは誰かと結婚しなくちゃならないのはわかってたさ。それでも、もう少し気の優しい女だっていたろうに。秋美は、みっちゃんに似てる女だったら、その方が生理的にイヤだって言ってたけど、知花さんは見かけも性格もまるっきり正反対すぎるじゃないか。

せめて孫が女の子だったら、みっちゃんの分まで可愛がれたのに。あたしらは跡取りに拘るような昔の人間じゃない。知花さんにそっくりな男の子じゃつまらないよ。

智之もだらしなくなったもんで、

「知花が嫌がるから、鶏頭の絵は俺が預かっとくよ」

なんて言ってさ。外して持っていったけど、どこにしまいこんだんだろう。まさか捨ててはいないだろうけど……。

そうだ。今年は庭に鶏頭を植えよう。秋になったら、みっちゃんの絵と同じように、真っ赤な鶏頭の花がびっしり咲くようにしてやろう。秋美も喜ぶだろうし、少しは気が晴れる。知花さんも、本物の花には文句の言いようがないだろうしね。


今日は本当に驚いた。

智之君の奥さんに、まさかこんな形で会うことになるとは。

「突然お訪ねして、失礼は重々承知しております。申し訳ありませんが、どうしても滝口さんにお目にかかり、教えていただきたいことがありまして」

きちんとスーツを着て、使い込んだ大きな革のバッグを持っていた。どこかに勤めているんだ、智之君のところは共働きなんだなと思ったら、司法書士だとは。

名刺を出しながら、落ち着いた口調で話してくれた。

「今は野方知花ですが、これから離婚の手続きに入りますので、すぐ旧姓に戻る予定です。子供はわたしが引き取って、今はこちらの市内に住んでいる両親も一緒に、東京へ帰るつもりでいるんです」

知花さんのご両親はもともと東京の方で、こちらには、彼女が高校生のとき、お父さんの転勤で移ってきて、そのまま住みついたのだそうだ。

「父がこちらの支社長になって落ち着き、わたしも地元の大学に進んだので、ずっと暮らしてきました。この町の雰囲気は今でも好きなのですが、もう未練はありません」

わたしは智之君の結婚式に招待されなかったし（そもそも結婚式を挙げたかどうかも知らない）、何かしら野方家から挨拶があったわけでもない。知花さんとは初対面なのに、いきなり離婚の話をされて、目を白黒するばかりだった。どうしよう、この人も秋美さんみたいだったらちょっと困る――

でも、幸いなことに知花さんは常識人だった。わたしの困惑をちゃんとわかっていて、しきりと謝罪しながら、順を追って話してくれた。

智之君とはこの町で知り合い、その実直な人柄に惹かれて、知花さんは結婚した。

「最初のころは、何も気づかなかったんです。自分の方に貯金がないから、結婚式は挙げられない、親族顔合わせの食事会で我慢してくれと頭を下げられたときも、見栄を張らない正直な人だと思いました」

結婚して最初の夏休み、つまりお盆だ。智之君の実家へ二人で行き、家事を手伝ったりするうちに、知花さんには不審に思えるやりとりが始まった。

「夫も、野方の両親も義妹も、しきりと〈みっちゃん〉という人の話をするんです」

お盆だからみっちゃんも帰ってくる。みっちゃんの好きなマスカットを買ってきた。みっちゃんがお祭りに浴衣を着たときの写真を出しておこう——

「あんまり懐かしそうに話しているので、わたしが知らされていないだけで、夫には亡くなった姉か妹がいるのかと思いました」

そこまで聞いただけで、わたしには事情が呑み込めてきた。

「それ、うちの娘のことです」と、わたしは言った。

「名前はみちると申します。智之君の同級生でね。あのころは今ほど人口が多くなかったから、子供も少なくて。幼稚園も小学校も中学校も、みんな同じところへ行ったから」

同級生になった。ただそれだけの話だ。

「高校一年の六月に、通学の途中で飲酒運転の車にはねられて、娘は亡くなったんですけれども」

高校は智之君とは別々だった。妹の秋美さんは、みちるが受かった高校を目指すと言っていたけれど、不登校になって、受験さえしなかったようだ。

「うちとしては、親のわたしも娘本人も、それほど野方さんと親密だった覚えはありません。でも、あちらの受け止め方は違っているようで。特に秋美さんがね。みちるを惜しんで、懐かしんでくださる気持ちは有り難いのですが、なんだか時間を止めてしまっているようで、申し訳ないような心配なような」

知花さんは身を乗り出してきた。

「やっぱり、滝口さんのおうちでは、それくらいの認識だったんですね」

やっ、やっぱりと言う語気が荒い。食いついてくるようだ。

「智之さんとみちるさんが付き合っていたとか、将来的には結婚を約束していたとか、そんな事実はないんですね？」

まさか。わたしは強く否定した。

「ありません。ただの同級生ですよ。高校に入ってから、娘は気になる男の子ができたと話していましたし、智之君とは何もありませんでした」

わたしたちは仲良し母娘で、いつも夫にうるさがられるほどよくおしゃべりをしていた。娘の気持ちなら、わたしがいちばんよく知っていた。

「でも、野方の家ではそういうことになっているんです」

知花さんは言って、真っ直ぐにわたしの目を見た。怖いほど真剣な眼差しだ。

「夫も義母も義妹も、今でもみちるさんのことばかり考えているんです。折々に思い出を語り合い、みっちゃんならああしたろう、こうしたろうと、楽しそうにさえずっています。わたしや息子の前でも、本当はみっちゃんの花嫁姿を見たかった、みっちゃんの子供なら可愛かっただろうなんて、平気で言うくらいですよ」

まあ、何てこと。

わたしは言葉に詰まってしまった。

娘を失った悲しみに、わたしたち夫婦は長いこと打ちひしがれて、立ち直ることができなかった。夫婦仲も危うくなり、夫が家を出ていた時期もあったほどだ。わたしも、友人たちに励まされて書道教室を続け、弟子や生徒さんたちに囲まれる日々を送っていなかったら、どこかで気力が尽きて、みちるの後を追っていたんじゃないかと思う。

夫とわたしにとって、亡き娘の思い出はかけがえのない宝物だ。夫婦二人でそれを大切に守ることで、どうにかこうにか支え合って生きてきた。親戚ですらない赤の他人をかまっている余裕などなかったから、たまに妙な噂を耳にしても、それで忠告してくれる人がいても、深くは気にとめなかった。

——野方さんの家では、今でもみっちゃんみっちゃんって、みちるちゃんの話をしてるみたいよ。

——そんなに仲良かったっけ？　特にあの妹さん、引きこもりみたいになっちゃったし、ちょっと変な感じがする。

みちるを悼み、懐かしがってくれるのは有り難い。気味悪がったり、迷惑に感じたりするのは失礼だ。そう思って、右から左に流すようにしてきた。

確かに、秋美さんには、わたしも応対に困るときがある。夫は、こちらから招いてもいないのに、あの子がみちるの七回忌にお寺さんまで押しかけてきたときから、はっきりと嫌がるようになった。秋美さんが来ても、挨拶さえ返さずに引っ込んでしまう。

それでも、智之君の妻である知花さんにまでそんな影響が及んでいたとは夢にも思わなかった。

「確かに、あの妹さんはちょっと変わった女の子ですわね」

うろたえながら、わたしは言ってみた。すると知花さんの顔に、初めてくっきりと怒気が浮かんだ。

「もう〈女の子〉という歳じゃありませんが、ええ、ちょっとどころかすごく変わっています。どうしようもないですよ」

歯ぎしりするように言って、続けた。

「義父は、まだまともなんだろうと思います」

だから妻子の言動に呆れ果て、諦めてしまっているのではないか、と言う。

「居酒屋を始めてからは、夜も店の方に泊まって、事実上別居していますので」

でも義妹は駄目です——と、いやいやをするように首を振った。

「完全に幻想のなかに住んでいます。義母もそんな娘が哀れで、義妹の幻想に付き合っているうちに染まってしまったんでしょう」

知花さんの声音のなかには、怒りと同じくらいの痛みがあった。低温火傷のように、日常生活のなかで少しずつ圧をかけられ続けてきたことで生じた傷の痛みだ。

「だけど、智之君はね、みちるの思い出に憑かれたままだったなら、あなたと結婚することも、お子さんをもうけることもなかったんじゃありませんか」

少しでも宥めたくて、わたしは問いかけた。知花さんはコーヒーテーブルの天板を睨んでいる。

静かに息をついて、自分を落ち着かせようとしているようだ。

「夫は」

おっと。とても言いづらそうに発音した。

「智之さんの胸の内は、ずうっと、わたしにもわかりませんでした。うちで三人でいるときは、ごく普通の人なんです。家事もよく分担してくれますし、子煩悩なパパに見えるときもあるくらいで」

なのに、実家に帰ると〈みっちゃん〉の思い出に憑かれてしまう。

「それでも、滝口さんがおっしゃるように、わたしと一応は恋愛し、家庭を持ったのですから、義母や義妹ほど重症ではないと思ってはいました。過去はどうあれ、少なくともわたしと結婚してからは、ちゃんと現実と向き合っていて、実家では調子を合わせているだけなんだろうと」

でも、そうじゃなかったんです。知花さんの口もとが悲痛にひくひくする。

「もしかしたら、智之さんがいちばん重症なのかもしれません。想いを内側に閉じ込めている分だけ、こじれてしまって」

涙が浮かんできて、目尻が光る。

「この夏、彼はわたしにも子供にも、仕事が忙しくて夏休みがとれないと言ったんです」

急に話が変わり、わたしは当惑した。黙って聞いているしかない。

「世間がお盆休みに入っても、智之さんは毎日出勤して行きました。スーツを着てネクタイを締めて、鞄を提げて家を出て、夜になると帰宅する。でも、そんなの嘘だった。会社はちゃんとお盆休みになっていました」

智之君は、妻子と暮らす家を出ると実家へ立ち寄り、そこで着替えて、

「あちこち出かけていたんです。義妹が一緒のこともあったらしくて」

「いったいどこへ？」

わたしの問いに、知花さんは顔を上げた。涙が一滴、頬を伝った。

「みちるさんのお墓参りと、彼女との思い出がある場所です」

同級生として、遠足や校外学習、修学旅行に行ったところ。

わたしは、仏壇に飾ってある写真を思い出した。大鍋でカレーを作った。ハイキングした。楽しかった。

「事務所の同僚が、郊外のサービスエリアでたまたま夫を見かけて、わたしと子供が一緒にいなかったので、お恥ずかしい話ですが、浮気を疑ってくれたのです」

——こんなことを言うのはよくないかもしれないけど、旦那さんの行動を調べてみた方がいいんじゃないか？

「わたしは、調べるよりもストレートに尋ねてみようと思いました。うすうす、真相の見当がついていたんです。どうせ〈みっちゃん〉に決まっていると」

智之君は、バツが悪そうな顔をしたが、隠し立てせずに答えたそうだ。

——お盆だから、みっちゃんのことで頭がいっぱいになっちゃってさ。秋美もしょんぼりしてて可哀想だったし。

「そんな仕打ちをされても、わたしもバカで、まだ迷っていました」

これから夫婦として、家族として年月を重ねてゆけば、智之君も変わっていくのではないか。いつか死者の思い出を振り切って、妻と子供に目を向けてくれるのではないか、と。

「でも、そんな望みはありません。最初から無理な話だったとわかってしまいました」

秋の日はつるべ落としだ。知花さんと向き合っている客間は、窓の向こうにかすかな茜色の光が残っているだけで、薄暗くなってきた。明かりをつけなくてはと思いつつも、わたしは動くことができなかった。

「一昨日、学校で保護者会があって、わたしも仕事を抜けて参加したんですが」

知花さんは産休をとっただけで働いていたから、子供さんは保育園に通っていた。仕事が忙しかったので、いわゆるママ友もいなかった。

「小学校で初めて、ママ友付き合いを始めました。地元の人と、外から移ってきた人が半々ぐらいですが、わたしが親しくなったママさんは地元生まれで、智之さんやみちるさんと同じ小中学校に通ったそうです。旧姓を宮崎さんという女性ですが、お心当たりがおありですか」

わたしはかぶりを振った。「みちるのお友達だった人でしょうか」

「そうです。クラスメイトだったから、お通夜にもお葬式にも来たそうですよ。だから見て、覚えていたんです」

何を？

「お嬢さんのお名前は、ひらがなで〈みちる〉ですよね」

またぞろ食いつくような問いかけに、わたしはたじろいでしまう。

「え？　はい、そうですよ」

「戒名のなかにもそのお名前を入れて、漢字にしてありませんか。満流と」

知花さんが流した涙は、さっきの一滴だけだった。今はもう乾いた目をしている。

「確かに、その二文字が入っています」

「うちの子も、同じ字を書くんです」

読みは〈みつる〉だ。でも漢字では、満ちて流れると書くのだという。

「わたしが妊娠したとき、智之さんは、子供が男の子でも女の子でもその名前にすると言い張りました。読みを〈みちる〉か〈みつる〉にするだけで、この漢字の二文字はどうしても譲れない、と」

――僕の子供には、この名前をつけるんだ。ずっと前から決めていたんだよ。

「野方家の人たちは、わたしの前ではみちるさんの名前を呼んだことがありません。いつも〈みっちゃん〉でした。でも、わたしだってそう広くもないこの町のコミュニティの一員ですから、滝口さんのお嬢さんが〈みちる〉さんだということぐらい知っていました」

でも、ひらがなだ。満流なんていう、難しい当て字ではない。〈みちる〉と〈みつる〉。同じ名前ではない。

「だから、夫の言い分を容れてそう命名したんです」

だがそれは、亡くなった滝口みちるの戒名からとった文字だった。

「ママ友さんは、名簿でうちの子の名前を見た瞬間に気づいたそうです。事が事だけに、言うに言われずに黙っていたけれど」

知花さんは、怒りを堪えるように目を閉じた。瞼がかすかに震えている。

「彼女は、野方の義母や義妹のふるまいを噂で聞いて知っていて、以前から心配してくれていたんです。そのうえに、盆休みの出来事があって、わたしが漠然とながら離婚を考え始めて、相談めいたことを漏らしたものですから」

――そういうことなら、もう黙っているのはかえってよくないね。ミツル君に一生ついてまわる名前のことだから、話しておく。

「一昨日の保護者会のあと、このことを教えてくれました」

わたしは限界です。知花さんは平坦な口調で言った。

「怒りより、悲しくてたまりません。夫にとっては、わたしも息子も、なんていうか……当たり障りなく世渡りしていくための道具みたいなものに過ぎないんでしょう」

結婚はしないとまずいだろう。結婚すれば子供もできるもんだ。まあ、それで世間的には問題なしで、いいじゃないか。

心は、別のところにあっても。

「別れます。きっぱり縁を切って、息子にも二度と会わせません。名前は、いつかきちんと改名できるように、今後は〈満〉の一文字で通そうと思っています」

言葉が見つからず、わたしは何度もうなずいてみせるしかなかった。

「いきなりこんな話を持ち込んで、申し訳ありません」

知花さんは半身を折って頭を下げた。

「もう一つだけ教えてください。野方の家には、義妹が滝口さんからいただいたという鶏頭の油絵があるんです。みちるさんの作品だと聞いていますが、本当でしょうか」

鶏頭の油絵。ああ、あれか。わたしも思い出した。

「はい。描きかけだったんですが、秋美さんに、娘の手の動きが残っているように感じられるから手元に置きたいと何度も頼まれたので、差し上げました」

実際には、頼まれたというよりも、しつこくねだられたのだ。だから記憶に残っている。夫は当時既に、野方さんの娘は少しおかしいんじゃないかと言っていた。わたしは、みちるを亡くして悲しんでいる友達に、すげないことはできないと思ってしまったのだけれど。

テーブルの下で、知花さんは拳を握りしめたようだった。

「野方の家では、リビングの目立つところにあの絵を飾っていました。そしてみちるさんの話をするんです。わたしも聞き流してきたんですが、今年のお正月に、何だか急に我慢できなくなって文句を言ったら、義妹と言い合いになってしまって」

——みっちゃんの思い出に、あんたなんかがケチつけないでよ！

「その場では夫がわたしの肩を持ってくれて、絵を外してくれました。でもね」

知花さんはくちびるを引っ張るようにして笑った。痛々しい苦笑だ。

「あとでわかったんですけど、よりによって会社に持って行って飾ろうとしたんですよ」

大切なみっちゃんの形見だから。

「もちろん駄目だと断られて、今はどこかにしまいこんであるようです。もう、どうでもいいですけど」

吹っ切るような溜息をひとつ。それで知花さんの力が抜けた。本当に、もうどうでもいいのだ。

わたしは胸がつぶれそうだった。何を言っても慰めにならず、言い訳がましくなってしまいそうだ。うちが言い訳しなくてはならない理由はないのに、そう感じてしまう。

あの絵の思い出。みちるがあれを描きながら、わたしに話してくれたこと。

「――娘は、鶏頭の花が嫌いだったんです」

わたしが言うと、知花さんは大きく目を瞠(みは)った。こんなきちんとしたきれいな女性でなければ、「目を剝いた」と言いたいくらいに。

「名前のとおり、鶏みたいに見えますでしょう。花の色は深紅ですから、なおさら気味が悪いと申しまして」

「でも、絵に描いて……」

「みちるはあのとき、怖いものの絵を描こうとしていたんです。自分が不気味だと思う素材を描いてみる、と」

言葉を切って、わたしは息を詰めた。

なぜだろう。知花さんの顔に喜色が広がってゆく。

「そうなんですか。いいことを伺いました」

力強く、そう言った。

「野方の家には、お別れに、一つぐらい意趣返しをしたいと思っていたんです。本当にいいことを教えていただきました」

そうして、知花さんは帰っていった。その後ろ姿には、場違いなたとえだけれど、立ち合いに赴く武士のような毅然とした風情があった。


お母さん、ちょっと来て、早く早く来てよ。

庭が大変！

鋏利し庭の鶏頭刎ね尽くす　　薄露

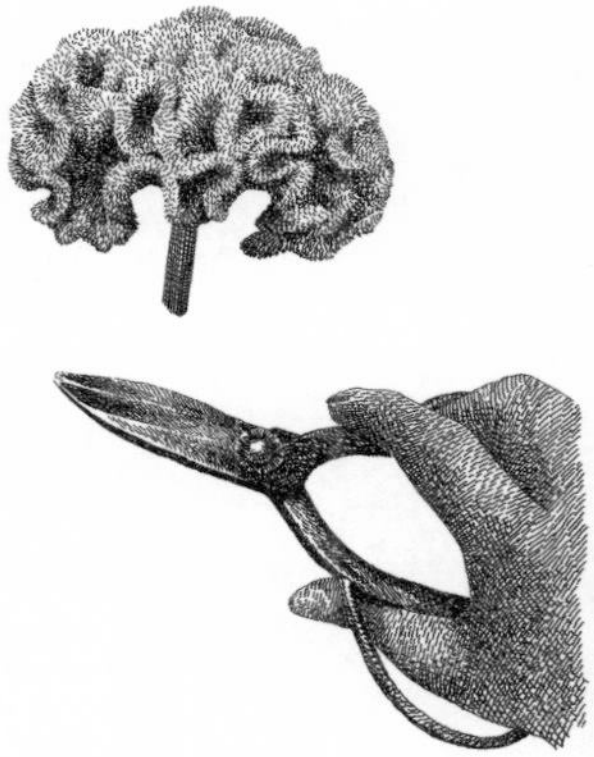

プレゼントコートマフラームートンブーツ

巻山任（まきやまあたる）、埼玉県生まれ。十歳と三ヶ月で身長一三四センチ、体重三〇キロ。好きな食べ物はリンゴとチーズとお父さん特製のオムライスカレー。嫌いな食べ物はセロリ。好きなスポーツは水泳。一年ぐらい前から、『名探偵ヒムラ君』シリーズを妹の茜（あかね）に読み聞かせてあげることと、フエルトを使った動物のぬいぐるみ作りにハマっている。

今年のクリスマス前、そんなアタル君の身に、小さな出会いのハプニングが起きた。


アタル君とアカネちゃんの両親は看護師をしている。お母さんが働いているのは大きな大学病院の内科病棟で、お父さんは個人経営の整形外科クリニックに勤めている。お母さんは夜勤も休日出勤もあるけれど、お父さんは平日の日勤が主（おも）なので、巻山家の家事の一等航海士兼機関長はお父さんだ。お母さんは二等航海士、アタル君とアカネちゃんは甲板員である。ちなみに船長はお祖母（ばあ）ちゃんだ。お母さんのお母さんで、アタル君たち一家四人が住んでいる築八年のマンション、南向き、間取りは４ＬＤＫ＋Ｓの持ち主。本人は、五年前にお祖父（じい）ちゃんが亡くなってから、伊豆にあるリゾートホテルみたいな有料老人ホームで暮らしている。

さて、二学期も終わり間近の十二月十八日、アタル君が通っている小学校の四年Ａ組は、インフルエンザで学級閉鎖になってしまった。二十七人のクラスで、十二人も欠席者がいたのだから無理もない。元気に登校していた残り十五人は歓声をあげた。やったぜ！

だけど担任の先生には、きっちりシメられた。皆さんは自宅学習になったんです。遊んでいいわけではありません。ふらふら出歩いてはいけません。わかりましたね？

クラスメイトのなかには家族の迎えを待っている子もいたけれど、アタル君は家が近いし、誰かが迎えに来られるはずもないので、似たような立場の友達と二人でさっさと下校した。友達とは同じ通信学習プログラムに入っているので、専用タブレットでやりとりしようと約束して、マンションの前で別れた。

空気は冷え切っているものの、よく晴れた明るい日で、風もない。普通のお休みだったなら、友達と自転車で出かけられるのに……と、残念な気持ちになった。学級閉鎖って、ワクワクするのは学校を出るときまでだなあ。

お父さんとお母さんは仕事、アカネちゃんは保育園。家のなかは静まりかえっており、アタル君が玄関で運動靴を脱いでいると、リビングの置時計がオルゴールの音色で午前十時を報せた。

学校からは連絡メールが送られているだろうけれど、お父さんもお母さんも勤務時間中は私物のスマホに触れない。少なくともあと二時間は、アタル君が一人で自宅にいることを、誰も知らないわけだ。

何か、それってぞくぞくする。『ヒムラ君』のなかにも、こんな話がなかったっけ。殺人事件の被害者が、どうして一人ぼっちで「いるはずのない場所」にいたのか、調べても調べてもわからなくて、さすがのヒムラ君も手こずるというストーリーだった。

アタル君は手を洗いうがいをして、冷蔵庫から牛乳パックを取り出し、マグカップに入れて電子レンジで温めた。南向きのリビングルームにはいっぱいに冬の陽があたっている。そのせいか、一人ぼっちでもぜんぜん寂しい感じがしない。

宿題があるけれど、それよりも先にやりたいことがある。牛乳を飲み干すと、アタル君はもう一度ていねいに手を洗ってから、リビングの並びにある小部屋のドアを開けた。

四畳半くらいの広さのこの板の間は、マンション販売時の間取り図では〈サービスルーム〉になっている。〈+S〉だ。お祖父ちゃんとお祖母ちゃんは納戸に使っていたらしい。それを、お祖母ちゃんからここを譲り受けたとき、お父さんとお母さんが相談して「趣味の部屋」にリフォームした。お母さんの趣味は水彩画を描くこと。お父さんの趣味はいろいろあるけど、ざっくりまとめるならハンドメイドで、今はアタル君と二人でフェルトのぬいぐるみを作ることに熱中している。

というわけで、部屋の真ん中に工具や道具をしまう棚を据えて仕切りにして、右側はお母さんのスペース、左側はお父さんのスペースになっている。今、お父さんの作業机の上には、製作中のぬいぐるみとその材料を収めた紙箱と、持ち運びできるハンドルがついた大きめの裁縫箱が置いてある。針やハサミを出しっぱなしにしておいて、アカネちゃんが怪我をしたら怖いので、お父さんもアタル君もすごく気をつけて整理整頓しているのだ。無造作に積んであるように見える段ボール箱や紙箱も、アカネちゃんが開けられないように工夫をしてある。

この一年ほどで、お父さんとアタル君は四つの作品をこしらえた。そもそもはお父さんがユーチューブでフェルトのぬいぐるみ作りの動画を見つけ、興味を持ったのが始まりだ。最初のうちは、フェルトで動物の毛並みの質感を表せるようになるまで、二人で一生懸命にちくちくやった。形のあるぬいぐるみにチャレンジするまで、けっこうな練習期間が必要だった。そして、ようやく作りあげた第一作はアタル君の手のひらに載るサイズの三毛猫で、今もリビングの棚に飾ってある。二つ目はアカネちゃんのリクエストで、映画『ズートピア』の主人公のウサギを作った。これもサイズは小さく、アカネちゃんの机に飾ってある。ただ、はっきり言って映画のキャラにはぜんぜん似てないので、ディズニーさんに怒られる心配はないと思う。

三つ目は、お母さんがその二つを写真に撮って親しい人に見せたら、すぐ評判になって、ちょうどそのころ愛犬を亡くしたばかりのお母さんの先輩の看護師さんに頼まれて、ダックスフントを作ることになった。その愛犬の写真を何枚も送ってもらい、ペットを亡くして悲しんでいる人の心を慰めるためだから、お父さんもアタル君もかなりの責任を感じて、三ヶ月ぐらいかけた。結果は上々で、材料費とお礼のお手紙と豪華なお菓子の詰め合わせをいただいた。

それから、十月のお祖母ちゃんの誕生日プレゼントとして、リクエストに応えてハムスターの一家を作った。この四番目の作品では、フェルトのぬいぐるみだけでなく、ハムちゃん一家の住まいとなるカゴとそのなかの踏み車やエサ入れなども工夫した。

出来上がった作品は、

「パッと見には本物に見える！」

とお母さんが声をあげたくらいの完成度で、お祖母ちゃんはホームで自慢しているそうな。

そして今、お母さんのクリスマスプレゼントにするために、お父さんとアタル君が製作中なのが、リスのぬいぐるみだった。ただのリスではない。幸運のリスだ。

このマンションには広い中庭があり、花壇や植え込みも充実していて、ちょっとした公園よりも緑が豊富だ。マンションと同じ時期に造られた人工の緑地だけれど、管理棟の脇に立っている銀杏の大木だけは、昔からこの場所にある生え抜きの緑だった。造成のときにも伐り倒されずに残されたのは、土地神様が宿る尊い古木だからだとか。

そしてこの銀杏の大木には、稀にリスが現れるという。この町は宅地化されてからの歴史が長いし、近辺に山や森があるわけでもない。だから野生のリスではなく、どこかでペットとして飼われていたものが逃げ出したのだろうけれど、それにしては妙に長生きなのがおかしい。だって、最初の目撃から優に半世紀は経っている。つがいのリスで、折々に仔が生まれて、代替わりしながら棲みついているのだとしたら、姿を見せるのがいつも一匹だけだというのも腑に落ちない。

そんな次第で、いつの間にか、このリスはただの小動物ではなく、銀杏の大木の精霊なのだという説がまことしやかに唱えられるようになった。さらに、リスの姿を目にした人には良いことがある、幸せになれるというオマケまでくっついてきた。

アタル君一家も、お祖母ちゃんから、このリスにまつわるお話を聞かされていた。残念ながら、今まで誰もリスを目撃したことはない。小さな動物が大好きなお母さんは、別に幸運が欲しいわけではなくて、ただただ可愛いリスを間近に見てみたいと、引っ越してきたときからずうっと願っている。

なので、アタル君とお父さんは、お母さんのクリスマスプレゼントに、リスのフェルトのぬいぐるみを作ることにしたのだ。

お祖母ちゃんのハムスター一家を完成させると、すぐ段取りを始めた。お父さんはもちろんアタル君も、最初に三毛猫をこしらえたときと比べたら、格段にスキルが上がっている。リスは順調に作製が進み、クリスマスイブまであと一週間を切った今、ほとんど完成している。あとは、目のところに筆ペンで瞳を描き込むだけだ。

ただ、この「目入れ」がホントに難しい。ここで失敗すると、ぬいぐるみ全体の愛らしさが変わってしまうのだ。お人形の持つその不思議なバランスには、アタル君も何度も目を瞠(みは)り、感動した。目は心の窓であり、そこに宿る光は命の灯火の輝きなのだ(なぁんて難しい言葉は、アタル君の考えではない。ヒムラ君の台詞からの引用です)。

今週、お母さんは明後日の金曜日が夜勤なので、アカネちゃんを寝かしつけてから、アタル君とお父さんで神聖な目入れの儀式をやろう——という約束になっている。それまでは、お母さんにこのぬいぐるみを気づかれないよう、アカネちゃんに見つけられないよう、プチプチシートにくるんで大事にしまいこんである。

アタル君は趣味の部屋のお父さんスペースに入ると、二つ並べてある作業用のスツールの片方にお尻を乗せて、紙箱を留め付けているリングキーを外し、そうっと蓋を開けた。プチプチシートのメンディングテープを剝がし、シートをくるくるほどいてゆく。すぐに、背丈が一五センチジャストのリスのぬいぐるみが現れた。

「リスさん、ただいま」

アタル君は笑顔で挨拶をした。こうして毎日話しかけていると、まだ目の入っていないリスさんの顔にも、表情のようなものが浮かんでくるような気がする。それはこちらの勝手な思い込みかもしれないけれど、全然かまわない。このリスさんだけでなく、アタル君は作製中のぬいぐるみに話しかけるのが好きだった。

「あと二日、待っててね。ぱっちりした目を描いてあげるからね。お父さんの方が上手だけど、ボクもちょっとだけ筆ペンを持たせてもらうからね」

完成したリスさんを見たら、お母さんはどんな顔をするだろう。きっと大喜びしてくれるだろう。名前はどうするかなあ。お祖母ちゃんのハムスター一家は、みんなでたくさんアイデアを出したのに、ホームの所長さんの案だった「マツロウ」「タケミ」「ウメコ」になってしまった。松竹梅なんだって。古くさいじゃないか。

リスさんを優しく包み込んでいると、手のひらに汗がにじんでくる。フェルト製の躰に汗が染みないよう、アタル君はリスさんをプチプチシートの上におろして、慎重に包み直した。紙箱の中に戻して蓋を閉め、リングキーを指でつまんだそのとき、玄関のインターフォンが鳴った。

ピンポン。アタル君はリングキーを作業机に置いて、趣味部屋を出た。カメラ付きインターフォンのモニターは、キッチンカウンターの横の壁についている。アタル君のおでこの高さだ。だから、アタル君が一人で留守番していてモニターを覗くときのために、すぐそばに折りたたみ式の脚立を置いてある。

ピンポン、ピンポ〜ン。アタル君が脚立を広げているあいだにも、インターフォンはせっかちに鳴る。アタル君はその場で玄関の方を向き、思わず「はぁい！」と返事をしてしまった。すると、それが聞こえたのか聞こえなかったのか、ピンポンピンポンピンポンピンポンの連打が始まった。

何だよ、これ。アタル君は耳の穴に指を突っ込んだ。玄関まで走っていって、うるさいですよ！　と言ってやりたい。だけど、お父さんとお母さんからいつも注意されている。インターフォンが鳴ったら、必ずモニターを覗いて相手を確かめてからでなければ、ドアを開けてはいけない。顔馴染みの宅配便のおじさんや、管理人さん、お隣のタナカさんとミヤケさん、下の階のモリシタさんのおばさん以外の人だったら、知らん顔をしていていい。大きな声で呼ばれたり、ドアをどんどん叩かれたりしたら、インターフォンのボタン列のいちばん右、赤い緊急ボタンを押して、管理人さんに報せること。

アタル君は脚立に乗った。両目がモニターの高さに届いた。それと同時に、バンバンバン！平手で玄関のドアを叩く音。そして、

「マキヤマさん？　ここ、マキヤマタツヤさんの実家ですよね？　あたし、ツダアヤミっていいます。突然ですみませんけど、開けてくださ〜い」

若い女の人の声だった。甘みのある、よく通る声だ。そしてモニターに映っているのも、何歳くらいかわからないが、間違いなくお母さんよりは若そうな女の人の顔だ。眉がくっきりしてて、鼻が細くて、口が大きめ。明るい栗色のショートカットの髪はふわりとカールしていて、首元に

はチェックのマフラー。女の人の立ち位置の加減か、どアップで映っている。

ピンポンピンポンピンぽ〜ん！

「すみません、マキヤマさ〜ん、あたし、タツヤさんと婚約してた女ですぅ」

えええぇ？

アタル君のうちは確かに「マキヤマさん」だ。でも「タツヤ」って名前の人はいない。お父さんは「カツオ」だし、ナゴヤに住んでいる伯父さんは「ミキオ」で、伯父さんの一人息子は「シヨウゴ」だ。アタル君のこの従兄は大学生で、今は一年間の語学留学でカナダのバンクーバーにいる。ショウ兄ちゃんが婚約したなんて、聞いたことないよ。

「マキヤマさ〜ん！」

さらにバンバンバン！

「アヤミって女のこと、タツヤさんから聞いてるでしょ？　お手間はとらせませんから、開けてくださ〜い」

アヤミって誰だ？　お母さんの名前はサナエだし、お祖母ちゃんはトモコだ。

えっと、何も聞いてないんですけど、あなた誰ですか。アタル君はモニターを見つめる。すると、アヤミと名乗る女の人がその場で身動きして、モニターのなかで後ろに下がった。肩を上下させ、しょっている荷物——大きな紙袋かな——をよいしょと持ち上げ直すと、荷物の中身もよいしょと揺さぶられて、モニターに映った。

けっこうな大きさのぬいぐるみだった。上下逆さまに突っ込まれているらしく、紙袋からはみ出して上下に跳ねたのは、キャラメル色の二本の脚。長靴型の足の裏には、肉球を表す丸いものが縫い付けられている。

アタル君は脚立から飛び降りて、玄関に走った。チェーンロックを外し、ピッキング防止用のカバーがついた鍵をくるりと回して、ドアを押し開ける。

十センチくらい開けたところで、外にいたアヤミという女が、隙間に足を突っ込んできた。チョコレートブラウンのムートンブーツ。だいぶ履き込んでいるのか、ヘタれた感じがする。

「ああ、重たい！」

アヤミは躰でぐりぐりドアを開けながら、沓脱ぎに入り込んできた。彼女自身は小柄だけど、オフホワイトのダウンジャケットを着込んでいて、郵便屋さんみたいなショルダーバッグを幼稚園掛けして背中に回し、右肩には大判のカレンダーぐらいのサイズの紙袋をかけ、左手にはそれより一回り小ぶりな紙袋を三種類、持ち手のところをぎゅっと結び合わせて一つに束ねて提げている。どの紙袋にも荷物が詰め込んであって、おかげで全体としてアヤミは体格の三倍ぐらいのボリュームになっていて、だからマンションの狭い沓脱ぎに入ってくるのは大仕事だった。

「に、に、に、荷物」

アタル君はつっかえてしまった。

「こっちに、置いてください。あああ、お母さんの絵が」

おっこちる！　と叫びきる前に、アヤミの肩の大判の紙袋の角が、腰の高さの下駄箱の上にミニチュアのイーゼルに立てかけて飾ってあるお母さんの「今月のハガキ絵」をなぎ払ってしまった。もちろん、クリスマスツリーの絵だ。

「あ、ごめんなさい！」

　廊下の方まで吹っ飛ばされて落ちたイーゼルはバラバラになり、ハガキ絵はアタル君の鼻先をかすめて飛んでいった。アヤミはそれをつかもうと手を伸ばし、とっさに三つの紙袋を放り出してしまったので、それがどさりとアタル君の足の上に乗った。

「わ！　ごめんねごめんねごめんね！」

　アヤミは紙袋をつかもうとして、おろおろする。泡を食っているので無駄に躰をひねり、右肩の大判の紙袋が下駄箱の扉にあたってやかましい音を立てた。気の毒な逆立ちぬいぐるみの脚が、ばいんばいんと揺さぶられる。

「あの、えっと、じっとして、ください」

　アタル君もハガキ絵みたいに飛ばされるか、押しつぶされそうだ。

「ちょっと、ストップ！」

　アタル君が両手を突っ張ってアヤミを押しやると、彼女の右肩から大判の紙袋が落ちて、足元で横倒しになった。ようやく脱走できる！　という感じで、茶色い二本足の本体が転がり出てきた。アタル君の身長の三分の一ぐらいはあるテディベアだ。

　やっぱりクマさんだった。アヤミのムートンブーツよりは新しい。毛に艶が残っている。

　アタル君は大急ぎでテディベアを拾い上げた。すると、横倒しになった大判の紙袋の中から、クリーニング屋さんのビニール袋にきちんと収められた衣類がいくつか滑り出てきた。見れば、まだまだ同じような衣類が詰め込まれている。

何だろう、このヒト。一人で引っ越しでもしてるのかな？

訝るアタル君の目と、アヤミの目が合った。

「君、タツヤの弟？」

アヤミは、なんか煙たそうな顔をして問いかけてきた。アタル君が答える前に、

「まさか、タツヤの隠し子じゃないよね」

と続けて、いっそう目を細くした。

「うちはマキヤマさんですけど」と、アタル君は言った。「タツヤってヒトはいません。お姉さんはどちらさまですか」

その問いかけに、アヤミは固まった。引っ越し中というか、夜逃げの途中というか、はたまた大胆不敵な大量万引き犯行中というか、紙袋に詰め込まれた荷物と溢れ出した荷物が散乱する中で、下唇を噛みしめる。

「ここは中央区のダイヤマンション佐久良(さくら)の四〇三号室よね？」

アタル君は喉をごくりとさせた。「中央区のダイヤマンション柵川(さくがわ)の四〇三号室です」

い、いい、
さくらじゃなくて、さ、く、が、わ。

「中央区にはダイヤマンションが三つありますけど、佐久良なんてところはないです」

入居するとき、管理会社の人が教えてくれた。その三つのうちでも、ここ柵川がいちばん人気の物件なんですよ！

強く嚙みしめたせいで白くなったくちびるを動かして、アヤミが小さく訊いた。「あとの二つはなんていうの？」

「ダイヤマンション倉町とダイヤマンション三番町です」

くらまち、さんばんちょう。アヤミは声を出さずに復唱し、

「それじゃあたしは、さくらとさくがわを聞き間違えたのね」

アタル君は黙っていた。アヤミは鼻からフンと息を吐き、

「それとも、タツヤが嘘をついたのか」

あのクソ野郎、引きちぎってやる、と低く唸った。

アタル君はテディベアを抱え直して、アヤミに差し出した。

「これ、横浜の山下公園のそばのおもちゃ屋さんが出してるオリジナルのテディベアに似てます」

アヤミは目をぱちくりした。「え？」

「すごい人気があるから、注文しても一年ぐらい待たないとならないんです。べつにとんでもなく可愛いとかじゃないんだけど、詰め物が特別で、だっこした感じがムチムチしてるんだって」

アヤミは、怪しむような手付きでテディベアに触った。丸っこい腕をぎゅっと握る。

「これが？」

「ううん、これはムチムチしてないから、真似っこしただけのものですね。でも顔がのんきなおじさんぽくて、いい味ですね」

アヤミはくっきりした眉をひそめて、アタル君の顔を見た。次の瞬間には、ぷっと吹き出した。

その息にハッカの匂いがした。

「笑ったりしてごめん。君、面白いね。ぬいぐるみに詳しいの？」

アタル君はほっとして、テディベアを軽く抱きしめた。「ボクもぬいぐるみを作るから、いろんな作品を見て勉強してるんです」

そのとき、またインターフォンが鳴った。ピンポンの残響が消えないうちに、ドアが開いて管理人さんの顔が覗いた。

「アタル君！」

管理人さんは怖い顔をしていた。

「大丈夫かい？　何か、不審な女がドアを叩いてるって通報があって――」

管理人さんの険しい眼差しに、アヤミは首を縮めた。

「すみません。不審者はあたしです」

アタル君はテディベアを持ち上げて、管理人さんに向かってぺこりとさせた。


ツダアヤミは、一昨年（おととし）の秋にマキヤマタツヤと知り合い、付き合い始めてすぐ一緒に住むようになり、結婚を約束した。で、つい先月末にその婚約を解消した。タツヤが一方的に別れを告げ、出て行ってしまったのだ。

「ほかに女がいるってことは、ちょっと前から気がついてたし」

アヤミはうつむいて、こぼすようにそう言った。

「あたしも引き留める気はなかったの。だけど、だいぶお金を貸してたから。それは返してもらいたくって」

共通の知り合いに頼み、どうにか連絡をつけて返済を迫ったら、金のことなら実家の両親に言ってくれと、ダイヤマンション佐久良の住所を伝えてきたのだそうな。

「実家まで行くのなら、タツヤがくれたものを全部まとめてご両親に引き取ってもらおうと思って」

こんな大荷物を運んできたのだった。

アヤミと管理人さんは、管理棟のロビーにある来客用スペースに座っていた。丸いコーヒーテーブルとスツールの組み合わせが二組と、ローテーブルと三人掛けのソファとオットマンの組み合わせが一組。観葉植物も飾ってあり、部分的にステンドグラスになっている全面ガラスがお洒落だ。その向こうには、あの銀杏の大木がすらりと立っている。

アヤミの大荷物は、ローテーブルの上に積み上げてある。彼女はオットマンに、管理人さんはスツールに、アタル君はテディベアと並んでソファに座っていた。管理人さんには、アタル君は来なくていいよと言われたのだけれど、聞こえないふりをしてついてきてしまった。だって気になるじゃないか。

ただ、アヤミの打ち明け話の細かいところは、アタル君にはよくわからない。結婚するつもりだったマキヤマタツヤと別れたので、彼からもらったプレゼントを返しにきたのだ——というくらいの理解だ。まあ、大筋はそれで正しい。

「要らなくなったプレゼントなら、捨てりゃいいでしょうに」

管理人さんは腕組みをして、むっつりと言った。アタル君のお父さんとお母さんは、管理人さんのことを、こっそり「悪役さん」と呼んでいる。昔のドラマでよく悪役を演じていた役者さんにそっくりなんだって。

「だって、もったいないでしょ」と、アヤミがくちびるを尖らせる。

「じゃあ、リサイクルショップに売るとか」

「お金にするのはイヤなんですよ。もともと、タツヤがこれを買ったお金の出所は、あたしのお財布だから」

「はあ？　それならなおさら――」

「だけど、それじゃ惨めだもん」

「でもあんた、彼氏に貸した金は取り立てようと思ってるんでしょう」

「それとこれとは別なんですよ」

このやりとりは、アタル君には理解できない。読者諸賢のなかにも、「わかるわかる」向きと「わかんない」向きがあるでしょう。

アヤミはローテーブルに積み上げた大荷物をちらりと見ると、「このなかには、タツヤがお客さんだったころにくれた、純粋なプレゼントも混じってるし」

あと五、六年も経てば、この発言で、アヤミの仕事がどんな関係のものなのか、アタル君にもすぐにピンとくるだろう。今はまだ無理だ。

「まあ、あんたの気持ちはどうあれ」管理人さんは言って、太い鼻息を吐いた。「お訪ねのマキヤマさんはマキヤマ違いで、タツヤって男の両親はこのマンションにいませんよ」

アタル君の家は「巻山」で、タツヤという男の名字は「牧山」と書くらしい。

「そうみたいですね」

「荷物を持ってお引き取りください」

「もう、こんな重たいのイヤになっちゃう」

アヤミは泣きべそ顔になり、口を尖らせる。「こちらで引き取ってもらえませんか。これだけ大きなマンションだもの、住んでる人も何百人もいるでしょ。お好きなものをご自由に持ってってくださいって、ここに広げておけば、すぐ片付くんじゃないかしら」

管理人さんは目を剝いた。「そんなことはできないよ」

「なんで？　売りつけるんじゃなくて、無料(ただ)でいいのに」

「服とか靴とかアクセサリーとか、そこそこ値段がするものもあるんでしょう。無料なんて非常識だ」

アタル君のお母さんの言いつけに、「お友達から無料でものをもらってはいけない」というものがある。「けじめがないから」と、お母さんは言う。管理人さんもそう言いたいのかな。テディベアの丸っこい腕をぷにぷにしながら、アタル君は思う。

「じゃあ、安い値段をつけて売ればいい？　百円とか、高くても五百円とか」

「他所でやってください」

「二、三時間でいいから、ここを貸して。売り上げは……ほら、あれに寄付しますから」

管理人室の出入口脇のカウンターには、「盲導犬基金」の募金箱が置いてある。アヤミはそれを指さした。

「私の一存じゃ決められない。少なくとも、管理組合の理事長のお許しがないと」

「どうやったら許可をもらえますか。あたしがお願いに行けばいい？」

アヤミの粘り勝ちで、管理人さんは理事長に連絡を取り、十分ぐらいで理事長さんがロビーまでやって来た。髪は真っ白、いつも手編みのチョッキを着て杖を突いているお爺さんで、昔は地区の商工会議所の偉いヒトだったとか。

「どれどれ、どういう事情だね？」

管理人さんの説明と、アヤミのお願いをざっと聞き終えると、理事長さんは笑った。

「まあ、特別バザーだと思えばいいだろう。時間は午後三時までで、売れ残ったものはあなたが回収してくださいよ」

「はい。ありがとうございます！」

そこまで話がまとまったところで、理事長さんはアタル君に笑いかけてきた。「こんにちは、アタル君。学級閉鎖だって？　うちの孫が羨ましがっていたよ」

そういえば理事長さんちの孫は、同じ小学校の六年生だった。アタル君はテディベアと一緒にぺこりとおじぎをした。

「場所を貸す以上は、寄付金を多くもらえた方がいい。管理人さん、入居者用の掲示板で、特別バザーのお知らせを流してくださいよ」

　こうして、アヤミはにわかバザーを開くことになった。商品を広げるとき、管理人さんにはまた、「アタル君はもういいよ」と言われたけれど、アヤミが、

「この子、おもちゃに詳しいんですよ。ぬいぐるみや人形がいくつかあるから、見てもらいたいの」と引き留めてくれた。

　あいにく、ほかのぬいぐるみやソフトビニール人形は、クレーンゲームやガチャで取れるようなありふれたもので、アタル君はちっとも惹かれなかった。それらはサイズだけで十円、五十円、百円と値付けした。テディベアには三百円を付けた。

　衣類もアクセサリーも、アタル君の目で見ても、管理人さんが警戒するほど値段の高いものはなさそうだった。衣類のなかには、元値は高いけれど、さんざん着て洗濯を繰り返したり、逆にちゃんと手入れしなくてシミや毛玉だらけになったりして、価値が下がってしまったものもありそうだった。ほとんどが百円か二百円、二枚ずつあるコートとワンピースが五百円。

　百円ぐらいならアタル君のお小遣いでも買える。マフラーがいいかな。ハンカチもけっこうある。でも、レースの縁取りがあるやつばっかりだ。お母さんはタオル地かガーゼのハンカチでないと役に立たないって言ってた。

　掲示板――ここの入居者専用ＳＮＳの効き目か、ロビーに人がぽつぽつ集まってきた。アタル君は、顔見知りのおばさんやおじさんに、「学級閉鎖になったんです」と説明して疲れてしまう前に、うちに帰った。お腹が空いていたので、インスタントのスープをお湯で溶いて、ロールパ

ンを食べた。アヤミさんはお昼ご飯をどうするのかな、と思った。

宿題を済ませ、今晩アカネちゃんに読み聞かせてあげる『ヒムラ君』のエピソードを下読みしながら、リビングのパソコンでＳＮＳ掲示板を見ていたら、二時半過ぎに、「特別バザー　完売間近でまもなく終了します」という一文が表示された。

急いで管理棟まで行ってみる。ロビーの来客スペースに広げた荷物はあらかた消えていて、アヤミが住人のおばさんと立ち話をしていた。そのおばさんは、腕にコートを掛けていた。黒い革のコートで、大きな襟が目立つデザインだった。

「合皮ですから、雨に濡れても平気です。袖のシミはワインのせいなの。ごめんなさい」

アヤミの説明に、おばさんはうんうんとうなずいて、「これくらい平気よ。ほとんど新品みたいなのに、五百円なんて悪いわ」

ニコニコしながら引き揚げて行った。

「あら、アタル君。見て見て、よく売れたでしょ」

空になった紙袋をたたみながら、アヤミも嬉しそうだった。

「締めて五千三百円よ」

「すごいですね」

「あのテディベアも売れちゃった。妹さんのおみやげにと思ったんだけど、ホントによかったの？」

値付けをしているとき、これはアタル君にプレゼントすると言われたのだけど、遠慮したのだ。

「クマさんは、いつか自分で作ります」

アタル君の言葉に、アヤミは思い出したみたいに明るい目をした。

「そうだったね。うんと可愛いのを作って」

片付けを終えると、アヤミは管理人室に声をかけた。管理人さんが出てきて、彼女が五千三百円を募金箱に投入するのを見守った。

「理事長さんが両替してくれたの。ホント、何から何まで親切にしていただいて」

「これに懲りて、もう他人様に迷惑をかけないようにしてくださいよ」

「はい。肝に銘じておきます」

アヤミはアタル君のところに戻ってくると、「手伝ってもらったから、飲み物ぐらいご馳走させてよ。何がいい?」

ロビーの端には、紙カップ式の飲料の自動販売機があるのだ。

「じゃあ、ココア」

「りょーかい!」

彼女もホットココアにした。二人で並んでソファに腰掛け、甘い飲み物を味わいながら、全面ガラスの向こう側に傾いていく十二月のお陽さまを仰いだ。

「……あたしがアタル君ぐらいのときにね」

独り言のように、アヤミは語った。

「父親が大きな白い犬のぬいぐるみを買ってきてくれたの。うちの父親は酒飲みで、酔っ払うと、ヘンなおみやげを買ってくるクセがあったんだ」

だからアヤミの母親はいつも怒っていたし、アヤミも呆れていたのだけれど、大きな白い犬のぬいぐるみのときだけは、嬉しくてたまらなかった。

「その夜から一緒に寝たの。うちはペットなんか飼う余裕なかったから、あたしにとってはそのぬいぐるみが大事なペットで、いちばんの親友だった」

それまで親友がいなかったから、さ。

「でもね、半年ぐらいして、うちの両親は離婚することになっちゃった。ていうか、母親の方があたしを連れて父親のもとから逃げ出したもんだから、着替えとランドセルぐらいしか持ち出せなくって」

大きな白い犬のぬいぐるみとは、お別れになってしまった。

「一年ぐらい、思い出しては泣いてた。何ヶ所か転々として、母親が住み込みの仕事で落ち着いたら——旅館の仲居だったんだけどね、その旅館には何匹も猫がいたの。猫が売り物の旅館だったのよね。それであたし、やっと泣かなくなったんだ」

でも、置き去りにされた方はどうだっただろう。アヤミさんが恋しくて、泣いていたのではないか。それとも、次の持ち主が見つかって、仲良く暮らしていただろうか。

アタル君は質問した。「名前はつけなかったんですか」

「え？」

「その大きな白い犬のぬいぐるみに」

つけたよ――と、アヤミは答えた。「だけど、忘れちゃった」

その目がきらきらしていた。もしかしたら泣きそうなのかもしれない。アタル君はもう黙っていることにした。

紙カップを持ち上げて、甘いココアを飲み干す。と、隣でアヤミが出し抜けにすっとんきょうな声をあげた。

「あれぇ？」

アタル君はココアがヘンなところに入ってしまって、むせた。アヤミが慌てて背中を叩いてくれた。

「ごめんごめん、おどかしちゃって」

「うぐぐぐ」

アタル君の背中を撫でながら、アヤミは管理棟の脇に立つ銀杏の大木を仰ぎ、指さした。全面ガラスの向こうに、冬空を背負ってすっくと立っている。

「あの木に、リスがいたりする？」

あんまりびっくりしたので、アタル君はまたむせた。

「り、り、り」

「ちょっと、大丈夫？」

「リスを見たんですか？」

「うん。あれはリスだと思うなあ。まさかモモンガじゃないよね。それともネズミ？　だったら尻尾の形がぜんぜん違うでしょ。あれは絶対にリスだったと思うわ」

幸運のリスだ。銀杏の古木の精霊だ。

「よかったですね」と、アタル君は言った。

「珍しいの？　あたし、ツイてたのね」

「はい」

「今までの人生でツイてることなんかなかったけど、これで風向きが変わるのかなあ」

言ってから、アヤミは笑って自分のおでこをぽんと叩いた。「小学生を相手に、何を言ってんだろうねえ、このお姉さんは」

大きな紙袋をごみ集積所に捨てて、アヤミはダイヤマンション柵川から去っていった。アタル君は手を振った。アヤミも振り返ってバイバイしてくれた。

一人になると、アタル君は銀杏の大木を見やった。永い年月をここに立ち続けてきた、おじいさんの木。乾ききってひび割れた幹と、冬空に向かって広がってゆく無数の細い枝。そこだけ別の生きものの太い脚がのたうってるみたいに見える根っこのところ。

リスの姿は見えない。小さな耳も茶色い躰もふくらんだ尻尾も。

それはきっと、アタル君が今すでに幸せに暮らしているからだ。

夕食どき、アタル君は家族みんなに今日の出来事を話した。お父さんは面白がり、お母さんは心配し、アカネちゃんはテディベアに会いたがった。

「いつかお兄ちゃんが作ってあげるよ」

アタル君は妹に約束した。

予定通り、アタル君とお父さんは、金曜日の夜遅くに、リスのぬいぐるみの目入れをした。入念に練習してから、お父さんが筆ペンで片方ずつ瞳を描き込み、アタル君が少し手直しして、それにまたお父さんが手を入れて、角度を変えてはリスの表情を確かめた。二人の気が済むまで一時間以上かかってしまった。

完成したフェルトのリスを前に、ミツル君は何度もまばたきをした。それから楽しくなって、うふふと笑った。

「どうしたんだい？」

「よくできたなあと思って」

「そうだな。いちばんの傑作だな」

本当は、アタル君は密かに思っていたのだ。このリスさんの顔、なぜだか不思議だけど、ちょっぴりアヤミさんに似てる、と。

プレゼントコートマフラームートンブーツ

若好

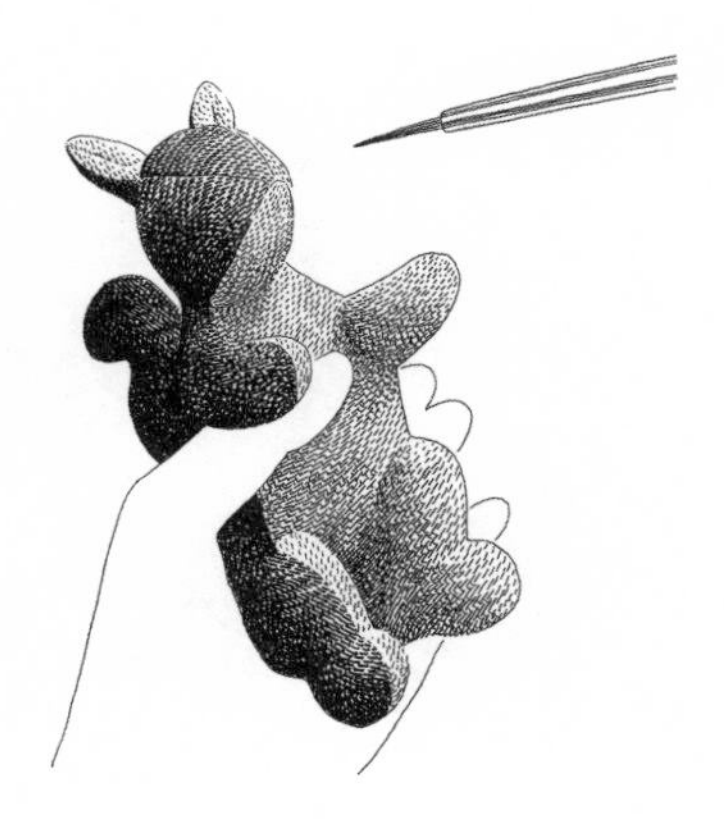

散ることは実るためなり桃の花

春まだ浅い休日、岩佐昭子(いわさあきこ)が普段は縁のない都心のデパートまで出かけたのは、アマンダ・ペリの絵本原画展を観るためだった。

「残念だけどわたしは時間がないから、お母さん、行ってきてよ。グッズショップに絵はがきがあったら、お土産に買ってきてね」

娘の光葉(みつは)もこの絵本作家のファンだから、一緒に行かないかと誘ってみたのだが、案の定あっさりフラれてしまって、一人で出かけることになった。

二十五年前、光葉の三歳の誕生日に、本好きだった夫の省三(しょうぞう)が選んだプレゼントが、アマンダ・ペリの代表作『引き出しのなかの王国』だった。光葉は大喜びしたし、昭子もその色鮮やかでポップな世界に魅せられてしまい、以来、母娘でペリの作品に親しんできたのだ。

日本でペリの本格的な原画展が開催されるのは、これが初めてである。『引き出しのなかの王国』の原画は全点展示されていた。

「3だんめの引き出しのまきばであそぶ羊たち」

「5だんめの引き出しの沼にひそむひもじいワニのむれ」

「7だんめの引き出しのふかい森で泣いているまいごのお姫さま」

「9だんめの引き出しのどうくつでねむるとうぞく」

「11だんめの引き出しのがけっぷちで吠えるオオカミ」

「13だんめの引き出しにそびえるわるい魔法使いのおしろ」

夫と娘と家族三人の思い出を掘り起こしながら、昭子はじっくりと鑑賞した。

光葉もくればよかったのに。もう一度誘ってみようか。そう思うだに、むかっ腹が立ってくるのを抑えられない。

時間がないだって？　そりゃそうだろう。光葉は働き過ぎなのだ。本業の会社勤めだけだって、月の半分ぐらいは定時で上がれないほど忙しいらしいのに、土日はコンビニでアルバイトをしている。家事も一人でこなして、一年三百六十五日、二十四時間フル稼働の状態だ。いつ過労で倒れてもおかしくない。

それもこれも、全部あの男のせいだとわかっているのに、昭子にできるのは、ただ気を揉んで、ときどきやんわりと忠告することぐらいだ。二十八歳で結婚六年目になるしっかり者の光葉は、彼女自身の意思で今の人生を選び取っている――選び取ってしまったのだから。

ずっと、悪い魔法をかけられているのだ。

母親としてだけでなく、かつては恋した経験もある女性の一人として、昭子はそう確信していた。せめて光葉がたまにはあの男から離れて身体を休め、頭を冷やせればいいのに。

ほんの五分前まで、昭子はそう考えていた。今は違う。あの娘が一緒にいなくてよかった。わたし一人でよかった。神様、幸運をありがとうございます。わたしの目を引きつけてくださって感謝いたします。

原画展の会場はデパートの七階にあった。そのフロアには高級な和洋食器や工芸品の売り場もあるが、昭子には縁も用もない。エレベーターで降りて、地下一階の食品売り場をのぞいてみようか——と、売り場のあいだの通路をたどっていたとき、輸入物の色鮮やかな絵皿と高価なティーセットが陳列されている棚の脇に、一瞬、見覚えのある顔が浮かんでいたような気がした。

昭子は足を止め、一歩あとずさりして、目を凝らした。

間違いない。確かに、ワイルドストロベリーのティーポットの横に、見覚えがあるどころかよく知っている顔があった。

光葉の夫の土屋優一(つちやゆういち)だ。

通路にはみ出すように立って、その陳列棚の裏側にあるクリスタル製品を眺めているらしい。だから、昭子がいる方に顔を向けているのだ。そして身体が通路にはみ出しているのは、彼の腕にぶらさがっている連れが、クリスタル製品の陳列棚の真ん前に立っているからである。

とっさに、昭子は顔を伏せた。脇に寄って、輪島塗の盆や重箱の陳列棚の陰に隠れた。

——どうしよう。

気づかれないようにしなくては。

バッグのなかに、同僚に勧められて買ったきり、ほとんど使ったことのない花粉除けのゴーグルが入っている。それを引っ張り出して、顔にかけた。いつも頭の後ろでひとまとめにしている髪をほどき、ばさっと肩の上に躍らせて、簾みたいに前髪を垂らした。

優一の腕にぶらさがっているのは、光葉だろうという希望的観測もあった。光葉一人の稼ぎで家賃と生活費と優一の学費をぎりぎりまかなっている現状で、高級品売り場に上がってくる余裕があるわけはないが、夫婦でペリの原画展を観に来たのかもしれない。優一と二人で来たいと思っていたから、光葉は昭子の誘いを断ったのだ――。

若い女のくすぐったそうな笑い声と、甘ったるい呼びかけが聞こえてきて、昭子の希望を打ち砕いた。

「○×△なんだね、ユウちゃんは」

ユウさんじゃなくて、ユウちゃんだって。

優一と連れの女性が、クリスタル製品の陳列棚の前から通路へと移動してきた。

女は、春らしいプリント柄のブラウスに黒いミニスカートを合わせ、ヒールの高いハーフブーツを履いている。悔しいが、そういうファッションが似合うスタイル美人だ。優一の腕に腕をからませて、ぴったりと身を寄せている。

優一の方はカッターシャツにジーンズ、足元はスニーカーだろうが、あれは革製の高級品じゃなかったか。去年のクリスマスに、光葉があいつに贈ったプレゼントじゃなかったろうか。

――お母さん、図々しいお願いをしてごめんなさい。でも、もしもお母さんからクリスマスのプレゼントをもらえるなら、現金にしてほしいんです。ユウさんが欲しがってる革のスニーカーを買うのに、ちょっとお金が足りないの。

優一は、女のものであろうパウダーピンクの春コートと、自分の黒革のジャケットをまとめて小脇に抱えていた。

あのジャケットも、光葉からのプレゼントだったはずだ。結婚以来、優一の身の回りのものは全て光葉が買っている。そしてあの男は、いっぺんだって遠慮したことがない。

——そんなの、安物買いの銭失いだよ。

昭子の脳裏に、ひりひりする記憶が蘇った。あのジャケットがバカみたいに高かったので、光葉は同じ店で自分の春の上着を新調することができなくなり、あとで量販店で買ったら、それを見たあの男はそう言ったのだとさ。ヤスモノガイノゼニウシナイダヨ。

——叱られちゃった。

素直にしょんぼりする光葉を、昭子は抱きしめてやりたかった。それから、襟首をつかまえて、ぐわんぐわんと揺さぶってやりたかった。あんた、いつまであんな男に騙されてるつもりなの？

記憶と共に憤激も蘇り、視界が血で真っ赤に染まったような気がした。くらくらと目眩がして、昭子は陳列棚の端につかまった。

しっかりしろ、あたし。ショックでへたりこむなどもってのほかだ。行動せよ、あたし。

内心の命じる声に忠実に従い、昭子は娘の夫を尾行することにした。

途中から、スマホで動画と写真の両方を撮った。優一と女はべったりとカップル歩きをして、誰はばかることなく二人の世界に浸りきっていたし、昭子は慎重に距離をとって尾けていったので、まったく気取られずに済んだ。

そして、二人が大通りを外れ、静かな裏道に面したホテルに入るところまで見届けた。

ホテルはこぢんまりしており、フロントも狭かった。深追いしては台なしになる。昭子は追跡を打ち切り、最寄りの駅へ向かって踵を返した。すぐにこめかみがガンガンしてきた。尾行のあいだじゅう、ずっと歯を食いしばっていたせいだった。

出張先の地方都市で交通事故に遭って亡くなったとき、岩佐省三は三十二歳の若さだった。一人娘の光葉の花嫁姿どころか、ランドセル姿さえ見ることができなかった。

運命は、省三には残酷だった。早くに両親と死に別れ、親戚のあいだをたらい回しにされながらも立派に成人し、昭子と出会って結婚して光葉が生まれ、やっと温かい家庭を築いて幸せになれたと思ったら、飲酒運転の車に命をもぎとられてしまったのだ。省三があまりにも可哀想で、あのころの昭子は、夫を失った悲しみにひたるよりも、夫のために怒ってばかりいたような気がする。

昭子も、家庭環境には恵まれなかった。両親は不和で喧嘩が絶えなかったし、経済的にも苦しかった。そのくせ父には女がいたらしい。昭子が就職すると、待ってましたとばかりに離婚して、その後の消息は知れない。母は親戚を頼って一人で故郷に帰り、そこそこ平穏に暮らした。亡くなって四年目になる。

昭子は中一から新聞配達をして、地元の公立高校へ進学するときの学費は自分で工面した。卒業すると地元の信用組合に就職し、その職場の先輩の紹介で、省三に出会った。技術系の高専を卒業し、精密機械部品の会社に勤めていた省三は、三畳一間のアパートに住み、薄給をやりくりして奨学金を返済している身の上だった。

二人は真面目に交際し、その返済が終わったところで結婚した。結婚式を挙げる余裕はなかったが、双方の職場の先輩と友人たちが、ささやかなお祝いパーティを開いてくれた。そのときの写真は、今も省三の遺影と並べて仏壇に飾ってある。

結婚して半年で、光葉を授かった。ちょっと早すぎた、まだ貯金が足らない——昭子は焦ったけれど、省三は大喜びした。いい大人が本当に両手を天にあげて万歳三唱をするところなんて、昭子は初めて見た。

それからたった四年後、思いがけぬ奇禍に遭って省三が還らぬ人となり、昭子と光葉が残されてしまったときも、再びまわりの人びとが力になってくれた。省三の上司が早々に腕利きの弁護士を紹介してくれたので、昭子は事故の補償交渉に悩まされずに済んだ。出産前に退職した信用組合に、契約社員として戻ることができたのも、先輩の口利きがあったからだ。社宅住まいだったから急いで引っ越さなければならず、光葉を抱えて山積する手続きや申請事に押しつぶされそうな昭子に代わって、省三の同期の仲間が手分けして物件探しをしてくれた。

——おれも昭子も家族の縁が薄いけど、その分を埋め合わせておつりがくるくらい、上司や友達には恵まれてるよ。

いつか省三がそんなことを言っていたのを思い出し、引っ越しの荷造りをしながら、昭子は泣いた。段ボール箱をかぶって顔を隠し、声をあげて泣いた。

そういう人生だった。寄る辺なく、辛いことが多かったけれど、いつも助けてくれる人たちがいた。

昭子は光葉に、そういう人びとに感謝することを教えた。昭子自身も光葉も、いつかそうなれるよう努力していこうと教えた。

その教育がいけなかったのかもしれない。

昭子は他人の善意を信じすぎた。運よく、たまたま悪い人間に出くわさなかっただけなのに、世の中には善意が満ちあふれているかのように、光葉に思わせてしまった――。

ただ、ささやかな弁解が許されるのならば、土屋優一だって、光葉の前に現れたときには、まともな青年に見えたのだ。

たった二週間で、興信所はいい仕事をしてくれた。

「岩佐さんがスマホで撮影しておいたのがよかったんですよ」

担当の調査員は褒めてくれた。

「それに、調査対象がまったく警戒してなかったので……。言葉は悪いですが、露天掘りでした」

報告書に目を通し、昭子もまったくそのとおりだと思った。優一は、浮気が光葉にバレるなんて、つゆほども思っていない。光葉が自分を疑うはずはない、他の女の匂いに気づく可能性など一ミリもないと、たかをくくっている。光葉は僕のこと信じ切っているから。出会ったときから、今までずっと。

光葉は県立高校から情報工学系の専門学校に進んで、医療機器を専門に扱う商社に就職した。職種は営業事務で、仕事を覚えてスキルを上げていくためには、山ほど勉強することがあった。

海外のメーカーとやりとりするには、英語もできた方がいい。

で、通い始めたビジネス英語教室で、優一と出会ってしまった。

彼は生徒ではなく、基礎文法とライティングを教える講師だった。有名な私立大学の文学部英文学科を卒業していた。

――本当は法学部に行きたかったんだ。子供のころから、弁護士になるのが夢だった。

しかし、司法試験を狙うとなると、いつ就職できるかわからない。親を心配させたくないから一度は別の道を選んだが、

――社会に出てみたら、すぐに夢を諦めきれないと気がついた。一度しかない人生だ。後悔したくない。

だから新卒採用で入った会社を辞め、時間給の講師をしながら、司法試験合格を目指している。

――僕も予備校に通っているから、光葉とは社会人学生仲間だね。

昭子が落花生ぐらいの大きさに縮み、娘のポケットに忍び込んでどこへでもついていくことができたなら、この時点で忠告した。いくら講師と生徒だからといって、会って二度目で呼び捨てにしてくるような男は危ない。それに、そいつは「社会人学生」じゃないでしょ。そういう線引きを、わざと曖昧にしてくるような人間を信用してはいけない。

しかし、二人の交際は順調に進んでしまった。いつの時代も、親の懸念は娘の恋愛には勝ち目がないのだ。

昭子は願った。自分の懸念が、アリバイのある無実の人を誤認逮捕する間抜けな刑事の推理の

ように外れていることを。

ところが、いよいよ結婚話が出て優一の両親と顔合わせをしてみて、彼が年齢を曖昧にしてきたことがわかった。光葉は五歳上だと思い込んで（思い込まされて）いたのだが、昭子が両親と話してみると、一浪して二年留年していることがぽろりとバレた。本当は八歳差だったのだ。

「八歳も違うと、おじんだって嫌われちゃうかと思って」

神妙に言って、優一はおどおどと微笑んだ。嘘をつくつもりじゃなかったんだ。

彼の両親もにこにこしていた。悪い人たちではなかった。たまたま出来のいい息子に恵まれて、その将来を無邪気に恃んでいるだけ。優一は頭がいいから、何でも言うとおりにしておけばいい。うちの倅はけっして間違ったりしない。親が意見するなんてとんでもない話だ、と。

広い世間には、優一ぐらいの頭の持ち主は掃いて捨てるほどいる。それを知らずにいるおおらかな両親と、その期待をけっしてそらさない良き息子。期待に応えるのではない。そらさないだけなのに。

土屋家の三人の笑みにつられて、光葉も微笑みを浮かべて言った。

「わたしは、ユウさんがおじんだって、同じように好きになったわ」

その瞬間、昭子は運命の警報器の音を聞いた。娘の恋愛には勝てない母の耳にだけ響き渡る、鋭い警告音を。

交際二年と二ヵ月で、二人は結婚した。二十二歳の花嫁と、三十歳の花婿。記念写真だけ撮って、式は挙げなかった。

「今はまだ、光葉に我慢してもらわなくちゃならない。お義母さん、すみません。僕が弁護士になったら、必ず、友達も大勢呼んで盛大な結婚式をやります」

その言葉に、光葉は涙ぐんでいた。昭子の心には、その涙の一粒ほどのサイズの信頼もなかったのに。

昭子とて、まだ願っていた。自分の勘違いであってほしいと。自分が優一と合わないだけで、本当は光葉の方が正しいのだと。

結婚して半年も経たぬうちに、優一は英語教室のアルバイト講師を辞めてしまった。

「やっぱり、司法試験って、働きながら片手間で勉強して受かるようなものじゃないのよ。ユウさんにはそっちに専念してもらいたい。しっかり支えるからって、わたしの方から提案したの」

光葉は昭子にそう言った。心配しないで、お母さん。わたし、そこそこいいお給料をもらってるから。

優一の両親は、この報せを聞いて、彼のために立派な勉強机を買ってくれたという。

「そう、よかったわね」

それだけ言って、昭子はそれ以外の言いたいことを呑み込んだ。そして、困ったときに使うようにと、光葉に五万円包んで持たせた。

その夜、優一から電話がかかってきた。

「いただいた小遣いで、光葉が松阪牛を買ってきてくれたので、今夜は豪勢なすき焼きを食べました」

ただそれだけの、お礼の電話だった。詫びはなかった。釈明もなかった。お義母さん、僕は無職になり、あなたの娘にぶらさがって暮らしていくことになりましたので、よろしく。そうは言わなかった。

母親の哀しい警報器が、また鳴った。

現実は厳しい。光葉の給料と多少の残業代くらいでは、二人の暮らしはまかないきれなかった。一年、二年と経つうちに、それは傍目にも明らかになってきた。

出費でいちばん大きいのは、優一の予備校の費用だった。講座の選び方と組み合わせにもよるが、一年でざっくり九十万円から百万円かかるのだった。

その「ざっくり」した金額も、光葉はなかなか口に出さなかった。お母さんは心配しないで、何とかなるから。

「あなたこそ心配しないでいいのよ。金額を聞いたって、安月給のお母さんには援助してあげられないんだからさ」

優一が無職になって三度目の正月、光葉が一人で新年の挨拶に来たとき、そう言ってみせたら、やっと教えてくれたのだ。去年は九十八万円払ったの。今年は短答式試験の講座をいくつか通信制にするから、九十万円いかないと思うんだけど。

「予備試験って、合格率が高い年でも四パーセントぐらいなのよ。去年は三・七パーセントだった。ユウさん、ホントに頑張ってるんだけど、狭き門なの」

いささか弁解がましい光葉の言のなかで、昭子の耳にがっつりと引っかかったのは、この五音だけだった。よ、び、し、け、ん、。

一人になってから、昭子はスマートフォンで検索してみた。

もっと早くやってみればよかった。

優一は、司法試験に挑戦してなどいない。その一段階前の、司法試験を受ける資格を得るための「予備試験」を受けているのだ。そして落ちている。もう何年もそこで足踏みしている。

合格率は、確かに四パーセント前後だった。狭き門であることは嘘じゃない。だからといって許せるということじゃない。

甘えるのもいい加減にしろ。

いい加減で目を覚ましなさい。

でも、でも、だって。

い、い、い、か、ら、。

もしかしたら本当に合格するかもしれない。悪い魔法のとっておきの呪文だ。

その年も、その翌年も、予備試験の結果が光葉流に言うならば「思わしくなくて」、優一は予備校を替わった。新しいところはもっと学費が高いので、光葉は土日のアルバイトを始めた。

「今は会社も寛大で、ちゃんと届けを出せば副業を認めてくれるから助かるわ」

ちっとも助かっていない。光葉は会うたびに痩せてゆく。電話の声にも元気がない。そう心配しているうちはまだましだった。やがて「時間がなくて」会えなくなり、電話でもゆっくり話せなくなり、光葉に送ったメールやラインに何日も返信がなかったり、優一から返信が来たりするようになった。

〈お義母さん、お変わりなくて何よりです、僕らも元気です〉

とおりいっぺんの愛想のいい文字面の隙間に、あいつとあいつの両親の疲れを知らぬにこにこ笑いがちらついている。

昭子は、真っ暗な壁に頭を打ちつけているような気がした。

光葉、そこにいる？

あなたの耳にはこの警報が聞こえない？

お母さんには聞こえる。この船を自動爆破するから、十分以内に退避しろと叫んでいる。

「アマンダ・ペリ展のお土産を買ってきたよ。しばらくぶりに顔を見たいし、遊びに来ない？」

ちょうどひな祭りよ。あなたが生まれたとき、お父さんが何度も何度も浅草橋に通って、お店の人に顔を覚えられるほどに通い詰めて、選びに選んだあのおひな様を出して飾ってあるよ。見においでよ。

スマートフォンの向こうで、光葉の声は今日もあまり元気がなかったが、意外にもあっさりと承諾した。

「今週の土曜日、バイトしてるコンビニがお店のリフォームで、臨時休業になるの」

久しぶりに、お母さんとランチがしたい。もうすぐお父さんの誕生日だし——と言った。

「生きていたら五十七歳なのよね」

「そうよ。定年までカウントダウンだわよね」

昭子は夫の亡魂に感謝した。光葉を呼んでくれてありがとう。

「じゃあ、ちらし寿司をつくるね」

「やった！　お母さんのちらし寿司は日本一だって、ユウさんも言ってる」

いや、優一はお呼びでない。

「ひな祭りなんだから、優一さんにはお留守番してもらって」

「うん。この週末は、ユウさんも予定が入ってるのよ。民法の講座で仲良くしてる人たちと、集中強化合宿をやるんだって」

土・日の一泊二日で、鎌倉の古い旅館にこもる予定なのだという。

「あらそう」

昭子の脳裏には、プリント柄のブラウスにミニスカートの女の笑顔が浮かんだ。光葉の夫を、「ユウちゃん」と呼んでいた女。

集中強化合宿なんて嘘だ。優一は、あの女と泊まりがけでどこかへ出かけるのだ。興信所の調査員の報告のなかに、二人が先週、書店で旅行雑誌やガイドブックをあさっていたという記述があった。旅行を計画している可能性あり、と。

昭子は興信所の調査員に連絡し、追加の調査を頼んだ。

「あんまりきれいだから買ってきちゃった」

土曜日の午後、光葉は、桃の花を土産に持ってきてくれた。

「駅前の花屋さんの？」

「そう。半分以上咲いちゃってるからかな。半額になってた」

半分どころか、しっかりと太い枝に、つぼみの七割が満開になっている。

「にぎやかでいいわ」

省三が光葉のために選んだおひな様は、みかん箱ぐらいのサイズのケースに、人形から道具類まで全て収まっている愛らしいものだ。丈の高いガラスの瓶に活けた桃の枝を並べて飾ると、小さなケースの小さなおひな様を守る世界樹のように見えた。

「お父さん、ご無沙汰してます」

光葉は仏壇に線香をあげ、永遠の三十二歳の父親の笑顔に手を合わせた。

それから、母娘は遅めのランチのテーブルを囲んだ。ちらし寿司にお吸い物、鰆の網焼きに菜の花のおひたし。デザートは桜餅だ。食べながらおしゃべりした。昭子はもっぱらアマンダ・ペリ展のことを話し、光葉は医療機器業界の景気のことや、コンビニで買える意外に本格的なスイーツのことを語った。

興信所の調査報告書が入った封筒は、テレビ台の下に隠してあった。昭子も、最初からそれを突きつけるつもりはなかった。

桜餅の皿を下げ、緑茶を入れ換えて、昭子は座り直した。そして、あの写真を表示したスマートフォンを光葉の前に置いた。

「ごめんね。実は、あなたにお話があったの。これを見てちょうだい」

光葉の表情がつと止まった。

「なぁに?」

「アマンダ・ペリ展を観にいったとき、優一さんを見かけたのよ」

昭子はスマホの画面を指で示した。光葉は母の指先に目を落としたが、手を出さず、スマホを取り上げようともしなかった。

「その一枚だけじゃないよ」

光葉は、軽く目を瞠(みは)って昭子の顔を見た。昭子が黙っていると、ようやく、のろのろと目の前のスマートフォンをつかんだ。

「動画もある。よく見てちょうだい」

画面をスクロールさせ、光葉は表示される写真を見つめる。一枚、また一枚。いったん戻って、また次の一枚。

スマホの操作に迷う様子はない。動画が再生され、音声が小さく漏れてきた。

「……君って子は……なんだよな」

「ユウちゃんが○×△だからよ」

明るく弾ける男女の笑い声。

省三を亡くしてから、母娘二人で暮らしてきたアパート。南向き2K。光葉はここから嫁いでいった。壁紙のしみにも思い出がある。

その室内に、氷河のきしむ音(ね)が聞こえてきた。現実を削り取る、おそろしい沈黙の音。

気がつくと、昭子は冷たい汗をかいていた。

おかしい。

こんなはずではなかった。

わたしの娘はちっともショックを受けていない。その目に浮かんでいるのは、信じ難いけれど
理解の色と――

恥の色。

なぜ？　どうして？

答えは一つしかなかった。

「……知ってたのね」

昭子の言葉に、ゆっくりと深くうなずき、光葉はスマホをテーブルの上に戻した。

「ごめんなさい」

囁くような小声だった。

「お母さんをがっかりさせてること、自分でもわかってる」

「怒らないの？　優一さんはあなたを裏切ってるのよ」

「そんな深刻なものじゃないのよ。浮気とか不倫とか、そんなんじゃないの」

「じゃあ、何なの」

「気分転換」

信じたくないけれど、昭子の娘はそう言った。口元に、抑えきれない歪み。だが目は笑ってい

る。

気分転換なら、今お母さんがいる支店でも、毎日やってるよ。窓口を閉めたあと、みんなでラジオ体操。気分転換って言葉は、そういう使い方をするのよ、光葉。

「不合格が続いて、ユウさんもどうしようもなく気が滅入ることがあるんですって。そんなとき、うちでわたしの顔を見ると、負い目を感じて余計に辛くなって……」

「ほかの女と遊びたくなるってわけ？」

「そんな言い方しないでほしい。でも、遊びは遊びなのよ。いつも三ヵ月くらいで終わるんだもの」

昭子の世界が反転する。

桃の枝から、薄紅色の花びらが一枚散り落ちた。

「何ですって？」

いつも。いつもとはどういう意味だ。いつ、い、い、い、い、い、い、

「この女性で四人目なの」

呼気を乱すこともなく、光葉は言った。

「大学時代の友達の友達とか、行きつけのお店でよく会う常連客とか」

いつも、始まるとすぐわかるの。ユウさんは隠し事ができない人だから。

「終わると、思いっきり甘えてくるし、記念日でもないのにプレゼントを買ってくれたりするから、ああ別れたんだなってわかる」

それだけよ――と、昭子の娘は笑った。

小さいけれど、温かい笑み。地下の納骨堂を照らす蠟燭の明かり。これが消えたらまったくの暗闇になる。

優一が「露天掘り」だったのは、光葉が気づくはずがないと、たかをくくっていたからではなかった。光葉が気づいたって、何一つ揺るがないと知っていたからだ。

だけどあたしは許せない。光葉の母親だから。

「今だって、あの男はこの女と一緒にいるに決まってるじゃないの」

震える声で、昭子は訴えた。

「ああ、ないない、それはないって」

十代の女の子に戻ったみたいな口調で言って、光葉はひらひらと手を振った。

「五月の初めに試験があるんだもの、強化合宿はホントよ。今は追い込みの時期なの」

でも、あの女とデートしてたじゃないか。ホテルにしけこんでいたじゃないか。

昭子の背中を汗が流れ落ちる。

「いつか、ユウさんが弁護士になったら、こういうことはみんな苦労話になるの。苦笑いしながら、懐かしく思い出せる。わたしにはわかってる。愛し合ってるから、ユウさんを信じられる。心配しないで、お母さん」

こんなに痩せて、こんなに顔色が悪くて、働きづめに働いて擦り切れかけて、なのに心配するなと言う。

愛し合ってるから、信じられると。

身体の奥から絶望が押し寄せてきて、昭子の息の根を止めようとしてくる。

「いつか、あの男が本当に夢をかなえたら、あんたはどうなるかわかってるの？」

自分でも驚くほど、低くかすれた声が出た。母が里帰りしてきた娘に語りかける声ではない。まるで呪詛だ。

「おんぶにだっこであんたに養ってもらって、負い目を感じるから、ほかの女に逃げる。しれっとそんなことをやる男なんだよ。夢をかなえたら、絶対にあんたを捨てる。あんたは、彼が思い出したくない過去の負い目の塊になっちゃうんだから！」

向き合い、見つめ合う光葉の目の奥に、母親としての昭子が一瞬だって予想したことのない心の色が浮かんできた。

それは、憐憫。

たった四年の結婚生活。本物の夫婦になりきらないうちに、夫を亡くしてしまった。共に山を乗り越え谷を渡る経験を得られず、わずかばかりの思い出の燃えがらを抱いて、独りになった。

それから永いあいだ、男を愛することを忘れていた女。

気の毒に、あなたにはわからない。わたしの気持ちも、わたしたち夫婦の愛も真実も。

可哀想な、孤独なお母さん。

「ごめんなさい」

目をそらして、光葉は呟いた。

「いつかきっと、お母さんにもわかってもらえる日がくる。お願いだから、それまで時間をください」

頭を下げる娘の前に、昭子は、興信所の調査書が入った封筒を放り出した。

「見てみなさい」

読んでみなさい、一文字残さず。

「これが現実よ。あなたの目で確かめて、いい加減で夢を見るのはやめなさい」

光葉は封筒には手を触れず、椅子を引いて立ち上がった。

「帰らなきゃ。コンビニ、明日は早番なの。ごちそうさまでした」

桃の枝から、一斉に何枚もの花弁が落ちた。世界の一端が砕けたかのように。

このお姫様は、どうして七段目の引き出しで迷子になっているのだろう。

「昭子はどう思う？」

昔、省三と話したことがある。光葉が寝たあと、夫婦で『引き出しのなかの王国』を眺めながら。

問われて、昭子は驚いた。

「そういう解釈が要るのかしら。ただ、引き出しのなかにいろいろな景色があって、人や生きものがいるっていうだけじゃないの」

そうかな。省三は言った。

「僕には、悪い魔法使いにさらわれてしまったお姫様が、何とか逃げ出して、家族が待っている自分のお城へ帰ってゆくというお話に思えるんだよね」

言われてみれば、「1だんめの引き出し」のページは、お城の尖塔から眺めた風景だ。

「1だんめの引き出しは、この世の春と秋」

極彩色の細密画で、春の花と秋の果実と木の実がみっしりと描き込まれている。

次の「2だんめの引き出し」は、兵士に守られたお城の城門だ。

「2だんめの引き出しで、あなたの名前をたずねるもんばん」

——わたしはこの城の姫です。

三歳のときに省三が買ってくれた絵本を、結婚のとき、光葉は持っていかなかった。優一と暮らすアパートの書棚は、彼の参考書や法律の本でいっぱいだから。

今、夫の遺影が微笑む仏壇の前で、昭子はそのページを繰っている。

「3だんめの引き出しのまきばであそぶ羊たち」

「5だんめの引き出しの沼にひそむひもじいワニのむれ」

「7だんめの引き出しのふかい森で泣いているまいごのお姫さま」

「9だんめの引き出しのどうくつでねむるとうぞく」

「11だんめの引き出しのがけっぷちで吠えるオオカミ」

「13だんめの引き出しにそびえるわるい魔法使いのおしろ」

岩佐昭子は、泣きはしない。まだ娘を失ったわけではないと信じているから。

引き出しは十三段。人生は長い。

散ることは実るためなり桃の花　客過

異国より訪れし婿墓洗う

「おかさん、きぶんがわるいのでスか？」

車から降りると、カルロスが声をかけてくれた。

結城琴子は大判のハンカチで顔の汗を拭いていた。エアコンのおかげで身体は冷えているのに、頭と顔だけがのぼせているのだ。そのせいでちょっと目眩もする。

若いころから夏が苦手だったが、七十二歳になった今では、いっそうこの季節が辛い。

「あらホント、顔色がよくないね」

運転席から出てきた沙苗が、車の前を回ってきて、琴子の顔をのぞきこむ。

「あたし運転が荒いから、酔っちゃったのかしら」

琴子は軽く手を振った。

「そうじゃないの、やたらにのぼせやすくなってるだけよ。歳をとると、自律神経も鈍るのね」

沙苗はバッグから喪装用の黒い扇子を取り出し、琴子の顔をあおぎ始めた。カルロスはトランクを開けて花束の入った大きな紙袋を取り出し、さらにかがみ込んで何かを探しているようだ。

「どうしたの？」

カルロスは半ばトランクに入り込んだまま答えた。「おかさんに、パラソル」

沙苗が笑った。「先週、海水浴に持っていったやつ？　あれじゃダメよ、ビーチパラソルだもの」

ちょっと肩をすくめ、琴子にも微笑みかけて、小声で言った。

「ごめんね」

謝ることなどあるものか。カルロスの思いやりが、琴子には身にしみて嬉しいのだ。

そんなことをしているうちに、孝昭（たかあき）たちの車が駐車場に入ってきた。お気に入りのドイツ車で、本日もぴかぴかに磨き立ててある。琴子の亡き夫とこの長男は外見も気性もあまり似ていないのだが、ドイツ車びいきと、きれい好きなのは一緒だった。

「兄さんたら、また迷ったの？」

沙苗の冷やかしに、後部座席から飛び出してきた子供たちが応じる。プール遊びが大好きな、日焼けした女の子と男の子だ。

「アズがトイレだったの」

「ボクも！」

助手席からは敦美（あつみ）が降り立った。ふくらんだトートバッグを肩にかけ、レースの縁取りがついた黒い日傘を広げる。

「お待たせしてすみません」

運転席から出てきた孝昭は、痩せぎすの身体を伸ばし、ついでに大あくびしながら、夏空を仰いだ。

「うへえ、油照りだな」

「お盆ですもの」

琴子に日傘を差し掛けてくれながら、敦美が言った。

「ここは何も遮るものがないし、早く行きましょう」

はしゃぐ子供たちを先導役に、琴子たちは霊園の入口に向かって歩き出した。駐車場のアスファルトと、整然と並んでいる色も形も様々な車の外装が、真夏の陽ざしを照り返す。琴子の汗はこめかみから頬を伝って流れ落ち、いっこうに引いてくれない。

「お母さん、涼しいところで少し休んだらいいわ」

沙苗が気遣わしげに言い出した。

琴子の亡夫・結城克典(かつのり)の墓のある霊園は、見た目には涼しげな芝生に囲まれている。だが日陰をつくる木立は敷地のまわりにしかないし、芝生もまた照り返しが強いことではアスファルトに負けないのだ。

「管理棟はどうかしら。カフェがあるんじゃない?」

敦美がうなずいた。「ええ、あります。先にわたしたちがお墓を掃除しますから、そのあいだ、お義母さんたちはそちらにいらしてください」

「あら、掃除ならあたしとカルロスがやるわよ。ね?」

沙苗はカルロスを振り返る。浅黒い肌によく似合う真っ白な麻のシャツを着たカルロスは、片手に花束の紙袋を提げ、さらに敦美のトートバッグを運んでくれている。あれには子供たちの着替えやお気に入りの玩具、絵本が入っているのだろう。子連れだと、どこへ行くにも大荷物になるものだ。

「普段はなかなかお墓参りにも来られなくて、親不孝してるんだもの。こういうときぐらい、あたしたちに働かせてよ」

カルロスもうんうんとうなずいている。異国から来たこの娘婿は、まだ日本語を流暢に操ることはできないが、ヒアリングにはほとんど不自由がないらしい。

「だったら、俺と三人で先に行こう。敦美、母さんとこいつらをカフェに連れてって、パフェでも食べてろよ」

こいつらとひとくくりにされる琴子の可愛い孫たちは、六歳の梓と、四歳の誕生日を迎えたばかりの翔太郎だ。パフェという言葉の魔法は、たちまち効き目を現した。

「わ〜い、パフェパフェ！」

「ボク、ソフトクリームがいい！」

飛び跳ねる子供たちのそばで、敦美が孝昭をちらりと横目で睨んだ。

「お参りが先ですよ」

「いいじゃないか。親父も甘いもんが好きだったんだから」

「そういう話じゃないと思うわ」

敦美は両親に厳しく育てられたらしく、こうした家族の行事でも、のんき者の孝昭よりはずっとけじめにうるさい。琴子には、嫁のそういう態度はとても好ましいのだが、さて今はどちらの肩を持つべきか。

「パフェ、たべて」

にっこり笑いながら、カルロスが子供たちに言った。

「チョコパフェ、おいしいヨ」

梓と翔太郎はいっそう大喜び。沙苗が、

「はい、これで決まり」と、ぽんと手を叩いた。

いったん全員で管理棟に入り、敦美が子供たちとカフェに席をとった。孝昭と沙苗とカルロスは、管理棟のスタッフから掃除道具などを借りて、墓所の方へと出かけてゆく。

お盆休みの最中だから、管理棟にも霊園にも多くの人びとが来ている。その大半は家族連れだ。カフェも半分以上は席が埋まっており、吹き抜けの天井と広い窓ガラスに、人びとの談笑する声がはじけている。

そんななかでも、琴子の嫁はいつものように気が利いていて、墓所を見渡すことのできる窓際のソファ席を確保してくれた。砂利を敷き詰めた遊歩道を通って、孝昭と沙苗とカルロスが、亡夫の墓のある区画へと歩いてゆく姿が見える。子供たちが手を振ると、真っ先にカルロスが気づいて、大きく手を振り返してきた。

「おばあちゃん、何がいい？」

「ばあばは冷たい紅茶でいいわ。あずちゃんは好きなものを注文なさいな」

「じゃあね、バナナパフェ！　ママはフルーツパフェにする？」

顔をくっつけてにぎやかにメニューをながめる孫たちの前で、敦美が琴子に頭を下げた。

「わたしまで便乗でサボってしまって、申し訳ありません」

「何を言ってるの」

琴子は本当に気にしていない。沙苗夫婦は飛行機の距離——しかも海を渡らねば行き来できないところに居を構えており、お盆の墓参りさえ、めったに来られないのだ。

必然的に、日常のちょっとしたことを、琴子は嫁に頼ってばかりいる。たまには実娘の方を働かせたってバチは当たるまい。沙苗本人もそう思っているからこそ、自分からああ言い出したのだろう。

いや、それだけではない心情も、もしかしたらあるのかもしれないけれど。

「お義母さん、実は、あとでご報告しようと思っていたんですけど……」

敦美が小さな声で言い出した。

注文を済ませると、子供たちはまたカフェの窓ガラスに張りついて、こちらに背中を向けている。この霊園は緩やかな丘陵地の斜面にあり、管理棟はそのてっぺんに位置しているから、眺めがいいのだ。青空と白い雲、緑の丘、そのふもとに広がる街並み。新幹線の高架と高速道路も見える。まるでジオラマを見るようなのだろう。

孝昭が嫁をあっさりと墓掃除から外したことで、琴子もピンときていた。

「三人目？」

問い返すと、敦美は嬉しそうにうなずいた。

「十週目に入ったところです」

「まあ、よかった。おめでとう」

孝昭と敦美は社内恋愛で結婚した。敦美は残業のない部署に異動し、産休育休を利用して、働きながらしっかりと家庭を切り回している。

琴子の亡夫は企業戦士の見本のような人で、休日もろくに家にいなかった。家事など一切したことがない。琴子は専業主婦で、子育てもほとんど一人でこなした。そういう時代で、それが当たり前だと思ってきたから、敦美の万能スーパーウーマンぶりには頭が下がる。

「また忙しくなるわね。つわりはどう？」

「わたしは運がいいみたいで、今度もほとんどないんです」

梓のときも翔太郎のときも、敦美はつわりや体調不良に悩まされることなく産休ぎりぎりまで働き、お産も短時間の安産だった。確かに幸運なママだ。でも、三度目もそうだとは限らない。

「大事にしてね」

「はい、ありがとうございます」

彩りのきれいなパフェが運ばれてきて、子供たちが歓声をあげた。

「どうぞ召し上がれ。わたしはやっぱり顔を洗ってくるわ」

敦美に洗面所の表示の方を指さして、琴子は椅子から立ち上がった。三人目の孫を、亡夫がどんなに喜んだかと思うと、胸がつまる。それを嫁の前であらわにして、気をつかわせたくない。

洗面所は管理棟の奥にある。そこに続く通路の片側は全面ガラス張りになっているので、カフェの窓際と同じように墓所を見渡すことができる。

東側B区画の七列・二十五番。亡夫の墓の掃除をする孝昭たちの姿が、ティースプーンほどのサイズに見えた。

提げ手のついた水入れにスポンジを浸しながら、カルロスが克典の墓を洗っている。孝昭は雑草をむしり、沙苗は大きすぎる花束をいったんほどいて束ね直している。

家族の情景だ——と、琴子は思う。この世の何よりも大切な、わたしの家族。

あなた、またみんなで会いにきましたよ。心のなかで、琴子は亡夫に呼びかけた。

洗面所に入り、冷たい水を顔にかけると、すっきりした。パウダールームに移ってスツールに腰掛け、化粧ポーチを取り出したところで、近づいてくる足音が聞こえた。

「あら、結城さん」

かたわらに立ち止まり、琴子に声をかけてきた女性は、青灰色の紗の訪問着に、白地に銀糸の博多帯を締め、髪も入念にセットしている。

地味な色目に統一しているとはいえ、霊園に来るにはいささか盛装にすぎると、琴子は思った。

「守口(もりぐち)さん。お久しぶりですね」

守口夫人は、琴子が夫と二人、前の家で暮らしていたころ、ご近所付き合いしていた人である。歳が近く、生活レベルもだいたい同じくらいだったので、これというトラブルもなく、無難に付き合うにはいい相手だった。一緒に町内会の役員を務めたこともある。

「こんにちは。お墓参りですか」

夫人の着物から、焚きしめた香が薫る。

「はい。お暑うございます」

たまたまだが、琴子の着ているワンピースも青みがかった薄灰色だ。色味が似ているだけに、和服に迫力負けしているのがわかりやすくて、癪にさわる。

「すっかりご無沙汰してしまいました」

「こちらこそ」

「お墓参りは、ご主人の――ですわよね」

憚るようにゆっくりとくちびるを動かし、守口夫人は問いかけてきた。念を押されるまでもない。他の誰の墓参りだというのだ。

「ええ。子供たちや孫も一緒に参りました」

「じゃあ、あの外国人のお婿さんも？　相変わらずお仲がよろしくって、いいわね」

ルージュを濃く塗っているので、守口夫人のくちびるには紅筆の跡が残っている。

「わたしどもも、家族で来ましたの」

守口夫人は琴子の後ろに回り込み、一つ奥のスツールに座った。

「幸い、主人もすっかりよくなりましたので、杖もなしに歩いておりますわ」

和装用のバッグから薄べったいコンパクトを取り出し、化粧直しを始める。守口夫人はお世辞にも彫りの深い顔立ちとは言えないし、はっきり言って団子鼻だ。だが今は、その鼻が高々とそそり立っているように、琴子には感じられた。

ねっとりとした口調で、守口夫人は言った。

「何もかも、〈ゆりかご〉のおかげです」

琴子は黙って微笑を返し、化粧ポーチをハンドバッグのなかに戻した。

「お先に失礼します」

「はい、ごめんくださいい」

守口夫人の平べったい顔に笑みが広がり、小さな目がちまちまと瞬きする。大口を開けて琴子をあざ笑うことができないかわりに、瞼で笑っているかのように見えた。

汗を吸い込んで湿った下着の感触よりも、その笑顔が不愉快で、琴子は強くハンドバッグの持ち手を握りしめた。

今から三十年前、深海探査で発見されたアメーバ状の新生物の細胞に、人類にとっては万能細胞となる働きがあることが発見された。これが再生医学の大きなブレイクスルーとなり、臓器や上皮組織、神経細胞、造血細胞などの培養技術が飛躍的に向上することになった。

何段階もの動物実験を経て、ほどなく人体での臨床実験が始まり、その驚異的な成功率と被験者の治癒率の高さに、世界中の医学界が歓喜にわいた。当時のテレビや新聞の大騒ぎぶりを、琴子もよく覚えている。

〈ゆりかご〉とは、この万能細胞を用いた国営の再生移植医療専門機関の通称である。瀕死の患者を、あたかも赤子のような新しい身体に生まれ変わらせるところから、誰ともなしにそう呼ぶようになった。日本国内には現在五ヵ所あり、六番目と七番目が建設中だ。そこで治療を受けることを希望する人びとが列をなしているからだ。

人間の体細胞の細胞核を受け入れて、求める臓器や組織をつくってくれるこの万能細胞は、〈ミラクルシード〉と呼ばれている。奇蹟の種だ。その本体であるアメーバ状の生物は、およそ一般市民の共感や感情移入を促すようなしろものではない。

だからこそ、良かったのだ。牛や豚、犬や猫ではない。普通の人びとが身近に知っている動物の姿形をしていない。ぶよぶよした固まりかけのゼリーみたいなものだから、それを生きたままばらして細胞をいただくことに、罪悪感を覚える必要がなかったから。

人間の体細胞クローンをつくることは、永年、国際条約で厳しく禁じられてきた。たとえば実験のために卵子を提供したり、それを求めることも倫理的・道義的に許されなかった。しかし、ミラクルシードは人間ではなく、人間に近いものでさえない。それが人間の体細胞の代わりを務めてくれて、しかもほとんど全ての人体パーツをつくれるとは、まさに奇蹟であり、全人類にとっての福音だった。

ミラクルシードのおかげで、主要先進国の人びとの平均寿命は楽々と百歳を越えた。事故や災害で障害を負った人びとも、認知症の人びとも、高確率で健康な身体を取り戻すことができるようになった。

さらに我が国では、国民がこの最先端の治療技術の恩恵に与るだけでなく、医療技術が未熟な他の国々の富裕層を患者として受け入れることで、医学界が一大成長産業となった。優れた人材と資金が集まれば、さらに研究が進むという好循環で、〈ゆりかご〉はその役目を着実に果たしつつ潤ってきた。

奇蹟の三十年。

しかし、誰もが双手をあげてこの事態を歓迎したわけではない。

発見の当初から、一部の海洋生物学者のあいだには強い反対論があった。ミラクルシードは、特定の培地で培養——つまり育ててやると、体長一センチほどのしっぽのあるカエルのような形になるからである。そしてそれらは群をつくり、養分を摂ったり外敵に対する際にはコミュニケーションを取って行動する。もっと驚いたことに、そのレベルにまで育ったミラクルシードならば、群のなかで繁殖も行う。

ミラクルシードは、人間にとって便利な細胞の固まりではなかったのだ。深海という過酷な環境下にあったからアメーバ状になっていただけで、生物としてもっと別の形にもなり得るし、さらに高い知性を有するようにもなるかもしれない。

それらの事実から目を背け、生物学の研究対象とするのを早々に打ち切って、医療の「材料」としてのみ扱うのはいかがなものか。それもやはり、道義的に間違っているのではないか。

万能細胞としてのミラクルシードの安全性も、長い目で見たら、まだはっきりとはわからない。十年どころか、百年経ってみなければ、重篤な副反応や思いがけない欠陥があるかどうか見極めがつかないのだ。それを、早々に専門の医療機関を設けて臨床患者を受け入れるところまで推し進めてしまうのは、軽挙妄動ではないか。

さらにもう一つ、もっとも重たい倫理的問題がここに加わる。ミラクルシードを用いた人体パーツの再生研究がこのまま進んでいくならば、早晩、人類は、まるまる一体の人造人間を造りあげる技術を手にするところまで行き着くだろう。

これは絵に描いた餅ではない。現に、ミラクルシード発見からたった十三年後に、アジアの某国ではその実験培養に成功したという（非公式の）発表があった。北米やアフリカ大陸の某所には、その専門施設が作られて稼働しているという噂もある。「稼働」。まるで工場のようだ。

ミラクルシード人間の誕生。いや、生産だ。それは許される所業なのか。

結城克典も、この反対派——というほど強硬ではなかったから、慎重派という言葉が適切だろうか。ともかく、先を急ぐのはよくないという意見を持っていた。

三十年前は、克典も琴子もまだ働き盛りで、幸いなことに健康に恵まれていた。そしてどちらの両親も、最初の〈ゆりかご〉が建設されるよりも前に天寿をまっとうした。

だから、夫婦が初めて、ミラクルシードの授けてくれる奇蹟の恩恵のよしあしについて、自分たちの身に引きつけて考えねばならない機会が到来したのは、九年前のことである。

その年、国内に二番目の〈ゆりかご〉ができた。

定期検診で、克典の身体の奥深くに、厄介な病が巣くっていることがわかった。ぎりぎりではあるが早期発見だった。

ボランティア活動で南米に渡っていた沙苗が、電力会社の技師をしているカルロスに巡り会って交際するようになった。

克典は病を克服するために、通常の手術と化学療法を選んだ。この時点での彼の〈ゆりかご〉

に対する意見は、

——まだ、まったく信用できない。

という段階で、夫婦はさほど議論をせずに、この道を選ぶことができたのだ。

しかし、それから六年を経て、いったんは完治したはずの克典の病が再発した。今回は深刻で、病状とその進行スピードから、一般的な治療では手の施しようがない。普通の人なら迷わず〈ゆりかご〉に頼る。さもなければホスピスを探す。非情な二者択一に、夫婦は直面してしまった。

異国暮らしに馴染み、彼の地の自然や文化にすっかり魅せられ、日本語学校の教師という職も得て、カルロスと深く愛し合うようになった沙苗は、既に国際結婚してカルロスの母国の国籍を取得していた。

克典と琴子の二人だけならば、議論すればよかった。六年間で、克典は、ミラクルシードという生物の可能性を無視して人類の犠牲にするのは間違っているという信条を固めていた。琴子には、思想信条よりもあなたに生きていてほしいという願いがあった。それをぶつけ合わせて、結果としてどちらが勝つか、それだけの話である。

しかし、沙苗とカルロスの国際結婚が、問題を複雑で感情的なものにした。

ミラクルシードの医療への利用に反対する勢力は、日本国内では少数派だが、世界的レベルで見渡せば、なかなか軽んじることのできない規模になる。なぜなら、宗教的確信の下に、神がその姿に似せて創り賜うた人間を、人間の手で造ってはならないという禁忌を守ろうとする国家が複数存在するからだ。これにより、いくつかの国家間で国交断絶や経済交流の途絶が起こり、それは今も解消されぬままになっている。

この問題は、それほどに根深い。同時に、一個人にも多大な影響を与えるナイーブな問題でもある。

沙苗の場合も、そのケースだった。

カルロスの母国は、軍政の布かれている一党独裁国家である。その国家元首も国民も創世神を仰ぐ一神教の敬虔な信者であって、彼らの目から見れば、ミラクルシードは悪魔の使徒に等しい。既にカルロスと結婚し、かの国の国民となっている沙苗は、もしも実の父親がミラクルシードによって病を癒やしたならば、すぐさま逮捕投獄されてしまう。もちろんカルロスも同罪で、二人とも銃殺刑に処せられる可能性があった。

沙苗は取り乱し、カルロスと別れて帰国すると言い張った。結婚する前に、お父さんの病状をもっとよく聞かせてもらうべきだった。わたしが軽率だった、ごめんなさい。泣いて詫びる沙苗を慰め、カルロスも、愛する沙苗の決断を受け入れると言ってくれた。

二人の悲壮な決心を押し返したのは、克典だった。

——私は、カルロスのように深い信仰を持つ者ではない。彼の母国が特定の宗教によって国民を縛り付けているのは正しくないとも考えている。しかし、それとは全く違う理由で、腹を決めた。

〈ゆりかご〉には行かない。これが自分の天寿であるならば、受け入れる。ミラクルシードに頼るのは間違ったやり方だ。自分のその確信に、私は殉じる。冷静に、穏やかに優しく、克典はそう言った。

——沙苗もカルロスも、天に向かって恥じるところは一点もない。胸を張って生きて、幸せになりなさい。

そして半年余の闘病の後、克典は天に召されていった。

家族のあいだに、葛藤と議論がなかったわけではない。孝昭が感情的になったこともあるし、沙苗は涙が涸れるほどに泣いた。それでも、最終的には皆が克典の決断を受け入れ、それに従った。

もっとも迷いが深く、逡巡を繰り返したのは琴子である。頑固者の克典を、誰よりもよく知っている。夫が心を決めた以上、もうどう説得しても無駄だ。でも、もしも沙苗がカルロスに出会わなかったら？　カルロスがいなかったら、あなただって思想信条なんかさておいて、長生きしたいのじゃない？

病床にいる克典の手を握りしめ、たった一度だけ、前後を忘れてそうかき口説いたこともある。

すると、琴子の夫はこう言った。

「心を縛られて生きるのは、死んでいるのと同じことだよ」

だから、琴子も決断したのだった。

墓掃除が済んだと、沙苗が呼びに来た。琴子は息子の妻を労りたくて、嫁の方も姑を労りたくて、二人で一つの日傘の下でくっつき合い、元気いっぱいの梓と翔太郎を連れて、墓所へと向かった。

管理棟の出入口で、守口家の人びとと一緒になった。守口夫妻と彼らの息子夫婦に、三人の子供たちだ。守口氏は、琴子の記憶にある姿よりもひとまわり痩せて小さくなっていた。だが、確かに杖も使わず、しゃっきりと歩いている。

琴子が克典を喪ったとき、〈ゆりかご〉があるこの世界で、あんな病気で死ぬ人間はバカだと、蔭であざ笑っていた夫婦である。ご近所の噂のネットワークは緻密で速い。琴子は悲しみに打ちひしがれていて幸いだった。そうでなかったら、守口家へ怒鳴り込んでいたことだろう。

克典の一周忌を済ませると、琴子は孝昭と相談して家を売り、息子夫婦の住まいの近くに小ぎれいなマンションを買って、移った。その転居の挨拶回りをしているとき、守口氏が克典と同じ病で入院していることを知った。

——うちの夫は死にません。死なせませんわ。頭の古い科学者連中の戯れ言を信じて、一つしかない命を捨てるほど愚かじゃありませんからね。

守口夫人がご近所で言いふらしていると、こっそり教えてくれる人もいた。

それきり、二度と会わないと思っていたのに。

守口家がこの霊園に縁があるとは知らなかった。嫌な偶然もあったものだ。

それとも、これは試練なのだろうか。神か、天か、何であれ運命を司るものが、わたしを試しているのだろうか——

琴子は、身体の奥で蛇のようなものがうごめくのを感じる。それは血よりも冷たく、強靭でし

異国より訪れし婿墓洗う

たたかなものだ。

「おかさん、あつくないでスか」

カルロスが、分厚くて大きな手のひらで、琴子の顔を扇いでくれる。

その大らかな表情。澄んだ瞳。琴子の愛する娘が愛しているこの異国の男は、克典と琴子の決断が正しかったからこそ、今ここにいるのだ。

守ってください、あなた。

夏空の下を、琴子は歩む。心を許しあう家族と共に、ひそかに祈りながら。

わたしの心は、今はこの祈りに縛られている。いつか真に解放されるときが来るのだろうか。

それは、人類の福音だったミラクルシードが、やはり地獄の使徒に過ぎなかったとわかるときだ。人類が再び病苦の枷に囚われるときだ。

それでもいい。それでも、琴子は祈らずにいられない。

異国より訪れし婿墓洗う

衿香

月隠るついさっきまで人だった

もしかしてお姉ちゃんに彼氏ができたんじゃないかって、何となく思ってた。ファッション雑誌を買ってきたり、化粧品を替えたり、丁寧にムダ毛の手入れをするようになったりしてたからね。それでも最初にそう聞いたときには、わあ、ついにうちの内気さんにも春が来たかぁ――って、しみじみしちゃったあたしはお姉ちゃんのことバカにしてンじゃなくて大事にしてるのよ、言っとくけど。

あたしたちは五歳差の姉妹なので、早い時期から部屋が別々になってしまったし、生活のペースも違ったりして、普段からベタベタしない。だから逆に大きな喧嘩もしたことがない。お姉ちゃんが高校と大学受験で神経質になっているころ、あたしは第一次・第二次の反抗期、しょっちゅうお母さんと喧嘩したりお父さんに叱られたりしていて、「うるさくって勉強できない」って泣かせてしまったことがあったくらいで、あとはずっと平和な姉妹関係だった。あたしはおしゃべりでそそっかしくて、お姉ちゃんはおっとりほんわかタイプだから、性格の組み合わせもいいのかもしれない。

今はあたしが中学三年の受験生。お姉ちゃんは二十歳の女子大生。五歳の差が大人と子供の差になって、お姉ちゃんはいっそうほんわかとあたしを見守るみたいな感じになってきて、勉強のわかんないところとかよく教えてくれる。数学の証明問題とか国語の文章問題とか、あたしが設

問をよく読まずにすぐわかった気になって解答を書くから間違っちゃうんだよって、

「ミノリはどうしてこんなにせっかちなんだろうね」

ニコニコしながら困ってるお姉ちゃんは、長期出張が多くて世界中飛び回っているお父さんと、バリキャリで有給どころか代休まで溜まりまくりのワーカホリックお母さんに代わって、完全にあたしの保護者だ。年度初めの三者面談も、マジお姉ちゃんに来てもらった方が話がしやすかったし、それはあとでお母さんも認めてた。

「ノリカの方がミノリのことをよくわかってるわね。お母さんじゃ用が足りなかった」

「半休とらせちゃってごめんなさい」

「そんな謝らないでよ。ますます母親失格って気がする」

お母さんしょげちゃって、その日の夕食に高いイタリアンをご馳走してくれた。お姉ちゃんは最初、合唱サークルの練習があるから行かれないって言ってたんだけど、ちょっと遅刻したけど間に合って、三人で豪華で美味しくて幸せなディナーになった。

お店の雰囲気もお料理も、ホント最高！

「お父さんをうらやましがらせちゃおう」

お母さんがテーブルについたあたしたちの写真を撮る。あたしはピースサインをする。そしたら、お姉ちゃんもバッグからスマホを取り出したのでびっくりした。

「珍しいね」

「うん。インスタグラムに上げるの」

お母さんもあたしも、宇宙人を見るみたいな目になってたと思う。だって、うちのお姉ちゃんは「プライバシーを知らない人に見られるのは怖い」って、ＳＮＳには一切手を出さないし、日記は紙の日記帳につけてるヒトなのよ。サークルのツイッターも見ているだけで、自分から発信することはなかったはず。

「誰かに誘われたの？」

お母さん、ワインでいい気分になってて、そこからぐいっと踏み込んだ。

「ひょっとして彼氏ができたとか」

お姉ちゃん、真っ赤になった。そっちはワインのせいじゃない。

「やっぱり」と、あたしは言った。そしたら今度はお姉ちゃんがびっくりした。

「ミノリにはバレてた？」

「何となくそんなんかなあって。ただ、彼氏ができたのか、好きな人ができたのか、どっちかはわかんなかった」

それとこれとは大違いだもんね。

「まだ付き合い始めたばっかりなの。やっと一ヶ月ぐらい」

ってことは、春休みからか。

「できたてホヤホヤじゃない。どっちがコクったの？」

お母さんはわかってない。お姉ちゃんが自分からコクれるわけないでしょ。

「彼、友達の彼氏の友達なの。春スキーに行ったときに紹介されて……」

「どんな男の子？」

二人で寄り添って笑っている写真を見せてもらった。先週末、映画を観にいったときにロビーで撮ったんだって。

「土曜日か！　だからお姉ちゃん、すごい頑張って髪巻いてたんだ」

「ミノリはそんなことまで見てるの？」

恥ずかしい——と、お姉ちゃんは縮こまる。「イケメンだねえ」

お母さんがわざとらしく舌なめずりをする。そういう趣味の悪いリアクションをしちゃ駄目だよ、母親なんだから。

「藤元達也（ふじもとたつや）さん。友達と同じ大学の三年生なんだけど、最難関だって言われてる情報工学学科にいるのよ」

メガネ男子だった。さっぱり系の顔立ち。背は高くて、いわゆるひょろガリ。だけど北国生まれでスキーはめちゃ上手いんだって。スキー初心者のお姉ちゃんにつきっきりで教えてくれたそうな。

「ふむふむ。このタツヤ君が、引っ込み思案のうちの長女を変身させているわけね」

「わたし、そんなに変わった？」

お姉ちゃんがちょっぴり不安そうになったので、あたしは急いで首を振った。

「ガラッと変わっておかしいとかそんなんじゃない。輝いてるって意味よ」

「そう？　そっか……」

お姉ちゃんの笑顔が嬉しい。お母さんはテーブルに肘をついてニヤニヤする。

「ラブラブをいっぱい楽しみなさい。あたしたちには、気が向いたら会わせてくれればいいから。ただ、二人で遠出するときだけは先に教えておいてね」

お姉ちゃんはうなずいた。「はい。タツヤさん、わたしが男の人と一対一で付き合うのは初めてだって言っても笑ったりしなかった。とっても優しくて……」

「ヤングな紳士なのね」

インスタグラムをするようになったのも彼の勧めで、

——ノリカがご家族や友達と楽しく過ごしている様子を知れたら嬉しいから。

「ひゅうひゅう！」

お母さん、酔っ払ってる。

「あたしたちも写ろうか。間接的に家族の紹介になるでしょ」

「いいの？」

もちろん嫌なわけがない。お姉ちゃんを真ん中に挟んで、お店の人に最高の笑顔の母娘三人を撮ってもらった。

「お父さんにはまだ内緒にしとくわ。ショックで寝込んじゃったら、会社に迷惑かかるからね」

あたしはちっちゃい時からやんちゃで口が達者で、友達も多いけど喧嘩も多く、すぐボーイフレンドをつくってはすぐに別れて、そのたんびに大騒ぎをするけたたましい妹。それに引き換えお姉ちゃんは内気でおとなしくて控えめで、かなりスペックの高い美人なのになぜかしら男子が寄りつかず、今までずっと一人だった。お父さんの大事な大事なお姫様だもん、いきなりこんなことを知らせたら、可哀想なお父さんは一晩で髪が真っ白になっちゃうなあ。

お母さんもあたしもノリカの幸せは自分の幸せだからと、それからはソフトな感じで見守ることにした。お姉ちゃんとタツヤさんの仲は順調に深まっているらしく、ゴールデンウイークのころにはまだ日帰りお出かけだったのが、夏休みが始まり八月に入ると、初めて朝帰りがあった。恋は多いけど不純異性交遊はしてないあたしが言うのもなんだけど、これまでのお姉ちゃんの純情度合いから考えると、これって新幹線のスピードだと思う。

タツヤ氏、優しいけど強引なところもあるのかなってちょっとだけ心配したけど、お姉ちゃんがどんどんきれいになって、ほのかな色気も漂わせるようになったから、その心配はしまい込んだ。ホント、通りすがりの人が思わずって感じで振り返るくらい、お姉ちゃんはきらきらの美女になった。

「変な男に目をつけられるんじゃないかって、怖くなってきたわ」

「もしそんなことがあっても、タツヤさんが追っ払ってくれるでしょ」

お姉ちゃんは週に何度かお弁当を作って大学へ持っていくようになった。たいていは二人分で、つまりタツヤ氏と一緒に食べるんだろう。ときどき、「おかずをたくさん作っちゃったから」って、あたしの分も詰めてくれる。さすが管理栄養士を目指して栄養学を学んでいる人のお手製で、バランスがよくって見た目もきれいで、もちろん美味しい。

ちょうどそのころから、お姉ちゃんが時々あたしのファッションアイテムを「貸してもらえる?」って言ってくるようになった。あたしたちは体格が同じくらいなので、サイズ的には問題ないんだけど、好みが違うので、今までそんなことはなかったから、これも彼氏のための変化なのかも。

「趣味変わった?」

あたしが好きなカジュアル系にもチャレンジしてみる気になったのかなって。

「そうね。冒険してみたくなったの」

でも、実際にあたしの服やアクセサリーをお姉ちゃんが身につけると、ちゃんと〈ノリカ・アレンジ〉になるんだよね。お嬢さんらしい路線はそのまま、ポップな味わいがうっすらプラスされている感じ。

「ミノリもわたしの手持ちの服やアクセで気に入ったものがあったら使ってね」

あたしじゃ、うまく着こなせない。センスの差かなって、けっこうヘコみました。

この夏、あたしは受験生のくせして予備校で知り合った男子と仲良くなって、それがすぐ三角関係ファイトになって、こじれてまわりも巻き込んじゃって(ちょっとだけど)迷惑もかけちゃったりして、要するに自分のことに夢中だった。お父さんは数年がかりのプロジェクトが大詰めにきていつも以上に忙しく、お母さんも相変わらずで、やっぱりそれぞれに手一杯だった。

だから、誰も気づかなかった。きらきら美女に変身して幸せいっぱいなはずのお姉ちゃんが、ときどき——ホントにひっそりとではあるけれど、顔を曇らせるようになっていたことに。あたしとお母さんには、お姉ちゃんのことはもうヤング・ジェントルマンのタツヤさんに任せとこうって油断しているところもあったと思う。お姉ちゃんが痩せ始めたときも、もともとは少しふっくらしていたから、恋をしてきれいになってるんだとばっかり思い込んでいて、お母さんが一度、「ノリカ、もしかしてダイエットしてる？　だったらもうやめごろだと思うわよ。それ以上痩せたら不健康に見えちゃう」

そうアドバイスしただけで済ませてしまっていた。

あとでよく考えたら、気がつくきっかけは何度もあった。たとえば、大学に入ってすぐに始めたカフェのアルバイトを辞めてしまって、本屋さんのバイトに替わったんだけど、それもすぐ辞めて、そのことでは先方の人と電話でやりとりしながら、お姉ちゃんがしきりと謝っていたこと。真面目で几帳面なお姉ちゃんは、カフェのバイトのときには店長さんに気にいられていて、時給もよかった。友達もいたのに、

「大学から通うのに不便だから」

って、今更のような理由だった。その後の本屋さんはホント一週間ぐらいしか働かなくて、だから丁寧にお詫びしているんだろうと思ったけど、

「どうかしたの？」

「何でもないの。ただわたし、接客するタイプのアルバイトはあんまり向いてないような気がしてきちゃって」

その後、お姉ちゃんはしばらくバイトをしなかった。夏休みの終わりごろになって、友達の友達に頼まれて、その子の妹さん（お受験小学生）の家庭教師をすることになって、うまくいって

そんなんでスルーしちゃってたあたしは、ホントにバカだった。
「お姉ちゃんは教えるの上手だからね」
るみたいだったから、

夏休みが終わって二学期が始まると、あたしもやっと「受験生」って立場が身にしみてきた。ゴタゴタがあった予備校から別のところに替わるとすぐに学力テストがあり、九月半ばの日曜日は、午前中から塾の教室に缶詰になっていた。

終わったのはお昼過ぎ。自分ではけっこうできたなと思ったし、うちに帰る前にマックでランチにしようかなと思っていたら、お姉ちゃんからメールが来た。

〈試験終わった？　近くにいるから、お茶して一緒に帰りましょう〉

ここはお姉ちゃんの通う女子大のすぐそばなのだ。お姉ちゃんも合唱サークルの練習があるからって、朝早くに家を出ていた。一年生のときもそうだったけど、合唱サークルは十月の大学祭でコンサートをやるので、この時期から練習スケジュールがこみこみになる。

交差点にある大きな本屋さんの前で落ち合うことにして、イヤホンで好きな音楽を聴きながら待っていると、横断歩道の向こう側を歩いてくるお姉ちゃんの姿が見えた。一人じゃない。メガネをかけた背の高い男子が隣に並んでいる。

タツヤ氏だ！　あたしはどきんとした。こんな形で最初のご対面？　お母さんより先に妹に挨拶？　それって順序としてはどうよとかあたふた思いながら、スマホをしまって髪をなでつけて姿勢をちゃんとするあたし。

　お姉ちゃんとタツヤ氏は手をつないでいた。タツヤ氏が何かしゃべっていて、お姉ちゃんはうんうんと聞いている感じ。まだちょこっとぎこちない感じがするのが可愛い——と思ってたら、お姉ちゃんと目が合った。

「ここ！」

　あたしは手を振り、近づいてくるタツヤ氏にぺこりと頭を下げた。

「こんにちは。初めまして」

　タツヤ氏は、男子にしては声が細い感じ。体格に釣り合ってるから、おかしくはない。ストライプのシャツにジーンズ、革のスニーカー。黒縁メガネはクラシックなデザインで、ボストンタイプっていうのかな。

「お待たせ」と、お姉ちゃんはにっこりする。「タツヤさん、妹のミノリです」

「いつもお姉ちゃんがお世話になってます」

　タツヤ氏はアイドルみたいに爽やかな笑顔を見せた。「とんでもない、僕の方がノリカに頼りっぱなしです」

　おお、呼び捨てだ。あたしが何かときめいてると、お姉ちゃんが謎なことを言った。

「ね？　ホントに妹だったでしょ」

　タツヤ氏に、そうっと差し出すような小声だ。言われたタツヤ氏の方は完全スルーで、聞こえなかったのかなとあたしは思った。

お姉ちゃんはちょっとまばたきして、あたしを見た。「試験どうだった？」

「けっこうできたと思うんだ」

それじゃお祝いしようと、タツヤ氏が言う。

「どこでお茶しようか。ミノリさんは好きなお店ある？」

「こっちの予備校には移ったばっかりなので、まだよく知らないんです」

「じゃあ、いつも僕たちが待ち合わせする店でいいかな？」

「はい！」

そこは落ち着いた雰囲気のカフェで、間接照明にステンドグラスがきれいだった。店内にはクラシック音楽が流れている。

「素敵なお店ですね」

ボックス席に座りながらあたしがそう言うと、タツヤ氏はメガネの縁を押さえながら、

「合唱サークルにいるくせに、ノリカはクラシックの歌曲のことをよく知らないから、勉強のためにここで待ち合わせるようにしてるんだ」

やわらかな口調でさらりと言った。

うちの両親はいつも忙しくて、あたしたち姉妹となかなかゆっくり話すことも難しい。でも、悩み事があって相談すれば必ず聞いてくれるし、おかしなことをすれば叱ってくれるし、何かを熱心にやり遂げたり、小さなことでも結果を出せたら褒めてくれる。

それよりも何よりも、うちの両親はどんなことに対しても、けっして「――のくせに」という

言い方はしない。初対面で会って十分足らずのお姉ちゃんの彼氏の口からこの言い回しが出てきたことに、あたしは「え」と思った。

そしてお姉ちゃんの顔を見て、さらに「ええぇ」となった。お姉ちゃんがあたしから逃げるように目を伏せてしまったからだ。

「ここはウインナ・コーヒーが名物なんだ」

タツヤ氏はメニューを手に取ることもなく、あたしたちの好みを訊くこともなしにオーダーした。そして、ちょうど店内に流れ始めたオペラの名曲（なんだそうだ）とそれを唄っている歌手についていろいろしゃべり始めた。

お姉ちゃんもあたしも黙って聞いていた。曲が切り替わってもタツヤ氏の解説は続き、ウインナ・コーヒーが運ばれてきたけれど、話の腰を折るのが悪くて、あたしは手をつけることができなかった。もちろん、お姉ちゃんも両手を膝に置いたままタツヤ氏の話に聞き入っている。

タツヤ氏だけがウインナ・コーヒーを飲み、カップが空になるころ、話題があたしのテストと新しい予備校のことになった。

「二学期になって予備校を替わるなんて、あんまり感心できないよね。前のところは追い出されたの？　ノリカも頭よくないけど、君はズバリ頭悪そうだもんな」

口調はやわらかいけど、言ってることは上から目線の罵詈雑言だ。声音が優しいだけに、聞かされる方はかえって腹立たしい。

「ノリカの妹は僕の妹でもあるわけだから、もっとちゃんとしてくれないと恥ずかしい」

そんなことまでつるつる言われて、あたしは怒るより呆れてしまった。お姉ちゃんはますます小さくなって、何か言い返そうとしてくれるのを、あたしは目を合わせて止めた。

タツヤ氏ってこんな男だったの？　お姉ちゃんもちっともハッピーに見えない。あたしはどんどんムカついてきて、お姉ちゃんと一緒にここから出ていきたくなった。お姉ちゃんをこの男と二人きりで残してゆくなんて、絶対にイヤだった。

一時間やそこらでこんなふうに思うあたしって、やっぱりせっかち？　気が短すぎるのかな。だけど不愉快なもんは不愉快なんだ。

——いい口実ないかな。

そのとき、お姉ちゃんとあたしのスマホに、ほとんど同時にラインが来た。あたしは何も考えずにすぐスマホを取り出したけど、お姉ちゃんは、

「ごめんなさい。何か来たみたい」

タツヤ氏にそう声をかけてから、スマホを見た。だからあたしの方が一瞬早くラインの文字を読み取った。

瞬間、全身の血が凍ったような気がした。

「お姉ちゃん、レイコちゃんが死んじゃった！」

ラインはお母さんからだった。「レイコちゃん」というのはお母さんのお母さん、母方のおばあちゃんのことだ。うちは父方のおばあちゃんが二人いて（前妻さんと後妻さん）、ただ「おばあちゃん」だとまぎらわしいから、その前に名前をつける。でも、名古屋市内で伯父さん（お母

さんのお兄さん）夫婦と一緒に住んでいる母方のレイコおばあちゃんは、特にあたしたち姉妹と仲がいいので、いつの間にか「おばあちゃん」抜きのレイコちゃん呼びになっていた。

ラインの内容は、レイコちゃんが午後一時過ぎに買い物に出かけた先で倒れて救急病院に運び込まれ、そのまま息を引き取ってしまったという報せだった。

あたしがラインを見ている前で、お姉ちゃんはお母さんに電話をかけた。スマホを操る手がわなないている。

「お母さん？　ノリカです」

一緒に電話を聞きたくて、あたしはテーブルを回ってお姉ちゃんに近づき、寄り添って手を握り合った。二人がけのシートにお姉ちゃんと並んで座っているタツヤ氏は、ちょっと身体をずらして場所を空けることさえしてくれない。

「はい、はい。わかった、すぐ帰ります」

電話の向こうでお母さんは取り乱して泣いていて、だから第一報はラインにしたんだって。確かに、最初のうちは泣きしゃっくりがひどくて言葉を聞き取れないほどだった。

電話を切り、お姉ちゃんはあたしの手を引っ張って立ち上がった。

「タツヤさん、わたしたちをとても可愛がってくれた祖母が急死したそうなの。すぐ帰って、母と一緒に祖母のところへ行かなくちゃ。ごめんなさい」

お姉ちゃんの目は涙で潤み、声も震えている。あたしももう堪えきれず、ぼろぼろ涙が出てきた。

すると、お姉ちゃんの隣にどっかりと腰を据えたまま、タツヤ氏が言った。

「嘘をつくなよ」

瞬間、あたしは涙が止まっちゃうくらい驚いた。

お姉ちゃんの顔がすうっと青白くなった。

タツヤ氏の面長の顔は、お面みたいにのっぺりとしていた。表情筋がみんな死んでしまって、動かない皮膚が張りついているだけみたいに。

その目がお姉ちゃんを見据えている。

「今の電話、男からなんだろ」

僕はちゃんとわかってるんだ、と続けた。

「ノリカはこそこそ浮気してる。僕の何が不満だっていうんだ。おまえみたいな女は、どれだけよくしてやっても満足しないんだな」

あたしは目を瞠（みは）った。瞳が弾けてしまいそうだ。

信じらンない。このヒト、何言ってんだ？

「スマホを見せろ」

タツヤ氏が手を伸ばしてきたので、今度はあたしがお姉ちゃんを引っ張ってテーブルを離れた。急いでリュックをつかみ、お姉ちゃんと腕を組み合って通路へ出た。お姉ちゃんは全身を強ばらせていて、足がもつれた。タツヤ氏を見つめているけれど、くちびるが震えるだけで言葉が出てこない。

だから、代わりにあたしが言った。

「おかしなことを言わないでください」

タツヤ氏があたしを見た。今この瞬間まで、あたしがこの場にいることを忘れていたみたいに、

(何だこいつは) という表情を浮かべた。それはこっちの台詞だよ!

「なんでお姉ちゃんがそんな嘘をつくもんですか。あなた、おかしいですよ」

ミノリ——と、お姉ちゃんが囁いてあたしを押しやった。行こう、ここから離れよう。

「ノリカ、スマホを見せろ」

またお姉ちゃんを見据えて、タツヤ氏はちょうだいをするみたいに手を出した。

あたしは首筋の毛が逆立つのを感じた。タツヤ氏はにやにや笑っている。

「チャンスをやるから、スマホを見せろ。浮気をやめて、嘘をついたことを素直に謝るなら許してやる」

偉そうに堂々とした声音なので、まわりじゅうにまる聞こえだ。通路を隔てた隣のテーブルに座っていた中年のカップルが、唖然としてあたしたちを見比べている。

「嘘なんかついていません。浮気もしていません」

震える声を振り絞って、お姉ちゃんが言う。その言葉尻に食いつくように、

「嘘ばっかりだ。この尻軽女、今ここですぐ相手の男に電話して、もう二度と会わないって言え!」

タツヤ氏の声がちょっと変なふうに裏返った。目が据わっている。

お姉ちゃんは姿勢を正し、きっぱり言った。

「何度言っても、あなたは信じてくれないのね。それならもういい、お付き合いはここまでにしましょう」

いいぞ、やったぜ！　あたしが心のなかでガッツポーズをした瞬間、タツヤ氏がいきなり席から飛びあがってお姉ちゃんの頬を叩いた。頭ががくんと揺れるほど強烈なビンタ。

「おい君、やめなさい！」

隣のテーブルの男性が、タツヤ氏とあたしたちのあいだに割って入ってくれた。女性の方も立ち上がり、あたしたちをかばうように前に出てきた。

「何てことするの。お店の人を呼びますよ」

女性の高い声に、タツヤ氏はちょっとひるんだ。その隙に、あたしはお姉ちゃんを強く引きずって出入口へと駆け出した。お姉ちゃんは引っ掻くようにしてバッグを開け、お財布から千円札を二枚取り出すと、

「すみません、すみません！」

カウンターにいるお店の人に声をかけながら、出入口脇のレジの脇にそのお札を置いて、後ろも見ずに二人で外へ逃げ出した。

最初の交差点を渡りきるまで、あたしは呼吸することさえ忘れていた。お姉ちゃんが通りかかったタクシーに手をあげ、転がるように乗り込むと、やっと息をつくことができた。お姉ちゃんのくちびるの端が切れて血が流れていた。叩かれた頬は真っ赤になっている。

あたしが泣き出すと、お姉ちゃんも泣き出した。抱き合ってしゃくりあげるあたしたちを、運転手さんが振り返る。

お姉ちゃんが片手につかんだままのスマホに着信音がした。いったん止んでは、また始まる。画面を見るとタツヤ氏からだった。お姉ちゃんはスマホをサイレントモードにしてバッグのなかに放り込んだ。

あたしたちが駅についても、電車に乗っても、うちを目指して泣きながら震えながら帰るあいだじゅう、お姉ちゃんのスマホは執念深く唸り続けていた。


お母さんとお姉ちゃんとあたし、三人で新幹線に乗り込んで名古屋へ向かう道中で、お姉ちゃんはようやく打ち明けてくれた。

タツヤ氏があんなふうに（おかしいっていうか変っていうかアブナイっていうか）なってしまったのは、二人が男女の仲になってすぐからだったんだって。それまでの優しい紳士から、めちゃめちゃ嫉妬深くて怒りっぽくて文句が多くて、お姉ちゃんのこと見下して蔑んで、何かというと嫌味や皮肉を言う危険な変人に変わってしまった。お姉ちゃんが（どんなに言葉を選んでやわらかく）一言でも言い返すと、たちまちカッとなって手をあげるか、殴るふりをする。大声で怒鳴る。物を投げたり壊したり、椅子を蹴ったりする。

「しょっちゅうラインが来て、どこで何をしているか確認されるし……」

お姉ちゃんがインスタグラムを始めたのも、タツヤ氏に頼まれたからだった。

「最初のうちは、ネットを通してでも毎日ノリカの顔を見たいからって言っていて、わたしも嬉しかったんだけど」

それが次第にあからさまな監視になっていって、

「わたしの行動を見張ってないと安心できないって」

——僕が目を離すと、ノリカはすぐ男あさりをするに決まってるから。

なにそれ、キモすぎ。ただヤキモチやきなだけじゃなく、カンペキに妄想入ってる。

「紳士の仮面の下にはモンスターが隠れていたのね」

お母さんはレイコちゃんのことで泣きすぎてまだ目を腫らしていたけれど、お姉ちゃんの告白に、きりきりぴっと立ち直った。大事な娘が彼氏にこんな目に遭わされていたのに、これまで気づいてあげられなかったわたしの目は節穴だったって、すごく険しい顔をした。

「お母さんは何にも悪くない。わたしが隠していたんだもの。恥ずかしいし、辛抱していればいつかタツヤさんが元に戻ってくれるんじゃないかって思って……」

戻らないわよと、お母さんは言った。

「妻や恋人にそういう態度をとる男は、根っからそういう性格なの。ホントに恋人同士になったから、もう素を剝き出しにしてもノリカが逃げていかないってたかをくくって、やりたい放題やり始めたんだわ」

それを聞いてあたしも「あ！」と思った。

「カフェや本屋さんのバイトも、男のお客さんが来るから駄目だって、辞めさせられたんだね？」

図星だった。やっと落ち着いた家庭教師のアルバイトも、お姉ちゃんが教えている小学生のお父さんとおかしな関係になろうとしているんだろうと因縁をつけてくるので、

「先方に迷惑がかかりそうで」

もう続けられないと思い始めていたところだったんだって。

さらに驚きだったのは、タツヤ氏があんなふうに威張り散らしながら、ひんぱんにお姉ちゃんにお金を集(たか)っていたことだった。

「デートのときは、いつもわたしがお金を出していたの」

それも悪質で、事前にお姉ちゃんから現金を取り上げておきながら、支払いの際はタツヤ氏がカードで払って、さも自分がおごっているように見せかける。ときにはお財布ごと取られていたそうだ。

「ミノリの服やアクセサリーを借りるようになったのも、自分のお小遣いがなくなって、買い物さえできなくなってたからなのね？」

お母さんの推測も当たりで、しかもホントひどいひどいひどい話で、

「わたしが服を着回ししたり、同じアクセサリーをつけていると」

──男に買ってもらったものなんだろう。

「怒って騒ぐから、彼と会うときは同じものを身につけられなかった」

高価なレストランとか勝手に予約するし、カードで自分のものをじゃんじゃん買い物し、そのお金をお姉ちゃんに請求する。

――全部おまえのためにやってやってるんだから、感謝しておまえが金を出すのが当然だ。そんなこともわからないのか？

「まだ連絡してきてるのかしら」

新幹線の窓から富士山が見えるあたりまで来たところで、お姉ちゃんがバッグからスマホを取り出した。ロックを解除して見てみると、山のような着信とメール。あたしたちと別れたあと、二時間ぐらいはひっきりなしにかけ続けていたみたいだった。

「今ンところは止んでるね。諦めたのかな？」

お姉ちゃんは留守録を聞くのもメールを見るのも怖がるので、お母さんとあたしでチェックした。内容はカフェで喚（わめ）いていたことの繰り返しで、その合間にいわゆる泣き落としっていうのかな、そんなのが挟まる。

〈怒ったりしてごめん〉〈ノリカを愛してるから〉〈浮気するノリカが悪いんだよ〉〈反省してくれた？　お互いに謝って仲直りしよう〉〈ノリカがいないと生きていけない〉〈許してくれないと死んでやる〉

留守録の方も怒鳴っているかと思えば泣いていて、あたしは男の人があんなふうにぐじゃぐじゃ泣く声なんか初めて耳にしたから、マジで吐き気がしてきた。

「絶対に返信しちゃ駄目よ。電話にも出ないでね」

お姉ちゃんにスマホを返して、お母さんは言った。

「ノリカ、この男と別れるでしょ？」

お姉ちゃんは迷わずうなずいた。「はい」

「厄介な相手だから、わたしやお父さんがあいだに入る必要がありそう。メールと留守録はとっておいてね。彼があなたにどれだけひどい態度をとってきたのか、誰の目にも一目でわかる証拠になるから」

お母さんは完璧にしゃっきりしていた。

「勇気を出して、毅然とふるまうのよ。これ、レイコちゃんのおかげだわ。ノリカを解放するために、レイコちゃんがチャンスをくれたのよ」

あたしもそう思った。今日のことがなかったら、真面目で優しいお姉ちゃんは、家族に心配をかけまいと、まだまだ我慢し続けたに決まってるもの。

名古屋駅には伯母さん（伯父さんの奥さん）が迎えにきてくれていて、あたしたちはタクシーでレイコちゃんが運び込まれた救急病院へ向かった。

「亡くなった原因は急性の心筋梗塞か、心臓に近いところの大動脈解離じゃないかっていうんだけれど」

詳しいことは解剖してみないとわからない。外で倒れて亡くなったので変死扱いになるから、遺族としては忍びない思いもあるけれど、この病理解剖をやめてもらうことはできないって、伯母さんが説明してくれた。

病院で伯父さんと落ち合い、担当の先生にも挨拶をして、あたしたちはレイコちゃんのなきがらと対面した。胸が引き裂かれそうに辛くて悲しかったけれど、あたしは新幹線のなかでお母さんが言っていたことを心に言い聞かせ、いつだってあたしたち姉妹の幸せを願ってくれたレイコちゃんの笑顔を思い出していた。

レイコちゃんと伯父さん伯母さんの家は、もともとはお母さんの実家だ。みんなでいったんそこへ帰って、レイコちゃんが帰ってきたら寝かせてあげられるように支度をして、親戚たちと連絡を取り合いながら、セレモニーホールの担当者と打ち合わせをした。陽が落ちて夜になり、

「ちゃんと食べないといけないよ」

伯父さん伯母さんに励まされて、近所のレストランに食事に出かけた。お母さんにとっても懐かしいお店だそうで、美味しい洋食を食べながら涙を呑み込んだ。

コーヒーが出てきたところで、伯父さんと伯母さんが何となく目配せしあって譲り合って、伯母さんが小声で切り出した。

「こんなときに何だけど……ノリカちゃん、顔をどうしたの？」

お姉ちゃんの頬は腫れていたし、くちびるが切れたところは色が変わっていた。

実はね——と、お母さんが説明した。あんまり詳しいことまで言わなかったけど、ざっくりした話だけでも、伯父さん伯母さんを驚かせるには充分だったみたい。

「ヒロキがいなくてよかったわ」

と、伯父さん伯母さんの一人息子で、あたしたちも大好きな従兄の名前をあげた。

「あの子がいたら、そいつ殴ってやるって怒り狂っちゃうわ」

ヒロキは大きなゼネコンに就職して二年目で、今は東南アジアの支社にいる。直行便もないと

ころなので、帰国は早くても明後日になりそうなんだって。

「怖い思いをしたね、ノリカ」

伯父さんは優しく言った。

「母さんのことは残念だけど、こんな形になったおかげですぐに相手と距離をとれたし、葬儀が終わるまでノリカたちはこっちにいるんだから、冷却期間もおける」

「ええ、あたしもそう思うの」と、お母さんがうなずく。「さっきダンナから電話があって、忌引きのあいだに自分が相手と交渉して別れ話をまとめてしまうから、ノリカはもう何もしなくていいって言ってたわ」

普段はそれぞれマイペースのうちのお父さんとお母さんだけど、娘のピンチとなるとぴったり息が合う。

「それなら安心だ。ノリカもミノリもゆっくり休んでいなさい。三人ともうちで泊まるだろ?」

それなんだけど——と、伯母さんが口を挟んだ。「ノリカちゃん、その彼氏にスマホをいじられたりしていない?」

お姉ちゃんは軽く目を瞠った。「たぶん大丈夫だと思いますけど……」

自信なさそうに語尾を濁した。お財布を取り上げられたりしてるんだから、スマホだって無事ではなかったかもしれない。

「義姉(ねえ)さん、何を心配してるの?」

お母さんの問いかけに、伯母さんは言いにくそうに声を落とした。「スマホにはGPS機能がついてるでしょう？　専用のアプリを入れると、第三者が簡単に位置を特定することができるって聞いたことがあるの」

あたしたちは顔を見合わせた。伯父さんも険しい表情になってうなずく。

「その男は情報工学学科にいるんだよな。その手のことに詳しいだろうし、ロックしてても安心とは言えない」

あいつがお姉ちゃんのスマホに勝手に位置追跡アプリをインストールして、今もじっとそれを見ている――

「山のようなメールや着信が止まったら、それっきりずっと音沙汰がないっていうのも不気味な気がしてねえ」

嫌だ、怖すぎる。

「うちは広いばっかりの古い家だし、セキュリティもつけてないから、ノリカちゃんたちはホテルに泊まったらどうかしら。せめてヒロキやお父さんたちが帰ってきて、男手が増えるまではその方が安心じゃない？」

「そうだな。思い過ごしで笑い話になるならそれでよし、用心するに越したことはない」

伯父さんがすぐホテルを手配してくれて、自家用車でお母さんとあたしたちを送っていってくれた。

もう夜も更けていたので、ロビーには人気(ひとけ)がなかった。このホテルのレストランはレイコちゃんのお気に入りで、あたしたちが遊びにいくとよく連れていってくれた。誕生日やクリスマスに楽しい思い出がいっぱいある。

伯父さんとお母さんがチェックインの手続きをしてくれているあいだ、あたしとお姉ちゃんは窓際のソファに腰をおろして、手をつなぎ、黙って夜景を眺めていた。大きな通りに面しているので、この時間でも車の往来が多い。建ち並ぶビルの窓明かりや、行き交うヘッドライトやテールランプの連なりが、だんだん涙でにじんできた。

夜空には満月よりもちょっとだけ痩せた月が輝いている。空の上は風が強いのか、薄べったい黒雲が流れてゆくのが見える。月は次々と流れ来る黒雲の隙間から、あたしたちを見守るように顔をのぞかせている。

そのとき、出し抜けに窓ガラスの向こうに人が現れた。

タツヤ氏だった。昼間と同じ服装で、右手を背中に回して隠し、左手は拳に握っている。顔は幽霊のように真っ白、表情が死んでいる。目は底光りして、瞳が点のように小さくなっていた。

その頬に筋がついている。涙が伝っているのだ。ぞっとして、あたしは震えた。

口を歪めて、タツヤ氏が何か叫んだ。分厚い窓ガラス越しでも、あたしには聞き取れた。もしかしたら思い違いかもしれないけど、ホントに聞こえたんだ。

「やっぱり男とホテルにしけこんでいやがったな」

あたしもお姉ちゃんも凍りついた。息が止まり、血の流れも止まった。

タツヤ氏が右手を動かした。先端にギザギザのついた大きなナイフを握っている。

夜空に雲が流れた。月がその陰に隠れ、清く明るい光が消えた。地上の都会には他の光源がた

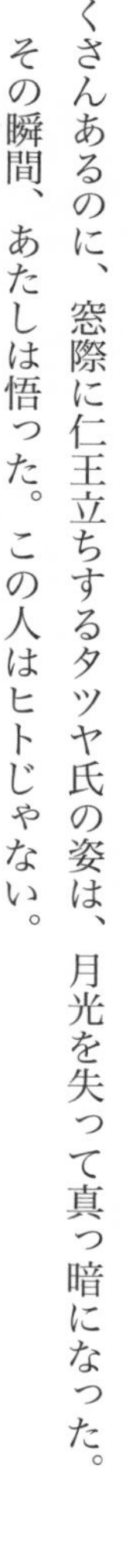

くさんあるのに、窓際に仁王立ちするタツヤ氏の姿は、月光を失って真っ暗になった。

その瞬間、あたしは悟った。この人はヒトじゃない。

この世のものじゃない。悪魔か悪霊だ。だから、ガラスなんか通り抜けてこっちに襲いかかってくる――

奇声をあげてタツヤ氏が駆け出した。ホテルの出入口から入ってくる。止めようとするドアボーイを突き飛ばし、ナイフを振りかざしてロビーに駆け込んできた。その目はお姉ちゃんを見ている。顔全体を歪ませ、歯を剝き出して身もだえしながら。

ドアボーイとベルボーイ、フロントからもホテルマンが飛び出してきた。あたしはお姉ちゃんと手をつないだままロビーの中央へと逃げた。いっぺんに三、四人の男性たちにタックルされて、タツヤ氏は組み伏せられた。それでも大声でがなりたてる。

「殺してやる！　殺してやる！」

その手からナイフがはね飛び、ロビーの絨毯の上に転がった。きつく抱き合うあたしたちのところへ、お母さんと伯父さんが飛んできた。伯父さんがあたしたちをまるごと抱え込み、

「見るな、見るな！」

大きな背中でブロックしてくれた。

「ノリカ愛してる！　こんなに愛してるのに！」

タツヤ氏は吠えるように泣き始めた。伯父さんに抱きしめられ、お母さんとお姉ちゃんのかすれた悲鳴を聞きながら、あたしはまたガラスごしに夜空を仰いだ。雲は流れ去り、月はそこにいて、またあたしたちを照らしていた。月の嘆きを、あたしは知った。

この光では浄化できないものもあるの。ごめんなさいね。

月隠るついさっきまで人だった　独言

窓際のゴーヤカーテン実は二つ

美冬（みふゆ）は布団のなかで、夫が身動きする気配に目を覚ました。哲司（てつじ）がベッドから起きて、リビングの方へ出て行く。冷たいだろうに、スリッパもはかない裸足だ。

静かな夜明け前、リビングの壁掛け時計の振り子が揺れる音さえ聞きとることができる。

「ううう、さぶいさぶい」

哲司が首を縮めて戻ってきたところに、美冬は声をかけた。「どうだった？」

哲司はちょっと大げさなほど驚いた。「なんだ、起きてたのか」

「今、何時？」

「四時半になるところ。冷えるわ～」

「だって、確か今日は大寒だもの」

寝返りを打って、美冬は夫の方に向き直った。哲司は布団にもぐってきた。

「わざわざ見にいかなくたって、いいのに」

「違うって。トイレに行きたくなったから、ついでだよ」

「てっちゃんだって、もう若くないの。起き抜けに窓を開けて外気にあたったりしたら、ショックで倒れちゃうことだってあるよ」

二人とも七月生まれの蟹座で、誕生日は三日しか違わない。今年、哲司は四十一歳に、美冬は三十八歳になった。職場のサークルで知り合い、交際して結婚して十三年目になる。子供はいない。勤め先では部署が違うので、これという問題もなくずっと共稼ぎを続けてきた。

「うちの家系は長生きだから平気だよ」

おちゃらけた口調で返して、大あくびを一つ放つと、哲司は枕に顔を伏せた。いつでもどこでも、スイッチをぱちんとするみたいに寝たり起きたりできるのだ。美冬にはとうてい真似できない技で、羨ましい。

美冬は薄暗い天井を見つめた。起きてしまって、朝食と弁当の支度を始めようか。

新型コロナウイルスの感染予防対策の一環で、美冬が所属している財務管理課はリモートワークが推奨され、週に一度しか出社する必要がない。顧客を相手にする総合営業職に就いている哲司はそういうわけにはいかず、従前通りに出勤するし、残業もある。夫が外食を控えねばならない分、美冬は弁当の献立バランスに気を使うようになった。

もともと料理は好きだから、苦にならない。これまでの結婚生活で、台所に立つのが辛いと感じたのは、風邪などで体調が悪いときぐらいだった。だけど今は、毎朝起きて台所に向かうたびに、ごくささやかだけれど確かな不安を覚える。窓の外で、あれは今朝もまだ青々と、丸々としているのかしら、と。

去年の三月の初め、美冬と哲司がこの賃貸マンションを選んだとき、リビングダイニングのベランダが南西に面しているのは、むしろ長所だと思った。明るくて風通しがいい。他の条件面は文句なしだったから、「真西じゃないんだから、いいか」と。しかし、いざ住みついてみたら、ゴールデンウイーク明けの段階で、まわりにこれという遮蔽物がないところへ照りつける西日の威力に閉口する羽目になってしまった。

「五月でこれなのよ。真夏になったらどうなることやら」

何とかしなくちゃと言う美冬に、哲司はのほほんとしていた。

「暑いときは遮光カーテンがあるじゃん」

「昼間からカーテンを閉めとくの？　そんなの絶対いやよ」

「美冬はお洒落部屋好きだからなあ」

住まいの見栄えにこだわりがあると言っていただきたい。

美冬は焦った。今は呑気な哲司だって、めちゃくちゃ暑がりなんだから、夏になったらエアコンを使いまくるに決まってる。電気代もどうなることやら。

悩んでいるところに助け船を出してくれたのが、お隣に住まう高田夫妻だった。五十代初め、共働きで子供なし。引っ越しの挨拶のときから印象が好かった。世代こそ違うが、つかず離れず親切な隣人として付き合える人たちだった。

高田夫人は言った。「うちも西日には悩んでたけど、ゴーヤを植えたら一発で解決したわよ」

いわゆるゴーヤカーテンだ。

「日陰をつくると、ホントに室温が二、三度下がるの。実も生るから一石二鳥だし。うちの旦那なんか、夏のあいだは毎朝ゴーヤ入りのグリーンスムージーを飲んでる」

それはちょっと真似できないが、室温が下がるのは有り難い。ただ問題は、美冬の側にあった。

「実はわたし、全ての観葉植物を枯らす特殊能力の持ち主なんですよ」

ガーデニングが趣味の哲司の母親に、

――あなた、呪われてる。

と言われてしまうほどなのだ。

姑はおっとりしていて優しく、けっして意地悪な人ではない。だからこそ、姑がこしらえてくれた寄せ植えや、株分けして花を咲かせてくれたランやバラやスイセンなどを片っ端から枯らしてしまう美冬を責めずに、「呪い」という表現を使ってくれたのだろう。

すると高田夫人は大笑いして、

「素敵なお姑さんね」

「だからこそ申し訳なくて……」

「ゴーヤはほったらかしでも育つわよ。むしろ、神経質にいじくらない方がいいくらいだから、きっと大丈夫」

夫妻は毎年、五月半ばに苗を植え付けるようにしているという。

「ちょうどいいタイミングだったわ」

という次第で、次の土曜日、美冬と哲司は高田夫妻と一緒に近くのホームセンターに赴き、要るものを一から買い込んだ。道具に土に肥料にネット。ベランダに二列の長方形のプランターを配置して、そこにゴーヤの苗を植えた。最初のうちは割り箸を支柱として立てて、麻紐で茎を優しく括り、折れないように計らっておけばいい。あとは、毎日しっかり水やりをすること。

いざ栽培を始めてみると、おっかなびっくりの美冬よりも、哲司の方が熱心だった。几帳面に水やりをし、害虫がついていないかチェックし、スマホで「ゴーヤ観察日記」をつける。

「こういうの、実はオレ嫌いじゃないんだ」

まあ、あのお母さんの遺伝子を継いでるんだもんね。おかげで、美冬はほとんど手を貸さずに見守っているだけで済んだ。ゴーヤ手入れ中の哲司に、日傘を差しかけてやったぐらいの貢献度である。

一ヵ月ほどで、ベランダには立派なゴーヤカーテンが完成した。密生する緑の葉が与えてくれる清涼感は、漠然と期待していた以上の素晴らしいものだった。晴天のときはもちろんだが、蒸し暑く重たい梅雨空のときも、（お洒落部屋好きの）美冬は、緑のカーテンのベランダ美化効果にうっとりした。

黄色い雄花と雌花が咲くと、確実に実を得るためには、朝のうちに受粉作業をする必要がある。これも哲司はきちんとこなしたので、七月初めには最初の収穫を見ることができた。ちょうど美冬の手首ぐらいの太さの実が三つ。高田夫人に見てもらって、

「あら、上出来ね」

さっそくチャンプルーにして食べた。自分で育てた野菜の味は格別だと、哲司はご満悦だった。

それからも、ゴーヤの実は何度も採れた。生命力の強い野菜なのだ。

「よかったね」

「ゴーヤ入りのグリーンスムージーは勘弁だけど、やっぱチャンプルーはいいな。あとさ、スープは意外なくらい旨かったよ」

哲司の「ゴーヤ観察日記」は、双方の親と、ごく親しい友人たちと近況を報せ合うためにつくったSNSのページに載せてある。哲司の母は、立派なゴーヤカーテンと実の収穫に大喜びして、新幹線を使う距離なのに、わざわざ見に来てくれた。ついでにゴーヤのサラダや天ぷら、スープを作って、そのレシピも美冬に教えてくれた。しっかり苦み抜きするのがコツよ。

暑さ対策だけでなく、家族の交流にも役に立ってくれたゴーヤカーテン。実の方は、八月の終わり頃にはいささか飽きがきてしまい、収穫せずにぶらさげたままとなったが、それもまたいい眺めだった。

「オレ、ほかの植物にもチャレンジしてみようかなあ。ベランダでガーデニングする男のこと、〈ベランダー男子〉とか言うんだよね。ちょっといいじゃん？」

「ふうん。わたしは応援だけにしとくわ」

幸か不幸か、秋の到来と共に哲司は仕事が忙しくなってしまい、本格的なベランダー男子デビューはおあずけとなった。

美冬の頭のなかからは、ベランダのゴーヤそのものが消えていった。もともと自分で手をかけず、旨味だけを味わっていた立場だから、涼味を実感する機会が減った分だけ、ゴーヤの存在感も減ってしまったのだ。

しかし十月半ばの朝、台所のカウンターに肘をついてホットコーヒーを飲んでいて、異常に気がついた。そのとき初めて、目が覚めたみたいに認識したのだ。

　これって、ヘンなことじゃないのか。

　うちのベランダのゴーヤ、いまだに濃い緑色の葉が繁ったままだ。まったく枯れない。そして今も実がついている。最後についた実が一つ、二つ、摘まなかったまんまで。

　哲司は、これも地球温暖化のせいだと言った。

「それとも、ヒートアイランド現象だっけかな？　そのうち、首都圏じゃどこでもバナナやレモンが生るようになるってさ」

　その日のうちに、美冬は高田夫人と立ち話する機会があったので、朝晩は肌寒くなりましたね、真夏のことがウソみたいですねなどと話題を選び、ゴーヤのことを訊いてみた。もしかしたら、あのホームセンターで売っていたゴーヤの苗は越年種で、高田夫妻のところでも元気に青々丸々ぼつぼつしているのかもしれないと思った。そのときは、ホントにその可能性だってあると思った。

　高田夫人はこう言った。「そもそも暑い土地の植物だから、このあたりみたいに、夏が終わったらとたんに底冷えするような場所じゃ、儚いわよね」

　お隣のゴーヤはちゃんと枯れていた。

「うちじゃあ、コスモスとカンナを咲かせて、秋の七草の寄せ植えを作ったら、冬のあいだはベランダのガーデニングはお休みよ。室内のランにかかりっきりになるしね」

　そうですか、また見せてくださいねと愛想笑いをして、美冬は自宅のドアの内側に入った。急いでリビングのベランダへ行ってみると、秋風にゴーヤの葉がざわめき、ぼつぼつした表皮の実が二つ、一つは美冬の目の高さで、一つは肘の高さで、そっぽを向き合ってぶらさがっていた。

さすがに、十一月になれば枯れるだろう。夫婦でそう話し合い、笑い合った。

ゴーヤは枯れなかった。深緑色の実の生長は止まっているが、ぼつぼつは深くてはっきりしている。眺めていると、

——食べ頃だよ、奥さん。チャンプルー旨かったろ？

バカみたい。美冬は衝動的に手を伸ばし、ゴーヤの実を千切ってしまった。つかんだときの感触の固さに、つっと鳥肌が立った。最初は台所のペダルペールに投げ込んで、それもすぐ我慢できなくなって、ゴミ袋ごと引っ張り出して、マンションのごみ集積所まで捨てにいった。

帰宅した哲司にその件を話すときも、まだ興奮していた。

「そんなに思い詰めないでさ」

美冬を宥めながら、哲司はちょっとバツが悪そうな顔をした。

「白状すると、オレも気になってたんだ。うちのゴーヤ、やけに丈夫だなあって」

ゴーヤの実は、収穫せずに放っておくと、あっという間に熟しすぎて黄色くなり、弾けてしまうこともあるという。

「黄色くなると苦みが消えて、また旨いらしいんだよね。だから、ほったらかしといて黄色くなったら摘めばいいやって思ってたんだけど……」

うちのベランダのゴーヤは、いつまで経っても緑色のままだ。

美冬はゆっくりとまばたきをした。「それって、あのゴーヤはただ枯れないんじゃなくて、時間が止まってるってこと？」

哲司が美冬の顔を見た。美冬も彼の目を見つめ返した。

「まさか」と同時に言って、少し笑った。

「きっと寒さに強い苗だったんだ」

いくらなんでも、師走に入れば枯れるだろう。哲司はそう言った。美冬もそうねと応じて、きりきり考えないことにした。

ゴーヤは枯れなかった。それ以上丈が高くなることはなかったが、葉は一枚も落ちず、茎もつるもしっかりしていて、根も横に広く張っている。そして、美冬が千切って捨ててしまった実が生っていたところとは別の場所に、また実がついた。今度も二つ。だんだんと大きくなってゆく。

気温だけの問題ではない。もう二ヵ月近く、水をやっていないのに。

「うちで何かの奇跡が起こってる」

天使か悪魔の仕業だ。どっちにしろ、人間が手出ししちゃまずい。

「オレはしっかり監視してる。美冬は忘れちゃっていいよ。気に病むな。ね？」

こうして哲司は、大寒の夜明け前にベッドから抜け出して、わざわざ様子を見にいったりしているわけなのだ。

この町は首都圏の片隅にあるが、山が近く、私鉄線の駅から少し離れれば、住宅よりもビニールハウスや田畑の方が目立つくらいのところだ。東京都内と比べたとき、夏の暑さは同程度でも、冬場の冷え方はレベルが違う。十二月の半ばぐらいから、マンションのまわりの植え込みには、しばしば霜柱が立つ。雪はあまり降らないが、朝の気温が零度を割り込むことだって珍しくはない。真夜中に降った雨のなごりが、早朝のベランダで薄氷になっていることもある。

そんななかでもゴーヤは枯れずに、とうとう年を越した。根元に霜柱が立っても、プランターの端っこに小さな氷柱が下がっても、作り物みたいに爽やかな緑色の葉と、ごつごつした表皮で深緑色の苦味を封じ込めているみたいにずっしりとした二つの実は健在だった。

今度は美冬も、千切って捨ててしまうことができなかった。そんなことをしたら、せっかく哲司が「監視」している何か——大変な何かを邪魔してしまい、怒らせてしまうような気がしたのだ。それがどんな大変なものなのか、天使なのか悪魔なのか神なのか仏なのか、まるで見当がつかないのに。

今年の気候は暦に忠実で、大寒の翌日から大寒波が日本列島をすっぽりと包み込んだ。美冬は買物に出た先で、水道管の凍結注意を呼びかける市の広報車とすれ違った。ショッピングモールの靴屋には、スノウブーツや凍結した道路での転倒を防ぐ滑り止めが並んだ。

大寒波は各地で大雪を降らせて、交通渋滞や立ち往生を引き起こした。その様子を報道する全国ニュースの合間に挟まるローカルニュースも、この地方でもまれに見る大雪が降る可能性があると騒いでいた。会社で上司に勧められたとかで、哲司は雪かき用のシャベルを買って帰ってきた。

「エレベーターのところで高田さんに会ってさ、笑われちゃったよ」

高田夫妻は地元民だ。美冬も昼間、高田夫人とちょっと立ち話をしたとき、どんだけ天気予報で騒いでたって、このあたりで大雪なんか降るわけないわよと言われた。積もったってせいぜい二、三センチだわよ。

で、今回も高田夫妻の方が正しかった。この町の積雪量は、市の広報の正式発表によると、二・四センチ。

それでもベランダのプランターは凍った。樹脂製だからバリバリに凍って、亀裂が入った。そこから乾ききった園芸用の土がこぼれ出てしまった。

ゴーヤはどこ吹く風で青々としており、二つの実はよく太っていた。

「ちょっと、やめてよ」

美冬は止めたのに、哲司は手を伸ばして実に触れた。一つには触れただけだったが、もう一つは持ち上げて手のひらでくるんだ。

「ほんのり、あったかい」と言った。

生きているんだ。

「ちゃんと生きてるんだ。凄いね。ホントに奇跡だよ」

白い息を吐き、寒気に震えながら、小学生みたいに目を輝かせてそんなことを言う。哲司はこの枯れないゴーヤを、ちっとも気味悪がっていないんだ。今さらのように美冬は感心し、呆れ、そんな哲司が枯れないゴーヤと同じくらい不気味だと思ってしまって、慌ててその想いを呑みこんだ。

美冬は言おうとした。どこか他所に運んでいって、植えてこない？　山の中がいいわ。陽当たりのいいところ。こんなに強い苗なんだから、野生化して天然のゴーヤ畑ができるかもしれない。

それよりも千分の一秒先んじて、哲司が言った。

「この実、試しに食ってみたらどうだろう」

言いそうだと思った。言うだろうとわかっていた。言わせたくなかったのに、千分の一秒の競争に負けて言わせてしまった。

美冬は目を伏せた。「……そんなの駄目に決まってるじゃない」

なぜ小声になってしまうのだろう。大声で哲司を叱らなくちゃいけない場面なのに。何を考えてるのよ！　こんな不気味なものを口に入れようなんて、どうかしてるわ！

「駄目かなあ」

哲司は素朴に残念そうだった。毎日カレーとハンバーグばっかり作ってあげるわけないでしょうと、お母さんに叱られた小学生のように。

「わたしは料理しない」

「ンじゃ、オレ、高田さんに教えてもらおうかなあ。ゴーヤ入りのグリーンスムージー」

「やめてよ！」

美冬があんまり大きな声を出したので、その声の響きに頬を打たれたかのように、哲司は身を引いた。

この地方の、乾燥しがちで凍える一月と二月、美冬と哲司のあいだには、ゴーヤ冷戦状態が続いた。

美冬は、哲司がまたゴーヤを食べてみようとするのではないかと神経を尖らせていた。哲司は哲司で、美冬が彼の目を盗み、ゴーヤを引っこ抜いてゴミ袋に叩き込んで捨ててしまうのではないかと疑っていた。

こんな相互不信を抱え込んでしまったのは、結婚以来初めてのことだ。自他共に認める仲良し夫婦で、友達感覚が円満の秘訣だと思ってきたのに。

今となっては旧石器時代の出来事のように思えるけれど、結婚して半年ほどで、美冬は妊娠したことがある。ただ、残念ながらその実感はなかった。不正出血があって産婦人科で診察を受けると、流産していることがわかった——という経緯だったからである。

自分の迂闊さを恥じ、号泣しながら謝る美冬を、哲司は徹夜で慰めてくれた。初期の流産は原因不明のことが多いし、当人の責任なんか全くない。オレはちゃんと勉強したから理解してる。それより、美冬が怖い病気にかかってなくてよかった。

その後、美冬に妊娠の兆しが現れることはなかった。調べてもらうと、双方に少しずつ子供を授かりにくい要素があるとわかった。けっして自然妊娠を望めないレベルではないと医師は保証してくれたが、コウノトリにはその保証が通用しないらしかった。

三十歳の誕生日に、美冬は本格的な不妊治療をしたいと望んだ。そのときもまた、ほとんど徹夜で哲司に説得されてしまった。

「オレがすごく仲良くしてた大学時代の先輩、覚えてる？　奥さんと大恋愛で結婚してさ、だけどやっぱりなかなか子供に恵まれなくて、十年近く不妊治療してたんだよ」

その先輩夫妻が最近離婚したんだ、と言った。

「どっちに原因があっても、不妊治療は女性の方にものすごく負担がかかるんだってな。オレも、いっぺん先輩の家に遊びにいったときにね、奥さんが幽霊みたいな顔色してて、お腹がぱんぱんに膨れてて動くのも辛そうだったから、てっきりおめでただと思い込んじゃったことがあるの。でも、治療で腹水が溜まってたんだよ」

辛さ苦しさを耐え忍んで治療を続けても、必ず成果があがるとは限らない。挙げ句に夫婦のあいだに隙間風が吹き、ついには離婚してしまうなんて、悲しすぎるじゃないか。

「子宝って言うくらいなんだから、授かることを願ってさ、神様に任せようよ。もしも授からないままでも、オレ、美冬を大事にするから。オレと一緒にいてよかったって思ってもらえるように、精一杯努力するからさ。美冬に、先輩の奥さんみたいな辛い目に遭ってほしくないんだ」

最後の方は涙目でかき口説かれて、美冬はうなずいた。哲司の手を握りしめて、一緒に泣いた。

幸い、どちらの両親からも、このことで急かされたり、責められたりしたことは一度もない。純粋に、哲司と結婚できて幸せだと感謝しているからこそ、美冬は彼の子供がほしいのだ。まだ一〇〇パーセント諦めたわけではない。いつかきっとと希望を繋ぎながら、夫婦の暮らしを愛おしんできた。

それなのに、バカみたいに枯れないゴーヤのことで、バカみたいに気まずくなるなんて。

「美冬、びっくりしないでくれよな」

二月末のある朝、珍しく先に起きてリビングに座っていた哲司が、こっちを向いた。

「え。どうしたの？」

驚かないわけがない。哲司の左の頰が、満月のように腫れていたのだ。

「こぶとりじいさんみたいだろ？」

笑い話ではない。

「虫歯かしら」

「わかんない。ここ二、三日、下の奥歯に水が染みるなあと思ってはいたんだけど」

美冬は哲司の額に手をあててみた。

「目尻が赤いよ。熱もあるんじゃない？　計ってみてよ」

デジタル体温計がピーピー鳴って、38度1分を表示した。

「どうりで寒気がするわけだ」

「呑気なこと言ってないで、すぐ病院に行かなくちゃ」

間が悪いことに、普段はリモートワークの美冬の出勤日だった。しかも大事な会議が待っている。

「ごめんね、診療予約は取ってあげるけど、一人で行ってもらわなきゃ。タクシーも頼んでおこうか」

「だいじょうぶダイジョウブ。昨夜、痛くてほとんど寝てないから、ちょっとだけ横になって休んでから行く」

「ホントに？　ちゃんと行くのよ」

哲司は、怖がりの小学生みたいな歯科嫌いなのだ。歯医者さん、いやだ〜！　虫歯だって歯周病だって、早いうちに歯科にかかっていれば、ここまで腫れたりしないのに。

「お昼休みに電話して、確かめるからね」

「わかったワカッタ」

「約束よ！　いつものメディカルセンターだからね。場所はわかるよね？」

「がってんガッテン」

「んもう！　ふざけないでよ」

「フザケテマセン。氷嚢つくってくれる？」

美冬が慌ただしく出勤するとき、哲司はリビングのソファに横になり、大きな氷嚢を頬にあてがって、空いた手をひらひら振ってよこした。

「心配してくれてありがとう。ここんとこ、オレ美冬に嫌われてるかなって思ってたから、マジ嬉しい」

「ちゃんと歯医者さんに行かなかったら、マジ嫌いになるよ」

哲司の痛そうな笑い声を背中で聞いて、ドアを閉めた。

その日は忙しかった。出勤日でなければ片付けられない作業もあるから、のんびりしてはいられない。おまけに会議の準備に手間がかかり、やっと始まったと思ったら紛糾して長引いて、昼休みもろくに取ることができなかった。

午後三時すぎ、トイレのついでに大急ぎでロッカールームに戻り、スマホを取り出して哲司にかけてみた。〈電話に出ることができません〉メッセージが聞こえてきた。よかった、病院に行ったのか。

早く帰りたい日に限って、定時間際に用事を言いつけてくる課長がいる。呪われろ！　内心で毒づきながら命じられた資料作りを済ませ、着替えるついでにまた電話。また同じメッセージ。

「もう、何のためのケータイなのよ」

帰り道でスーパーとドラッグストアに寄り、やわらかい果物やゼリー状の栄養食などを買い込んで、帰宅したのは午後七時過ぎのこと。

哲司はジャージの上下を着込み、朝と同じようにリビングのソファに座ってテレビの音楽番組を観ていた。録画したっきり、観るタイミングがないままになっていたものだ。

「おかえり〜」

こちらを向いた哲司の顔。頬の腫れが引いている。熱っぽく潤んでいた目もすっきりしている。

「ああ、よかった」

「うん」

哲司は立ち上がり、美冬が買ってきたものを片付けるのを手伝ってくれた。動作はてきぱきしており、健康体に戻っているように見える。

「やっぱり虫歯だった？　今日いきなり抜かれたわけじゃないでしょ」

「うん」

「飲み薬、どんなのをもらった？　ごめんね、お薬手帳を出していかなかったから、持っていけなかったでしょ。哲司はアレルギーがあるから、抗生剤には気をつけなくちゃいけないんだけど……」

「うん」

なんで「うん」しか言わないんだ、こいつ。

「先生は誰だった？」

「うん……とね」

「若い女性の先生だったでしょ。真木先生」

「うん、そうそう」

美冬は短く息を止めた。「ウソばっかり。真木先生は水曜日だけの代診の先生よ。いつもは篠田先生。ベテランのおじいちゃん先生なんだから」

美冬が買ってきたバナナの房を手でもてあそびながら、哲司はうつむいた。

「診療報酬の明細書を見せて」

哲司は黙ったまま、動かない。

「……歯医者さん、行かなかったの？」

バナナを台所のカウンターの上に置くと、哲司はふうっと大きく一つ呼吸をした。目を上げて、美冬の目を見てこう言った。

「ゴーヤをもいで、食べてみたんだ」

いいいいいいい、
そしたら治ったんだよ。

「オレ、死ぬほど歯医者嫌いだから。ダメ元で試してみようと思ったんだけど」

しゃべるに連れて、哲司の頬がだんだん紅潮してゆく。目が輝いていく。

「下の方に生ってたのをもいでみたんだ。紙細工みたいに軽くって、もしかしたら立ち枯れてるのかなって。でも皮を割ってみたら、中に熟した赤い種がいくつも入っててね」

普通、ゴーヤの中身の種が赤くなるのは、表皮が黄色く熟してからだ。うちのゴーヤは緑色のまま、真っ赤な種を隠していた。

「その種を食べてみたんだ。一つ、二つって口に入れて噛んでるうちに、もう効き目がでてきて……」

上滑りな口調でしゃべりながら、哲司はさっきまで座っていたソファに近寄り、クッションの下から何かを引っ張り出した。ジッパー付きの透明な密封袋だ。

「え？」

哲司はそれを手にしたまま、棒立ちになった。美冬の方を見返る。目が泳いでいる。

「残った皮をこのなかに入れておいたのに」

美冬は哲司の傍らに寄って、密封袋を彼の手から取り上げた。袋はぺったんこで、中には何も入っていない。うっすらと曇っているのは、水分のなごりだろうか。

「……消えちゃった」

ゴーヤの生命力が哲司の腫れた歯茎を治癒するために使われて、失くなった。

「やっぱり、奇跡のゴーヤなんだ」

哲司の表情も声音も、修学旅行で初めて古い仏像と間近に向き合った中学生の男の子みたいだった。

美冬は両腕で身体を抱いた。寒気を覚える。それでいて動悸は速まっている。

「ベランダのゴーヤはどうなってる？」

問いかけると、哲司は弾かれたみたいにベランダへ飛んでいった。重たいサッシを引き開けるとき、アニメのキャラクターみたいにじたばたした。

「枯れてない。無事だよ！」

その声に引っ張られて、美冬もベランダへ出てみた。真冬の寒風がマンションの周りをかすめて唸りをあげている。

夜の寒気のなかで、ゴーヤの葉もつるも、真夏のときのまま青々としていた。実は一つだけ、美冬の目の高さにぶらさがっていた。

ゴーヤカーテン全体を介抱するかのように見回し、優しい手付きで探っていた哲司が、何かに刺されたみたいに動きを止めた。

「美冬、ここ見てくれ」

のぞきこむと、豊かに繁る緑の葉の隙間に、つやつやした丸いつるが見えた。一ヵ所だけ、まち針の頭ほどのサイズで、丸く茶色に変色しているところがある。

「オレが実をもぎったところだよ」

哲司は言って、ごくりと喉を鳴らした。

「ここは枯れてる。もしかしたら、このつるはだんだん枯れていくのかもしれないな」

「もう……新しい実は生らないってこと？」

美冬の問いに、哲司は答えなかった。茶色のしみを凝視している。

「とにかく部屋に戻りましょう。風邪を引いちゃうわ」

美冬は手早く夕食の支度をした。哲司は普通にものを噛むことができたし、痛みも腫れも何もないと言った。しかし、夕食は何を食べてどこに入ったのかもわからなかった。少なくとも美冬は。

「あの実は、大事にしよう」

食後のコーヒーを飲みながら、窓の外に目をやって、哲司が言った。美冬に話しかけているのではなく、ベランダのゴーヤに約束しているかのようだった。

「二つしかなかったのに、オレの歯痛なんかで使っちゃって、もったいないことをしたよ。最後の一つは、ホントに本当に正しい使い道のためにとっておこう」

そして、ようやく美冬の方を向いた。

「ラストワンは、美冬のための奇跡のゴーヤだよ」

美冬は夫の目を見たまま、何度か首を横に振ってみせた。

「哲司の頭がゴーヤに変わっちゃわないかどうか確かめてからじゃないと、わたしには何にも言えない」

やめてくれよと、白い歯を見せて哲司は笑った。美冬も、できれば笑いたかった。

真夜中、浅い眠りのなかで美冬は夢を見た。リビングのソファに、哲司の身長と同じくらいの大きさのゴーヤが横たわっている。美冬の方を見て――どこにも目なんかないのに、全身がぼつぼつの緑色なのに、何故か美冬はそれと目が合って、それはぼつぼつの緑の躰を割ってにっかりと白い歯並びを見せつけて、

――健康第一だよな！

美冬は金切り声をあげて目を覚ました。実際は呼吸が荒くなり、汗をびっしょりかいているだけで、大声など出していなかった。隣のベッドで哲司は軽いいびきをかいて眠っている。窓の外では真夜中の北風が鳴いていた。


哲司の不安な予想は外れ、実をもいでしまったゴーヤのつるも枯れることはなかった。ただ、茶色いしみも消えずにそのままだった。

一日、二日、三日。冗談抜きで、美冬は哲司の様子を観察していた。夫が植物の化け物になってしまったらどうしよう？　しかも不老不死だときている。

哲司は哲司のままだった。言動に変化はなく、息が青臭くなることもない。美冬は彼に触れら

れたくなかった。哲司も強いて近づいてこなかった。彼のあとでお風呂に入るのが嫌で、シャワーで済ませていたら、一番風呂を譲ってくれるようになった。そういう思いやりも、美冬が知っている哲司の美点だ。

ちょうど一週間経って、また美冬の出勤日が来た。朝食のとき、哲司が言った。

「オレ、今夜、三月いっぱいで退職する人の送別会に出るんだ」

「まさか飲み屋で集まるの？」

「オレも含めて四人だけ。ちゃんと感染対策してる店で、長居はしないし二次会もないよ。だけどスタートが七時過ぎだから、帰りはやっぱり十時ぐらいかな」

「わかった」

美冬の方は通常モードで、今週は面倒な会議もない。定時を守らせてくれない課長につかまらない限り、午後六時までには帰宅できるだろう。一人の夕食だから、お弁当でも買ってきて済ませよう。

出勤してみると、件の課長は休みだという。「奥さんの体調が悪いから、自宅待機して様子を見るって」

同僚の女性社員が、ちょっと苦笑いしながら言った。

「コロナに感染したかもって意味？」

「違う違う。みぃちゃん、しっかりしてよ」

この同僚とは十年越しのお付き合いだ。学生時代から、あまりあだ名で呼ばれることがなかった美冬を、「みぃちゃん」と呼ぶのは彼女だけである。

「これって、課長のずる休みの言い訳、定番その一じゃない。その二は、母の体調。その三は、父の体調」

「そっか。家族想いなのよね」

そんなことを言いつつ仕事して、ランチはこの同僚と会社の近くのカフェでパスタを食べた。外でランチをとるなんて、ざっと三ヵ月ぶりだった。課長がうるさいので、みんな我慢していたのだ。

感染対策のアクリル板越しに、不在の上司の愚痴を言って、洗濯洗剤の新製品の品定めをして、観たい映画の話をした。もう少し感染者数が下がったら、一緒に行かない？

楽しく話しているところへ、横から声をかけられた。哲司と同じ営業部にいる、哲司の同期の女性社員で、美冬がこの世でいちばん嫌っている女だった。

どうしてかといったら、美冬と顔を合わせるたびに、やたらと「子持ち」であることをアピールしてくるからだ。小学生と保育園児、二児の母親であることで、いわゆるマウントをとってくる。

なぜ美冬を標的にするのか、向こうの心中はわからない。一児の母親である同僚の意見では、

――あの人、みぃちゃんの旦那にフラれたことがあるからね。

つまり嫉妬のせいだという。美冬は呆れるしかない。女子高生じゃあるまいし、アラフォーのいい大人同士で、今さらヤキモチも何もないでしょう。あなただってとっくに結婚してるんだし。

営業部の女性は、持ち帰りのランチボックスを買いにきたらしかった。さっさとお金を払って出て行けばいいのに、わざわざレジのところから引き返して、美冬たちに声をかけてきたのだ。

「あら、美味しそう」

パスタランチのプレートを一瞥して、そう言った。淡いピンク色の不織布のマスクのひだが、ふがふが動く。

「いいわねえ、ご亭主は昼休み返上で客先を回ってるのに、奥さんは優雅にランチ」

そういうあんただって昼飯ぐらい食うだろうよ。言ってやりたい言葉が、美冬の耳の奥で地団駄を踏む。

営業部の女性は、いっそう元気よくマスクをふがふがさせ、声を高めて続けた。

「哲っちゃんが感染しちゃうと、うちは大打撃なんだからね。奥さんも気をつけてよ。そもそも、こんなときなんだから、一家の主婦は外食なんか控えるべきだってのに、やっぱり子供がいないヒトは、いくつになっても自分がいちばん可愛くって困っちゃうわ」

アクリル板ごしに、同僚の顔に怒気が浮かぶのが見えた。美冬はとっさに手を伸ばし、彼女の指先に触れて、（やめて）と伝えた。

言いたいことを言い捨てて、営業部の女性はカフェの外に出て行く。ちりん、とドアベルが鳴った。そして静まりかえった。

店内の沈黙に、美冬は心臓が凍りそうになった。もともとこぢんまりした店だ。今は感染対策で、席数が半減している。この場にいた全員の耳に、さっきの嫌味が届いてしまったことだろう。

「――みぃちゃん」

同僚の声が震えていた。

今までだって、これぐらいのことは何度もあった。もっと嫌な言葉を吐きかけられたことも、無神経な親切ごかしの助言を投げかけられたこともある。

だけど、今日はどうしても我慢できない。悔しくて腹立たしくて、もしもこの世界を支えている柱が目の前にあったなら、それを押し倒してしまいそうなほどの怒りが、あとからあとからマグマのように湧いてくるのだ。その噴出を抑えて、力の限り抑えて、午後の仕事をどうにかこなした。

定時であがると、美冬は脱兎の如く職場を離れた。何をやらかすかわからない自分自身から逃げるために、最寄りの駅まで走って、電車のなかでは足踏みしたくなるのをこらえ、駅に降りたらまた走って、マンションのエントランスを走り抜けて、エレベーターを使わずに三階まで階段をのぼって、玄関を開けると息を切らしてリビングに駆け込んだ。

それから手で顔を覆い、その場に座り込んで、声をあげて泣いた。

さんざん泣いて泣き疲れて、腫れぼったい目をしばたたかせて顔を上げてみると、リビングは真っ暗だった。明かりをつけることにさえ、気が回らないままだったのだ。

ソファの肘掛けにすがって、どうにか立ち上がった。疲れ切っているのに、目を瞠(みは)った。マンションの外壁に設置されている照明灯の明かりに、ベランダのゴーヤカーテンがエメラルドの破片を並べたように輝いている。

——室内が暗いと、あんなに緑が映えるんだわ。

枯れないゴーヤ。呪われたゴーヤ。奇跡のゴーヤ。

美しい。

——ラストワンは、美冬のための。

美冬は息を呑んだ。

にわかに鼓動が高鳴った。胸の前で両手を握りしめる。

これが、わたしのための奇跡なら。

——かなえてくれる?


その夜、哲司が帰宅したのは十時二十八分のことだった。ごめん、みんなして一杯ずつ余計に飲んじゃった!

美冬はリビングの窓際に座っていた。膝を抱え、身体を丸めて。

哲司は妻に駆け寄り、その頬に残っている涙の痕を見つけた。

「——食べちゃった」と、美冬は言った。

哲司はゆっくりとうなずいた。窓の外に目をやる。一瞥しただけで、ゴーヤカーテンが見事なまでに枯れ落ちていることがわかった。

ただ枯れているだけではない。根元の方から灰色に褪せて、分解が始まっている。植物としての形を保つことができないのだ。

いや、形を保つ必要が失くなったのか。

「わたしが実をもいで、赤い種を食べ終えたら、端からさあっと枯れ始めたの」

奇跡の生命力を、美冬に移して。

灰は灰に。塵は塵に。

美冬は夫に、両の手のひらを広げて見せた。

「皮も消えて失くなっちゃった」

ほんのり、青い匂いが残っているだけ。

「どっか具合が悪かったのか？」

哲司は問うた。眉と瞼のあいだから血の気が抜けている。

「今日、そっちの課長が休んでたろ。まさかコロナにかかってたとか。美冬も？」

美冬は首を振った。

「そんなことじゃない」

切実な願いがあったのだ。

「赤ちゃんがほしいの」

そう言うと、美冬はまた涙を流した。今度は細波のように静かに泣いた。哲司は黙って美冬を抱きしめ、子供をあやすように、優しく優しく揺さぶってくれた。

リビングのなかに、壁掛け時計の振り子が揺れる音が、小さく響く。それさえなかったら、時が止まっているかのような静けさのなか、ベランダのゴーヤカーテンの最後の一葉が塵となり、凍える夜風にさらわれていった。

窓際のゴーヤカーテン実は二つ　今望

山降りる旅駅ごとに花ひらき

勤め先の病院の中庭に梅が咲き始めたころ、須田春恵は母・和子からの手紙を受け取った。母は宛名を「春江」と書き間違えていた。

手紙の内容は、昨年十二月に亡くなった母方の祖父・観山草次郎の遺言状があった、相続手続きのために親族が集まるので、春恵も孫の一人としてその場に立ち会うようにというものだった。

しかも、悠長なことを言っている。

〈家族旅行でよく利用した狩原温泉の稀泉館にみんなで泊まり、あなた方のおじいさまの思い出を懐かしみながら、遺言状の内容を確かめることにします〉

母は達筆なので、手紙を書くのが好きだ。書いた文字はいつも誇らしげに右肩上がりで、ひと目で母の手跡だとわかる。

——遺言状ねえ。

春恵はちょっと口元をすぼめた。

祖父は老舗の光学機器メーカーで定年まで勤め、その後何年か子会社で名前だけの役員に就いて、退職金をもらって隠居した。住まいのマンションはローンが終わっている。母も叔父叔母も、奨学金なしで私立の大学を出してもらっているから、働き盛りの祖父はけっこう高収入だったのだろうとは思う。ただ、どれくらい貯蓄があるのか、保険などはどうなっているのか、春恵にはまったくわからないし、知る機会もなかった。

祖父は亡くなったが、祖母は健在だ。子供は三人。長女が春恵の母である和子で、その三歳下の叔父と、さらに二歳下の叔母だ。祖父の遺産を相続するのはまずこの四人であるはずで、孫には権利がないと思うのだが、だからこその遺言状なのかもしれない。

——どっちにしろ、わたしは関係ないけど。

春恵は祖父と関わりが薄かった。可愛がってもらった覚えがない。まあ、それは祖父だけに限った話ではないのだが。

母に似て活発で美人の長女と、似ている域を超えて母に生き写しの華やかな美貌の三女とのあいだに挟まれ、春恵はパッとしない次女として育った。叔父夫婦のところには息子が二人、叔母夫婦のところには（これまた美人の）娘が一人。だから観山草次郎には孫が六人いたわけだが、その内訳は人間が五人と、春恵という名の幽霊が一人だ。これは祖母も同じだし、ほとんど全ての事柄について祖母と母にはけっして逆らわない叔父叔母も似たようなものである。

二十六年前の七月に春恵が生まれたとき、父方の祖父母は、

——うちの血筋の顔立ちだ。

と、大喜びしてくれたらしい。しかし母は父の両親と折り合いがよくなかったし、父は会社で祖父の部下だったので、どうしても万事に観山家が優先となり、須田の祖父母とは交流が間遠になって、やがて完全に切れてしまった。そして、縁の薄い父方の血筋の顔立ちで生まれた春恵の存在感もまた幽霊になった——という歴史がある。

もちろん、こんなふうに割り切れるようになるまでは、春恵もずいぶん苦しんだ。今振り返ると、無駄な苦しみだったと思う。

子供は親を選べないし、親にも好き嫌いというものがある。春恵の母みたいなお嬢様気質のむら気な女は好き嫌いだけで生きているので、嫌われた子供は不運だ。だが、その不運を「不幸」にまで煮詰めてしまうかどうかは、本人次第である。春恵は子供ながらにそれに気づいて、自分を救う道を見つけた。

姉に心配され、妹にバカにされながら、キャンパスライフを諦めて調理師専門学校に進んだのは、早く自立するためだった。料理は好きだったし、手っ取り早く手に職をつけるには、調理師はぴったりだった。そして最初から病院や学校、介護施設などに絞って、確実な働き口を探すつもりでいた。

新卒で就職したのは特別養護老人ホームで、底意地の悪いボス的な先輩がいたので苦労した。それでも辞めずに頑張れたのは、念願かなって自力で借りた1DKのアパートを死守したかったからである。血の繋がった家族にさんざん意地悪されてきた身の上としては、他人の意地悪など、邪魔くさくはあっても怖くはなかったし。

三年勤めたところで、今の職場に転職した。前の苦労を埋め合わせるかのように、ここでは上司にも同僚にも恵まれている。ずっと病院や介護施設で働くつもりなら、いっそ栄養士の資格をとったらどうかと勧めてくれたのも、今の上司だ。専門学校でも大学でも、夜間の講座で社会人を受け入れているところがあると教えてくれた。

その案には大いに心を動かされたけれど、学費のことを考えると、やっぱり難しい。手堅く給与をいただけるのは有り難いが、正直言って薄給だ。節約に努めて貯蓄してきたのはいざというときのためであって、未来に投資する余裕はなかった。

――もしも、おじいちゃんの遺産をもらえたら。

ありっこない、そんなこと。

それより、狩原温泉までの交通費と、稀泉館の宿泊代は出してもらえるのだろうか。春恵は手紙の続きに目を落とした。

その週末、春恵の心模様を映したように、空は朝から分厚く曇り、ときどき思い出したように雨がぱらついた。特急の駅から狩原温泉へとバスに揺られてゆく道中で、その雨は粒の小さな雪に変わった。

どうか積もるほど降らないで――と祈った。用が済んだら、できるだけ早くうちに帰りたいのだ。道路が通行止めになったり、電車やバスが運休になっては困る。

手紙をもらったあと、こちらから母に電話してみたら、祖母も両親も叔父叔母たちも、既に遺言状の内容を知っていることがわかった。祖父の四十九日と納骨の法要のあとに、遺言執行人である弁護士の立ち会いのもとで、とっくに開封していたのだという。

「だから、みんな知ってるのよ。あなたは来なかったから知らなかっただけ」

連絡がなかったから、行かれなかったのだ。母の声がにやついていたので、春恵は抗議しなかった。

狩原温泉での集まりは、遺言状の内容を孫たちにまで周知し、弁護士が作成してくれた「遺産分割協議書」に、関係者全員が署名捺印するためのものだった。

「あなたは、おじいちゃまの腕時計をもらえるわよ」

母は上機嫌で、さえずるように言った。

「お金じゃないけど、心のこもった形見よ。それにも署名捺印が必要だから、来てもらわないと困るの。交通費と宿泊代は出してあげるから、まあ無料(ただ)で温泉に泊まれると思って来なさいよ。あなたにはそれがいちばん嬉しいんじゃないの」

手紙では「おじいさま」と書いていたが、母にとっては「おじいちゃま」が普通の呼び方である。祖母も妹も従妹も、叔母もこの呼び方だ。祖父もこう呼ばれて嬉しそうだった。

稀泉館は、この地方への出張が多かった祖父が見つけた宿である。こぢんまりした古民家風の造りで、雰囲気がいい。確かに、しばしば家族・親族で泊まりに来た宿だ。夏休みに一週間滞在したこともあるし、年越しをしたこともあるが、春恵は家族の一員ではなく幽霊なので、これという思い出はない。

でも、お湯は肌当たりが優しくて好きだ。料理も地元の食材を豊富に使っていて美味しい。今日も春恵の楽しみは温泉と食事だけで、その点は母の言うとおりだった。

宿の玄関口では、着物姿の女将(おかみ)が出迎えてくれた。いわゆる「泥大島」だろうか。渋い銀鼠色の紬だ。

ままだ。


「春恵さんですね。足元の悪いなか、ようこそおいでくださいました」

　色白でふくよかで、目元に皺があって、笑うと頬がお多福のように丸くなる。稀泉館の女将は春恵が小学生のときからこんなふうで、ずっと変わらない。歳はいくつなのか、見当がつかない

「お世話になります。こちらにお邪魔するの、何年ぶりかわからないくらいなんですけど」

「就職が決まったとき、お祝い旅行でご家族でおいでになりましたよ」

　そう、あれは確かにお祝い旅行だった。ただし春恵のためではなく、妹の美園の大学入学祝いだ。あのときも叔父叔母一家まで全員集合だったのだが、みんな美園のことしか話題にしていなかった。なのに、なぜ女将が覚えているのだろう。

「そしたら、五年ぶりですね」

「はい。またお目にかかれて嬉しゅうございます。皆様、お揃いになっておられますよ」

　女将は、まず春恵の部屋に案内してくれた。露天風呂に近い一階の洋室で、シングル仕様だった。シンプルに整えられており、装飾品と言えば、ベッドサイドの壁に掛けられた小さな絵だけだ。みっしりと、様々な花が咲き乱れる春の山が描いてある。

「タオルをお出ししておきますね」

　荷物を置いて、女将は去った。春恵は濡れたコートを脱ぎ、乾いたタオルで髪を拭き、靴下を穿き替えて、皆が集まっているという食堂へ向かった。途中でスーツ姿の若い男性とすれ違うと、相手は足を止めて一礼した。

「いらっしゃいませ。支配人の葛岡と申します。本日は観山様ご家族の皆様で貸し切りとなっております。ごゆっくりおくつろぎくださいませ」

狩原温泉は冬の行楽地ではないし、稀泉館は小さな宿だ。それでも貸し切りとは豪勢ではないか。

「お世話になります」

春恵も挨拶を返し、ちらりと相手の顔を検分した。目のあたりが女将さんに似てるような気がする。息子さんだろうか。

磨き込まれた長い廊下を歩いてゆくと、談笑する声が聞こえてきた。母と叔父と、従弟たちだろう。

春恵は、食堂へ続くガラスの仕切り戸を開けた。いきなり声が飛んできた。

「あれ、何で春ちゃんがいるの?」

美園は、他人を攻撃するタイミングがいつも絶妙だ。お洒落上手なところと、いじめ上手なところも母にそっくり。つまり、これは才能なのだろう。

「つまらないこと言わないの。春ちゃん、おつかれ」

姉の美咲が美園を叱ってくれた。相変わらず颯爽としていて、きれいだ。

「おつかれさま。お姉ちゃん、一人なの?」

「うん。わたしの実家のことだから、旦那は口出ししないって」

姉夫婦の三歳の長男・正樹は、新築ほやほやのマイホームでパパと二人で留守番して、公園で遊んでファミレスに行って、夜はゲームをするのだそうだ。

美咲は、（春恵自身も含めて）ねじくれた家族のなかでは例外的にまともな感性の持ち主で、結婚相手の義兄も常識的な人だ。だから、次女の春恵を冷遇し、何かといじめと揶揄の対象にしている妻の実家が薄気味悪いのか、あまり関わろうとしない。子供も近づけたがらない。春恵も、可愛い甥っ子がいなくてほっとした。

女将がコーヒーを運んできてくれて、いい香りが食堂に立ちこめた。大きなテーブルを囲む親族一同。祖母、両親、叔父夫婦と大学生の二人の従弟。叔母夫婦と、その一人娘で浪人中の従妹は薬科大学を目指している。叔父のところの従弟は二人とも浪人も留年も経験しているが、資格取得などの具体的な目標があるわけではない。従妹の方が真面目だ。

姉の美咲は妊娠を機に勤めを辞めて、今は専業主婦だ。妹の美園は大学を出て、父のコネを使って就職したばかりである。小さな商事会社ながら海外出張もあるそうで、何かというと自慢する。

この人たちと顔を合わせるのは、祖父の葬儀以来だ。正月も、春恵は自宅で一人で過ごしたし、四十九日は蚊帳の外だったし。

——今日を最後に、もう会わなくてもいいなあ。

席に着いたら、自分でもびっくりするくらい明瞭に、太いマジックで書いたみたいにくっきりと、そう思った。順当に行けば次は祖母の葬儀があるのだろうし、ゆくゆくは親を見送ることにもなるのだろうが、

——もういいや。

ここへ来るまでの道中では、そこまでのことは考えなかったのに。

さっきの「何でいるの？」の効き目だろうか。あれが駱駝の背骨を折る最後の一本の藁だったか。だとすれば、美園に感謝するべきかもしれない。

祖父を亡くしたあと、やや鬱っぽくなっていた祖母だが、今日は元気そうだ。カシミヤのセーターを着て、母とお揃いのアンティークジュエリーを身につけ、化粧もしている。母はといえば、温泉ではなくホテルのディナーにでも行くようなファッションで、凝ったジェルネイルを光らせている。

父は影だ。上役の娘にのぼせあがり、頭を下げまくり口説きまくって結婚させてもらい、公私ともに舅に頭が上がらず、母の顔色を窺う人生を選んだ結果、存在が薄っぺらくなってしまった。

「大事な集まりなのに、なんで遅れるんだ」

その薄べったい父も、幽霊の春恵のことは鼻息を荒くして叱責する。

「みんなを待たせて、まず謝りなさい」

春恵は素直に、遅くなってすみませんでしたと頭を下げた。昔、叔父の妻が、親族のなかでの春恵の扱われように、今風に言うなら「ドン引き」していたことがあるのを、ふと思い出した。あれから年月が経って、叔父妻も全てに慣れてしまったらしく、特に反応することもなくコーヒーを飲んでいる。

「今日は弁護士さんはいないんですね」

誰が答えてくれるかわからないので、春恵はテーブルの上に並べられたいくつかの書類綴りに目をやりながら、言った。

「もう書類はできてるもの」と、母が応じた。

「コーヒーブレイクが済んだら、すぐサインしてもらうわよ」

しばらくすると、女将が筆記用具や朱肉、試し書き用の用箋などを持ってきた。入れ替わりにコーヒーカップを下げてゆく。やっぱり素敵な紬だなあと、春恵は見惚れた。

「はいはい、ちょっと静かにして」

母が恭しい手つきで遺産分割協議書を一部取り上げて、ページを開いた。

「あのねえ、おじいちゃまが残してくれた財産は、まずおじいちゃまとおばあちゃまが住んでるマンションね。それはおばあちゃまが相続します。あとねえ、生命保険の死亡保険金もね」

「姉さん、保険金は相続財産じゃないんだよ」と、叔父が口を挟んだ。「弁護士さんが言ってたじゃないか」

叔父と二人の息子たちは、まるでマトリョーシカのようだ。いちばん大きいのが長男で、次が二男で、内側に隠れているのが叔父。サイズが違うだけで、眉毛の動きから小鼻のぴくぴくまでしばしばシンクロするのが面白い。

「いいじゃない、せっかくだから、詳しく話しておこうと思って」

母は説明が下手で、話が行ったりきたりするので、春恵はうとうとしてしまった。祖父の持っていた預金や投資信託などを合わせた総額、祖母がもらえる遺族年金、貸し金庫のなかに入っていた金地金のコインのコレクションと現金。貸金庫を開けるまでの手続きの煩雑だったこと――。

「今日はまず、おじいちゃまの孫ちゃんのあなたたちに、形見分けをします」

母が言って椅子から立ち上がり、食堂の隅のテーブルに置いてあった布製の手提げ袋を持ってきた。春恵は椅子の軋む音で目を覚まし、まばたきをした。

幅の広いマチのある手提げ袋から、母が次々と小さな白い紙箱を取り出し、その蓋に貼ってある付箋を祖母が確かめて、テーブルの上に置いてゆく。従弟たちの前、従妹の前。

「これが美咲と、美園のね。あと、これが春恵のだわ」

春恵の箱だけ、一回り大きい。ただし角が潰れていた。

「せーので開けてみて！」

祖母も母もはしゃいでおり、父と叔父と従弟たちは愛想笑いを浮かべており、叔母は従妹と何か囁き合っている。食堂の出入口のガラス戸がちょっと開き、女将が顔を覗かせて、すぐに消えた。祖母と母のはしゃぎ声が気に障ったのかもしれない。

電話で聞いていたとおり、春恵の箱の中身は男物の腕時計だった。容れ物のケースは古びていないが、時計そのものは使い込まれて、革ベルトがくたびれている。保証書も入っており、それによると国産メーカーの電波時計で、定価は二万八千円也。

「おじいちゃまが愛用してたのよ。お散歩したり、碁会所へ行ったり、病院通いのときにも、いつもつけてた時計よ」

口から唾を飛ばして、母が言った。偽ブランドものを売りつけようとする屋台のおばちゃんみたいだ。そう思ったら可笑しくて、春恵は笑みを隠すために下を向いた。

「わあ、きれい」

美咲が声をあげ、ついで従妹もそれにならった。春恵を除く五人の孫たちに贈られたのは、全て祖父のカフスボタンだった。

高価なものなのは、目を近づけなくてもわかった。土台は金やプラチナだろう。そこにダイヤモンド、エメラルド、赤い珊瑚、鼈甲、真珠をあしらった五種類のカフスボタン。

「その真っ赤な珊瑚はトサって呼ばれる国産の血赤珊瑚でね、今はなかなか手に入らないのよ」

と、母が自慢げに言った。

「おじいちゃま、お洒落だったのね」

「実はカフスボタンとして使ったことはないの」と、祖母が言った。「最初は、おじいちゃまの誕生日に、おばあちゃまがプレゼントしたの。そのエメラルドのをね。おじいちゃまの誕生石だから。馴染みの宝飾店で、デザインから起こして作ってもらったの」

祖父は非常に喜び、それ以降は祖母と二人でその宝飾店へ出向くようになり、誕生日や結婚記念日などの節目にカフスボタンを作ってコレクションするようになったのだという。

「お高いものだから、毎年なんか作れなかったわよ。その五つが揃うまで、二十年かかったんだから」

「これでおいくらぐらいしたんですか」

従妹がもらった真珠のカフスボタンをさして、叔母が尋ねた。

「それねえ、天然ものよ。養殖じゃないの。作ったときは五十万だったけど、今はもう少しお高いかも」

「え、じゃあこれは？」

美咲が鼈甲のカフスボタンをつまみ上げる。

「鼈甲って、ワシントン条約に引っかかるから、もう輸入できないんじゃなかった？」

「さあ、知らないけど、それは本物よ」

形見分けとはいえ値の張るものなので、弁護士に、みんなから受け取りの署名捺印をもらい、文書を残しておいた方がいいとアドバイスされたのだという。

「おじいちゃまも、これはいずれみんな孫たちのものになるんだからって言ってた。大事にしてね」

祖母は感極まったように涙ぐみ、母が同調する。春恵は手のなかの腕時計をひっくり返し、革ベルトのバックルを外して左手首につけてみようとした。

すると、美園が鋭く呼びかけてきた。「ちょっと待って、春ちゃん」

春恵は手を止めた。みんなが美園を見る。妹は、糾弾するかのように春恵の手元に指を突きつけていた。

「その腕時計、倒れて入院するその日まで、おじいちゃまが使ってたんでしょ？」

祖父は自宅の浴室で倒れて救急搬送された。心筋梗塞だった。三日間持ちこたえたが、意識を回復することなく死亡した。

「ええ、そう」と、祖母がうなずく。

「だったら、おばあちゃまにとっても大事な思い出の品じゃないの。春ちゃんがさっさとがめちゃっていいわけないわよ」

いや、その言い方はないだろう。春恵がくれと要求したわけではない。がめるという表現もずいぶんだ。

「それじゃ、どうしよう」

時計を紙箱の上に置いて、春恵は祖母の顔を見た。別にいいよ、形見なんか要らない。祖母は涙目でおろおろしているが、春恵の目を見ようとはしない。

「春ちゃんが返さないって言うんなら」

美園が食いつくような口調で続けたので、春恵も声をあげた。「返さないなんて言ってない」

美園は何も聞こえないふりをする。もちろん、わざとだ。

「あたしが買い取る。いくら？　払ったげる。お金を払えばいいんでしょ、春ちゃん」

長いこと攻撃され続け、敵の手の内は知っているはずの春恵も、さすがに呆然としてしまった。これは酷い。悪辣だ。

「定価は二万八千円よ」と、母が言った。待ってましたという感じだった。祖母に寄り添い、その背中を撫でながら、

「でも中古品だもの。一万円で充分だと思うわ」

それを聞いて美園が椅子を引き、「お財布取ってくる」と席を立った。その背中に、春恵は言った。

「お金は要らない。時計はおばあちゃんにお返しします」

美園を無視して、祖母に微笑みかけた。

「わたしは気持ちだけいただきます。お母さん、その書類のどこにサインすればいいの？」


たぶん。春恵と並んで温泉につかって、美咲は湯をかきまぜる。

「もしも、あたしが旦那の実家であんなことをされたら」

稀泉館の露天風呂は檜風呂で、四畳半ほどの大きさだ。湯気が芝垣の向こうへ昇って消えてゆく。春恵の願いが通じたのか、雪も雨も止んだ。凍える夜空に、今は雲だけが厚い。

「……明らかに嫁いびりだよね？」

春恵は目をつぶって湯にひたり、返事をしなかった。姉がお風呂に誘ってくれたのは嬉しいけれど、こういう話は嫌だ。

「今時、嫁いびりだって、下手すりゃ慰謝料問題になるのに、春ちゃんに対するあれは何なの？」

姉は怒っているだけでなく、怖がっているようにも見えた。

「あたしね、結婚して旦那の実家っていう他所の家庭を知ったら、うちはホントにおかしいんだってわかった。今までわかってなかった自分もおかしいってわかった。お母さんは心がねじけてるし、お父さんは無神経だし、美園は邪悪すぎ」

「それは言いすぎ」

目を開いて、春恵は笑ってみせた。

「でも、怒ってくれてありがとう」

美咲は首を巡らせて、春恵の顔を正面から見据えた。いわゆるマダムカットのショートヘアが、湯気でぺったり頭に張りついている。

「今まで、春ちゃんのために何もしなくってごめんね。あたしは長女なんだし、もっとちゃんとできたはずなのに」

「誰にも何もできなかったよ。だから気にしないで」

この温泉の湯のように柔らかく言ったつもりだけれど、姉の眼差しは硬い。

「あたしも形見なんか要らない。カフスボタンはおばあちゃんに返すわ」

姉も「おばあちゃま」と呼ばなくなっていた。いつからだろう。気づかなかった。素直に嬉しい。姉が春恵の味方である証拠のように思える。

「そんなことしても、揉めるだけだよ。黙ってもらっといて」

「だって……」

姉は苛立たしそうに湯をかき混ぜる。

「春ちゃんは悔しくないの？」

「悔しいとか悲しいとか、そういうのは通り越した感じ。不可解だなあとは思ってたけど、それもね、社会に出て働いてみたら、わかったよ」

言って、春恵は腰を浮かせ、露天風呂のなかの一段高い段に座った。足を伸ばすと、爪先に熱いお湯がからみついてくる。

「人には、どうしても合わない組み合わせっていうのがあるんだよね」

で、それが肉親同士の場合もある。

「うちでは、あたしはお母さんと合わない。だからお母さん大好きのお父さんとも合わないし、お母さんそっくりの美園とも合わない。それだけのことよ」

「うちのお母さんのメンタリティは、いじめっ子の中学生なのよ。誰かをいじめてないとアイデンティティを保てないから、春ちゃんをいじめるの」

美咲の口調の激しさに、春恵は心配になった。毒蛇みたいにまわりに嚙みつくなんて、姉らしくない。あとで後悔するに決まってる。

「あたしはお母さんのお姑さんに顔が似てたみたいよ。だから嫌われたってこともあるんでしょう」

お父さんのお母さんではなく、お母さんのお姑さん。その言い方で正しい。父は母にベタぼれの挙げ句、母の側からしか世界を見ることができなくなった人だ。妻の舅姑が本来は自分の両親であったことなんか、とうの昔に忘れているだろう。

「そんなの理由にもならないわよ。自分の娘で、おとなしい性格の子だから、安心していじめられるから春ちゃんにあたるの。春ちゃんを下げてあたしと美園を上げて、面白がってきたの」

「お姉ちゃん、のぼせてない？　もうあがろうか」

美咲は、温泉の湯気のなかで口元をへの字に曲げた。

「どうしてなのよ」

声にビブラートがかかっている。

「あたしにはちゃんとした両親だし、明るくて元気な妹なの。なのにどうして、春ちゃんをいじめずにいられないんだろう」

「じゃ、こっちに原因があるのかも。あたし一人だけ不細工だし、頭も性格も悪くって」

「そんなこと言わないで」

美咲の目元を濡らしているのは、汗でも湯気でもなく、涙かもしれない。

春恵は、両手で温泉の湯をすくって顔を洗った。「わあ、すべすべになるよ」

優しい姉を苦しめたくない。夕食の席でも、美咲は一人で春恵に気をつかってくれた。女将も、給仕を手伝っていた女性従業員も、地酒のソムリエを務めてくれた支配人も、挨拶に出てきた板長だって、春恵だけが仲良し家族の集まりからはみ出していることに気づいただろう。それくらいぎくしゃくしていた。もう、姉にそんな想いをさせたくない。

「大丈夫、あたしの方からうまく距離をとっていくから。お姉ちゃんは心配しないで、お義兄さん（にい）とマー君を大事にしてね」

ここが露天風呂でよかった。湯気が嘘を隠してくれる。

露天風呂を出て姉と別れ、部屋に戻る途中でフロントの前を通った。時刻は午後十時を過ぎており、正面玄関はシャッターが下ろされていたが、フロントには明かりが点いていて、女将が何か書き物をしていた。

「いいお風呂でした」

声をかけて、春恵はフロントを通り過ぎた。女将は笑みを浮かべて会釈を返してくれた。食堂の方からはまだ酔っ払いの大声と女性陣の笑い声が聞こえてくる。大枚の遺産を相続して、浮かれている人たち。

ベッドに腰掛け、スマホで明日の電車の時刻表を検索する。誰よりも早く起きて帰ってしまおう。朝風呂は午前六時からだから、入れる。朝食はそんな早くに対応してもらえるだろうか。特急よりも、在来線で新幹線の駅まで出てしまう方が早そうだ。今のうちにタクシーの手配を頼んでおこうか――。

ベッドサイドの小テーブルの上にある内線電話が鳴った。出てみると、女将だった。

「お寝み前に、ハーブティーをお持ちいたします。レモングラスとカモミールがございますが、どちらがお好みでしょう」

前に泊まったとき、こんなサービスがあったろうか。やっぱり貸し切りだからかな。

「カモミールにします」

「すぐお持ちしてようございますか」

「はい、お願いします」

ちょうどいい。タクシーや朝食のことも聞いてみよう。春恵は部屋に備え付けの電気ポットのスイッチを入れた。

　ポットの湯が沸くと、それを見計らっていたみたいに女将がやってきた。丸盆の上に、白磁のティーポットとカップ、蜂蜜の入った小さなピッチャー、紙ナプキンとスプーン、そしてお冷やのグラス。春恵は盆を受け取ろうとしたが、女将はにこにこしながら室内に入ってきた。

　窓際のコーヒーテーブルに丸盆を置く。振り返って姿勢を正した。この時刻でも、女将の着物の襟元はぴんと整えられている。

「須田春恵様」

　穏やかな声で呼びかけてきた。

「不躾なお願いでございますが、これから少しお時間をちょうだいできますでしょうか」

　春恵はまだドアを押さえていた。

「はい、あの、わたしもお願いしたいことがあって」

「では、ドアをお閉めくださいまし」

　女将の頬がお多福のように丸くなる。やっぱり年齢不詳だけど、母よりは年上、祖母よりは若い……かな？

「観山様から、くれぐれも春恵様以外のご親族の方々には内密に——と、お預かりしていたものをお渡ししたいのです」

　あとで時計を見てみたら、女将が春恵の部屋にいたのは、三十分ぐらいだった。春恵の人生を変える三十分だった。

このシングル仕様の部屋は、祖父のお気に入りだったという。一人で稀泉館に来るとき、観山草次郎はいつもこの部屋に泊まった。

「その色紙も、観山様がお描きになったものなんですよ」

壁に飾られているのは、額装された色紙だったのだ。色鉛筆で描かれたものだそうで、

「観山様のご趣味だったのです。お出かけになった先々で描いた作品を、よくお持ちになってくださいました」

他の客室にも、ホールにも、女将の自宅にも、祖父の作品が飾ってあるという。

祖父に絵心があったなんて、春恵はまったく知らなかった。おそらく祖母も母も知らないはずだ。誰も知らない。祖父はそんなこと、家族や親族には針の先ほども漏らさなかった。

春恵ももう子供ではないから、祖父が「一人で」稀泉館に泊まることがあり、趣味の絵を女将にだけ贈っていたということを聞けば、二人の関係の濃度が察せられた。それでも声に出して、祖父とはどういう関係だったんですかと尋ねたら、女将は答えた。

「心から尊敬できる方でございました。わたくしどもに、素晴らしい思い出を残してくださいました」

素晴らしい思い出。はい、愛人関係でございましたので。

春恵は顔が火照ってきた。テーブルの上のグラスを取り上げて、お冷やを飲んだ。一気に半分ほど飲んで、何とも用意のいいことだと思った。

「祖父と親密だったんですね？」

バカみたいな質問なのに、女将は慎ましく目を伏せて、神妙に答えた。

「申し訳ございません」

妻にも三人の子供たちにも秘密の、観山草次郎の人生の悦びが、ここにあった。

——何てこと。

驚きだ。でも、ただのびっくりではない。この感じを表現するにはどんな言葉がふさわしいのだろう。

——痛快、かな。

母たちが春恵をいじめて面白がってきたように、今の春恵もこの事実を面白がっている。

祖母も、母も、美しい観山家の家族の絆も。

みんな、いい面の皮だ。

春恵様——と、女将が呼びかけてくる。

「どうぞ、これをお受け取りください」

観山草次郎は、春恵のために、春恵の名前の預金通帳に、ざっと千三百万円もの預金を残していた。

「十年前、春恵様が高校に進学したときから貯金を始められましてね。この地元の銀行ですし、当時はまだ、今ほど口座の開設時にうるさいことを言われませんでした」

女将は通帳のページをめくって見せてくれた。金額に多寡はあれ、全て入金の記帳だ。数ヵ月から半年に一度、一万円前後のときもあれば、百万を超えているときもある。引き出しの記録は一度もない。

「印鑑もございます」

口座の登録印は三文判ではなく、小ぶりだが凝ったものだった。名字ではなく、「春恵」の二文字がデザイン化されている。もちろん、祖父が特注で作ってくれたのだ。

「キャッシュカードの暗証番号は、春恵様の生年月日にしてあります。この銀行の東京支店は東京駅の丸の内口のそばにありますので、一度いらして、お好きな番号に変更されるとようございますね」

これだけの大金を、家計のやりくりの外側で、祖父はどこから調達したのか。

「株式投資をなさっていました」

それも初耳だ。祖母も母も、誰も知るまい。

「全てわたくしを通しておられましたから、まわりの方々には覚られていません」

春恵はベッドに腰掛けているのに、腰が抜けそうになった。

祖父は光学機器の老舗メーカーに勤めていた。エンジニアであり、商品開発にも携わっていた。その立場上、つかめる情報は多々あったはずだ。自分ではけっして利用できない、知り合いに漏らしても法律に触れる、インサイダー取引になってしまうような種類の価値ある情報。

春恵が震えていると、女将は口元に手をあてて、おっとりと笑った。

「わたくしも、株にはちょっとした才能がございますのよ。春恵様のおじいさまは、後ろ暗いことなどなさっていませんから、どうかご安心ください」

そう信じたい。素直に、祖父に感謝したい。

だけどそれには、

——豪華なカフスボタンは五つしか作らなかったくせに。

もう一つ訊かねばならないことがある。

「どうして、わたしに」

その問いに答える前に、女将はポットの湯をティーポットに注いで、砂時計をひっくり返した。

「つねづね、春恵には申し訳ないことをしたとおっしゃっていました」

——娘の育て方を間違ってしまった。

「あなたのお母様は、子供のころから、気に入らないお友達をいじめる悪い癖があったそうですよ」

——私にも妻にも、それをたしなめることができなかった。外面を取り繕う以上のことができなかった。わたしの家庭は、中身が空っぽのガラス細工みたいなものだ。

春恵は、食堂で形見分けを始めたとき、ガラス戸から覗いた女将の表情を思い出した。

委細承知だったのだ。春恵の受難を。

「このお金は、春恵様が結婚されるときに、お祝いとしてお渡しするのが望ましいともおっしゃっていましたが、それ以前に自分が急死するようなことがあったときには、わたくしの手から春恵様に渡してほしいと……」

それには、春恵は苦く笑った。あたしが結婚なんかするわけないじゃない。家庭というもの、家族というものに、一片の夢も希望も抱いていないのに。

——春恵はしっかり者だから、大金を手にしても、道を間違ったりしない。自分の人生をよりよきものにするために役立ててくれると信じている。

祖父はそう言っていたという。

「この、花の山の絵でございますが」

つと壁の色紙を仰いで、女将は言った。

「びっしり描き込まれてますでしょう。二十種類もの春の花が、山の上から順番に、一種類ずつ咲いてゆくんですの。ほら、この線路に沿いましてね」

顔を近づけてよく見ると、女将の言うとおりだった。山のてっぺんから麓まで、ぐるりぐるりと山体に巻き付くように線路が走っている。ところどころにホッチキスの針ぐらいのサイズの駅舎が描かれていて、そのまわりに梅が咲いていたり、桃が咲いていたり、菜の花やチューリップが咲いていたりする。麓から広がる平野には、桜の森が雲海のように連なっていた。

あんまり細かいので、ぱっと見では気づかない。それがこの絵の趣向でもあるのだろう。

「引退を決められたときに、この部屋で描かれたんですよ」

懐かしげに目を細めて、女将は言った。

「人生のきつい登り坂を登りきって、これからはのんびり下ってゆく。降りてゆく旅に、花がいっぱい咲いているんだ——と」

ならばこの絵のなかの祖父は、山のてっぺんにいて、ホッチキスの針みたいな駅舎にふさわしい、ホッチキスの針みたいな電車のシートにもたれて寛いでいるのだ。

隣のシートは空けてある。祖母のためではなく、女将のために。

「わたくしなんぞが差し出がましいことを申し上げるようですが」

女将はポットを持ち上げ、カップにハーブティーを注ぐ。

「春恵様は、お小さいときから今日この日までが、人生でいちばんきつい登り坂だったと思ってみてはいかがでしょう。これからはゆっくりと山を降りて、広々として暖かいところへ向かってゆくんです」

一つ駅に着くたびに、新しい花が咲く。厳しい冬も、つらい登り坂も終わった。

「それはそうと、明日のお朝食は、何時にご用意しましょうか」

女将が消えてしまい、カップのハーブティーが冷え切っても、春恵はベッドに座り込んでいた。その頭上では、妙ににぎやかでみっしりした春の山の絵が、幸せそうに咲き乱れていた。


翌年の四月、春恵はある大学の夜間部で、栄養学を学び始めた。

フルタイムで働きながら通学しやすいように、便のいいところへ引っ越しもした。それでも仕事と勉強の二足の草鞋は忙しく、ちょっと何かが予定通りにいかないと、泡をくうことになる。その日も、講義に遅れそうになって走っていたら、キャンパス内の遊歩道で見覚えのある顔とすれ違った。

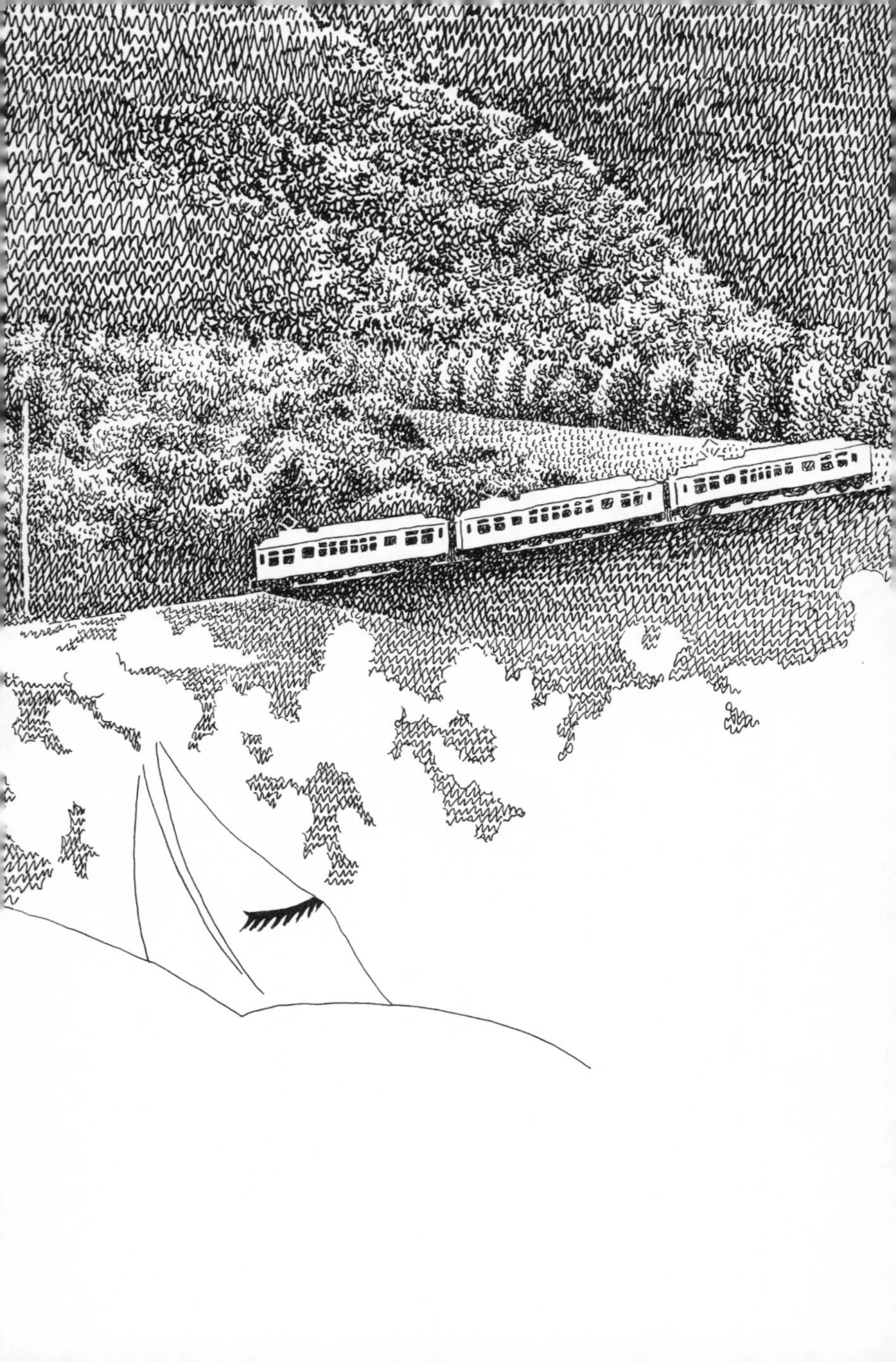

相手は友人らしい若者グループのなかにいた。春恵は目を見張って振り返ってしまったのだが、

——人違いだ。

よかった。一瞬だけ従妹かと思い、真面目な従妹ならまだマシかとも思った。でも、この大学には薬学部はないし、彼女がいるはずはない。よかった。冷汗だ。

稀泉館での形見分け以来、春恵は姉一家としか連絡をとっていない。他の家族・親族とは絶縁した。母や妹が姉に文句を言っているようだが、取りあわないようにしてもらっている。

稀泉館にも、あれから足を運んでいない。女将と二人で大きな秘密を分かち合うことになった以上は、もう近寄らないに越したことはない。女将もわかっているはずだ。

それでも、転居したことは知らせた。すると折り返しに荷物が送られてきた。薄べったい段ボール箱で、開けてみたら、クッションシートのなかから、あの花の山を描いた色紙が出てきた。

一筆箋が添えられており、丸みのある楷書で、こう記してあった。

〈六月いっぱいで稀泉館は人手に渡ります。花が咲いて暖かくて広いところへゆっくりと降りてゆく暮らしのなかで、春恵様のお幸せをお祈りしております〉

春恵はその額を、ベッドサイドの壁に掛けた。

結局、祖父もずるかった。でもお金は有り難い。おかげで春恵は先に進める。後ろを振り返っ

て誰かを責め立てるのは、人生の浪費でしかない。

夜、枕に顔を埋めると、ホッチキスの針みたいに小さな駅舎に、ホッチキスの針みたいに小さな電車が停まり、ちんちん、と鉦が鳴るのが聞こえるような気がする。車窓から笑顔を覗かせる一組の男女に、

——ずっと内緒にしといてあげる。

と囁いて、春恵は眠る。

山降りる旅駅ごとに花ひらき

灰酒

薄闇や苔むす墓石に蜥蜴の子

夏休みに入ってすぐ新しい家に引っ越すと、ケンイチには自分の部屋ができた。三階の端っこで、天井が斜めに下がっているので屋根裏部屋みたいな感じがする。

「俺なんか、高校生になるまで自分の部屋なんかもらえなかった。ケンイチはいいな」と、お父さんは言った。

「ちゃんと片付けるのよ」と、お母さんは言った。「五年生なんだから、できるわよね」

新しい家は、今まで住んでいたお父さんの会社の社宅から、町の中心部を挟んでちょうど反対側にある。転校はせずに済んだけど、買い物するスーパーは替わった。お母さんが、社宅の人たちとあんまり顔を合わせなくなってよかったと、お父さんと話していた。

「建売住宅なんか安っぽいとか、クサしてくるんだもの」

「やっかんでるんだよ。気にするな」

以前は古い倉庫と金網でぐるりを囲われた空き地があったところで、お母さんが言うには、「地主さんが代替わりして相続が発生した」ので、倉庫は取り壊され金網は取り払われて、土地が売りに出されたのだという。

今ではそこに三軒の家が建っている。形は同じだけれど、屋根と壁と手すりの色の組み合わせをちょっとずつ変えてある。ケンイチの家は真ん中にあって、赤い屋根にベージュ色の壁、ブラックチョコレートの色の手すりだ。右隣の家は屋根が青くて壁が白く、左隣の家は屋根が緑色で壁がキャラメル色、どちらも手すりはアルミの色だ。見学に来たとき、左右の家にはもう人が住んでいた。お母さんは、いちばん配色のいい家が残っていてよかったと喜んだ。

「あたしたちと縁があったのよ」

ケンイチの部屋の天井が斜めに下がっているところには、天窓が一つある。下から長いフックを使って開けたり閉めたりする。ケンイチもそのやり方を教わったけれど、勝手に使ってはいけないとお母さんは言った。開け閉てはお母さんがやるからね。

窓が開いているとき、学習机の上にあがって爪先立ちすると、天窓から首を出すことができる。左右の家には天窓はなかった。ここからの眺めはケンイチ一人のものだった。嬉しくてしょっちゅう机に上がっていると、たちまちお母さんに見つかった。お母さんはすごく驚いて、それからすごく怒った。だけど、ケンイチと同じように学習机に上がって天窓から首を出してみると、

「これは楽しいわねえ」と言った。

「首を出して外を眺めるだけよ。危ないから、絶対に屋根の上へ出ちゃいけません。約束できる？」

ケンイチは約束した。そもそも、そんなこと考えもしなかった。だって天窓は小さいし、もしも通り抜けられたとしても、屋根の勾配が急でおっかないからだ。

三軒の家の裏手には小さな丘があり、雑木林に包まれているので、遠目にはブロッコリーのように見える。でも天窓から首を出して見渡すと、木々の隙間に小道があり、てっぺんに小屋みた

いな建物があるのが見てとれた。あれ何だろう？

夏休み中も英会話教室とスイミングスクールがあるし、仲良しの友達の家に遊びにいっては一緒にフィギュアを作っているし、ゲームもしたいし、ケンイチの一日は短く、だいたいは楽しいことばかりで忙しかった。ところがある日、フィギュア作りの続きをしようと友達の家に行くと、道ばたに自転車を駐めるなり友達のお母さんが玄関から出てきて、いきなり「ごめんねごめんね」と言った。友達はお腹をこわしてしまって、寝ているのだという。

「病院で診てもらったら、ウイルス性の胃腸炎だったの。ケンイチ君にうつしちゃったらいけないし、もう大丈夫だよって電話するまで待っててね」

わかりましたとぺこりとして、ケンイチはまた自転車に乗った。何となく家の方に向かってこぎ出したけれど、夏の午後は始まったばかりだ。このところ雨続きだったけれど、今日はやっと青空になって暑いけど気持ちがいい。それでふっと、裏の丘を登ってみようかと思いついた。

丘の探検のことは、フィギュア友達にも話していた。今作っている〈ダイナミックフィギュア初号機〉が完成したら、次の〈クリムゾン・タイフーン〉に取りかかる前に、一緒に行ってみない？

友達はいい顔をしなかった。おまえんちの裏の丘って、前はネジ工場の倉庫のあったとこの丘だろ？　あそこ薄暗くって何にもないよ。虫とか蛇とか出てくるよ。

フィギュア友達は虫が大嫌いなのだった。公園で遊んでいて、ハエや蛾が飛んでくると逃げ回るくらいだった。

確かに裏の丘は薄暗い感じがする。でも真っ昼間だし、うちの目と鼻の先なのだ。ケンイチは勾配のきつい屋根の上に出ようなんて思わないだけの分別はあるけれど、その屋根の隣にある雑木林のなかを一人で探検できないほど怖がりではなかった。

ケンイチの家の裏側からでは丘に登れないことはわかっていた。三軒の家の背後を守るように、けっこうな高さのフェンスが張り巡らされているからだ。丘をぐるっと回ってみれば登り口が見つかるだろう。いったんうちに帰って虫除けスプレーをしてこようかなと思ったけれど、面倒だからやめにした。

自転車を走らせてみると、ブロッコリーみたいな丘の裾には家が建ち並んでいた。ただ、ケンイチの家がある側から見て二時の方向に、古いコンクリートの階段が見つかった。幅は一メートル足らずで、ステップの縁がぼろぼろになっている。近くにあるどの家のものでもなさそうだ。

自転車をガードレールに寄せて鍵をかけ、ケンイチはコンクリートの階段を仰いだ。平屋の屋根の高さまでしかない。そこから先は土の道で、そこそこ急な上り坂を雑木林の木々がトンネルのように囲い込んでいる。

階段がこんな状態でほったらかされているのだから、天窓からちらりと見えた小屋みたいな建物も、たぶん使われていないのだろう。

すごい廃屋だったらカッコいい。まだスマホを持っていないのが残念だった。スマホがあったら写真が撮れるし、探検動画だって撮影できるのに。

コンクリートの階段をぽんぽんと飛んで上がり、土の道を登り始めると、スイッチを切ったみたいにまわりが静かになった。木々の枝越しにまわりの家々の屋根が見える。ベランダの洗濯物が見える。雑居ビルの看板が見える。でも町のざわめきは消えていた。鳥の声さえ聞こえなくなった。

いち、にぃ、いち、にぃ。ケンイチは歩幅を大きくして道を登っていった。木の根がうねうねと地面のすぐ下を這っている。窪んだところには病葉(わくらば)が溜まっている。

丘のてっぺんまで登るのに、そんなに時間はかからなかった。振り返ると、駐めてきた自転車が小さく見えた。てっぺんにはドッジボールコートの半面ぐらいのスペースがあり、藪がぎざぎざとまわりを囲んでいる。

これだけの高さなのに、どうしてこんなに薄暗くなっているのだろう。丘を登っているときには頭よりずっと高いところにあった雑木林の木々が、てっぺんではみんなしてケンイチの方に身をかがめていて、日の光を遮っているみたいだった。

天窓から見つけた小屋みたいなものは、てっぺんのスペースの真ん中にあった。白いペンキがまだらに剝げ落ちた百葉箱だった。この羽目板が、ケンイチの家の天窓からは小屋の一部みたいに見えたのだった。

扉は反対側にあるようだ。中に何かが巣をかけているかもしれない。鳥ならいいけどスズメバチだったら怖い。

百葉箱の横っ腹に手で触りながらぐるっと回ってみると、扉は失くなっていた。もうずっと前に取り払われていたのかもしれない。百葉箱の中はがらんどうで、砂がざらりと溜まっているだけだった。土とカビの臭いが鼻をついた。

木々の枝の隙間から見おろしてみると、すぐにケンイチの家が見つかった。天窓が開いている。青い屋根、赤い屋根、緑の屋根。同じ形の家が整列していて可愛い。青い屋根の家の隣の家の庭に、大きな犬小屋があるのを発見した。引っ越してから今まで、犬の吠える声なんて聞こえたことがない。よっぽどおとなしい犬なんだろう。

どこに繋がれているのかな。小屋のなかで寝てるのかな。てっぺんのスペースの縁ぎりぎりに立って、首を伸ばしたりしゃがんだり、いろいろと姿勢を変えながら、ケンイチは犬を探した。丘のそちら側には道がなく、藪に覆われた斜面が急角度に落ち込んでいる。あんまり身を乗り出すと危ないので、バランスを崩さないように気をつけた。

そのとき、何かすばしっこいものがひゅっとケンイチの運動靴の上を横切って走り過ぎた。びっくりして飛び下がり、それが走っていった先を見やると、それも地面の上でパッと動きをとめた。

トカゲだった。とても小さい。尻尾が長い。

ちょっとのあいだ、ケンイチもトカゲも身動きしなかった。ケンイチは息をとめて、左足をそっと動かした。トカゲは逃げない。右足も動かして、トカゲに近寄った。一歩、もう一歩。そしたらトカゲがまた逃げた。ケンイチは走って追いかけた。

小さなトカゲは、てっぺんのスペースの一つの角のところでまた止まった。その部分は土がぼくぼくになっている。何日も続いた雨で崩れてしまったのだろうか。

しゃがみこんでよく見ると、ぼくぼくになっているところから丘の斜面の方に、ケンイチの頭ぐらいの大きさの石と、げんこつぐらいの大きさの石が転がっていた。何となくだけど、てっぺんの隅のこの場所から下に転がり落ちたような感じに見えた。

ぼくぼくの土の上で止まっていたトカゲは、ケンイチの頭の影がそこに落ちると、またさっと走った。そして、ケンイチの頭ぐらいの大きさの石の上に、四本の足と尻尾を伸ばしてぺったりと張りついた。石は二つとも苔に覆われて深緑色になっている。触ったら指先までひんやりと深緑色に染まりそうだった。

トカゲに向かって、ケンイチはチッチッと舌を鳴らしてみた。反応がない。間近に見ると、目がまん丸で頭のところがちょこっとだけ赤い、可愛いトカゲだ。

尻尾をつまみあげてみようと、地面に膝をついてそうっと手を伸ばした。すると、またその影の動きを感じ取ったのか、トカゲは石を乗り越えて、たちまち斜面のなかに消えてしまった。

失敗しちゃった。膝と両手をついたまま、

「つまんないの」

声に出してそう言ったとき、ぼくぼくの土のなかで何かが光った。トカゲの目よりも小さなきらりだ。ケンイチがこういう姿勢をとっていなかったら気づかなかっただろう。

さっきはトカゲの尻尾をつまもうとしていた指先で、ケンイチは土を掘った。湿った土は軟らかく、楽に取りのけることができた。

きらりと光ったのはレンズだった。直径五センチほどの虫眼鏡だ。本体はすぐ掘り出せたけれど、柄の先っぽの丸い穴に革紐が通してあって、その革紐がなかなか出てこなかった。ケンイチの指の爪には土が詰まってしまった。

虫眼鏡はレンズに傷がついていた。革紐は腐りかけてボロボロだった。プラスチックのフレームと柄の部分は何ともなっておらず、一〇センチほどの長さの柄に、ひらがなが五文字刻んであるのが見て取れた。

〈すずきかい〉

この虫眼鏡の持ち主の名前だろう。そう思った途端に、ケンイチは慌てた。持ち主の名前がついているものを発見したんだ。ただ拾ったんじゃなくて、発見したんだ。

ボロボロの革紐をきちんと虫眼鏡の柄に巻き付けて、ちょっと迷ったけれどズボンのポケットに収め、ケンイチは丘を降りた。自転車をぐいぐいこいでうちに帰ると、すぐお母さんに虫眼鏡を見せて、どうして見つけたのか説明した。あらまあと、お母さんは言った。

「まるでトカゲが案内してくれたみたいじゃないの」

そう言われてみればそんな感じだったと、ケンイチも思った。

「名前がついてるから、交番に届けてあげよう。持ち主が見つかるといいわね」

お母さんと一緒に町の交番に行った。若いお巡りさんが届けを受け付けてくれて、ケンイチはもう一度、どうやって虫眼鏡を見つけたのか説明した。

帰りにスーパーで買い物をした。今夜はミートボールスパゲッティを作ってあげるとお母さんは言った。上機嫌だった。ケンイチは、大好きなミートボールスパゲッティのことを考えると、もうよだれが出てきそうだった。

お父さんは十時過ぎに帰ってきた。ケンイチは寝る前に歯を磨いていたので、口を泡だらけにしながら虫眼鏡のことを話した。お父さんが温め直したミートボールスパゲッティを食べ始めたとき、家の電話が鳴った。

そして大騒動が始まった。


〈すずきかい〉は、鈴木海君という小学校一年生の男の子だった。ケンイチがまだ行ったことのない遠くの大都会で、お父さんとお母さんと暮らしていた。五年前の夏休みの半ば、ちょうど今頃に、サマースクールに行ったきり行方知れずになってしまった。

虫眼鏡は海君の宝物だった。何でも観察することが大好きな海君の入学祝いにおじいちゃんがプレゼントしてくれて、お母さんが革紐をつけてくれた。海君はいつも虫眼鏡を首からぶらさげていた。行方知れずになった日もぶらさげていた。

それから一年半ほど経って、同じ大都会の別の町で、今度は小学校二年生の男の子が行方知れずになった。男の子が学校帰りに誰かの車に乗り込むところが目撃されていたので、警察が大捜索を始めたら、その日の夜遅くなって、男の子を乗せた車があるコンビニの駐車場に駐まっているのが見つかった。男の子は眠っていて、運転席には誰もいなかった。警察がコンビニに踏み込むと、客の一人が逃げ出した。痩せて髪がぼさぼさの若い男だった。その男は道路に飛び出してトラックにはねられ、まもなく死んだ。男の子は無事にお父さんとお母さんのもとに帰った。薬で眠らされていたので、目が覚めるまでまる一日かかった。

男の子をさらった若い男の住むアパートは、ケンイチの暮らすこの町の端っこにあった。そこからいろいろな物が見つかった。そのなかに、海君がサマースクールに持っていったリュックと、海君の着ていたシャツやズボンがあった。

でも海君は見つからなかった。海君がいつもぶらさげていた虫眼鏡も見つからなかった。海君のお父さんとお母さんは、ずっと海君が帰ってくるのを待っていた。

ケンイチが海君の虫眼鏡を見つけて交番に届けたので、警察は裏の丘を調べた。すると海君の身体も見つかった。すっかり骨になっていた。

ケンイチは、刑事さんたちにいろいろ訊かれるのは怖くなかった。でもお母さんはすごく怖がっていたし、お父さんは人が変わったみたいに険しい顔をするようになった。朝から晩まで家のインターフォンがピンポンピンポンピンポン鳴り、ひっきりなしに電話がかかってきた。お父さんとお母さんが刑事さんたちと相談して、ケンイチは夏休みの残りをおじいちゃんとおばあちゃんの家で過ごすことになった。おばあちゃんが「クイズ番組を見るのはいいけど、ニュースとか見たらいけないよ」と言うので、ケンイチは海君が見つかった後のいろいろな騒ぎをほとんど知らない。

一度だけ、一人の刑事さんが、おじいちゃんとおばあちゃんの家にまでケンイチに会いにきたことがあった。車にはねられて死んだ若い男のパソコンのなかに、あの丘の写真がたくさん残っていたのだという。刑事さんはそれをプリントしてきて、ケンイチに見せてくれた。

「ケンイチ君が見たときは、こんなふうになっていたかい？」

刑事さんが見せてくれた写真には、ケンイチの頭くらいの大きさの石と、げんこつぐらいの大きさの石が写っていた。二つの石は鏡餅みたいに重ねて積んであった。場所はあの丘のてっぺんの一角に間違いないと思うけれど、石にはほとんど苔がついていない。

「ボクが見つけたときは、石は二つとも転がっていました。どっちの石にも苔がいっぱいついていました」

「こんなふうに？」

刑事さんが別の写真を出した。二つの石が重ねて積んであることは同じだけど、どちらの石にも半分くらい苔がついていた。

「ううん、もっと苔が生えてました」

そうか、と刑事さんは言った。

「五年のあいだに、苔が増えたんだ」

ケンイチがお父さんの社宅に住んでいたころ、お隣に中学生のお姉さんがいて、社宅の庭に棲みついたやせっぽちの野良猫によくエサをあげていた。ケンイチもときどきそれを見ていた。ある朝、猫が死んでしまったからお墓を作ったと、お姉さんが言った。社宅の庭を掘って猫を埋めて、その上に丸い石をいくつか積み上げてあった。

——可愛いお墓でしょ。

お姉さんは泣きながら手を合わせて拝んだ。ケンイチも同じようにした。そのときのことを思い出したので、刑事さんに言った。

「ボクは海君のお墓を見つけたんですね」

刑事さんはちょっと困ったように眉毛を動かした。

「お墓じゃないよ。海君のお墓は、もっとちゃんとしたところにある」

そうか。雨で崩れてしまったんだから、ちゃんとしたお墓じゃなかったんだな。だけどあの石は二つともきれいに苔に包まれていて、丘の上の薄闇のなかでつやつやしていた。

二学期が始まると、普通に学校に行った。お父さんが送り迎えしてくれた。フィギュア友達の家に遊びにいくときはお母さんがついてきた。ケンイチのお母さんとフィギュア友達のお母さんはひそひそと長い時間話し込んでいた。クラスメイトの何人かが、教室で、ケンイチがガイコツを見つけたと騒いで、担任の先生にすごい剣幕で叱られたことがあったけれど、ほかには特に何もなかった。十月に入ったら、今までどおりに近所の小学生たちと登下校するようになり、フィギュア友達と〈クリムゾン・タイフーン〉を作り始めた。

ただ、お母さんはケンイチの部屋の天窓を開けてくれなくなった。

二学期の終業式が終わり、ケンイチが通知簿を持って家に帰ると、お客さんが来ていた。一人はあの刑事さんだったけれど、あとの二人は知らない男の人と女の人だった。

リビングでお母さんが向き合って座っていた。目が赤くなっていた。

「海君のお父さんとお母さんよ」

ケンイチが何も言わないうちに、海君のお母さんがソファから立ち上がってきた。痩せていて、ケンイチのお母さんよりずっと歳をとっているように見えた。海君のお父さんも髪の毛のほとんどが真っ白だった。

「海を見つけてくれてありがとう」

海君のお母さんは両手でケンイチの手を握って、優しい声でそう言った。

それからケンイチはお母さんと並んで座った。刑事さんとお母さんと海君のお父さんとお母さんは、いろいろ話し合っていた。誰も大きな声を出さなかった。

海君のお父さんとお母さんは、初めて裏の丘に登ってきたのだった。早くそうしたいと思っていたのだけれど、なかなかできなかったのだと言った。ケンイチのお母さんは洟をかんだり、ハンカチで涙を拭いたりした。海君のお父さんとお母さんは泣かなかった。リビングは暖かいのに、なぜか二人だけは寒そうに見えた。

「あんなところに埋められて、本当に可哀想でしたね」

ハンカチで鼻水を押さえながら、ケンイチのお母さんが言った。

「警察の方からお聞きでしょうが、うちの子はトカゲを追いかけてって虫眼鏡を見つけたんです。小さくて可愛いトカゲだったって」

海君のお父さんとお母さんは黙ってうなずいた。

「きっと海君がトカゲの子に生まれ変わって、ボクはここにいるよって知らせたんですよ。うちの子が見つけられてよかったです」

やりとりのあいだ、ケンイチはずっと下を向いていた。トカゲの長い尻尾と、石に張りついていた恰好と、頭の赤いところを思い出しながら。

それから二、三日して、ケンイチが家の近くの交差点で信号が変わるのを待っていると、後ろから声をかけられた。

「ケンイチ君」

振り返ると、海君のお母さんがすぐそばに立っていた。

「こんにちは。おうちに帰るの？」

夕方で、もう真っ暗だった。ケンイチはフィギュア友達の家に遊びにいった帰りだった。自転車のチェーンが切れてしまったので、その日は歩きで出かけていた。

海君のお母さんはコートを着てマフラーを巻いていたけれど、やっぱり寒そうだった。

「今日は北風が強いわね。車で来ているから、おうちまで送ってあげましょう」

そう言って、海君のお母さんはケンイチの手をとった。この前よりも強い力で、ぎゅっと握って引っ張るような感じだった。

海君のお母さんは、今日も丘を登ってきたのだろうか。その手は氷のように冷えていた。「すぐだから歩いて帰れます」

ケンイチがそう言っても、海君のお母さんはぐいぐいと引っ張っていった。交差点の手前に白い乗用車が駐めてあり、海君のお母さんは後ろのドアを開けると、ケンイチを車の中に押し込んだ。

海君のお母さんは真っ白な顔をしていた。何かから逃げているみたいにせかせかと車の前を回り、運転席に乗り込んだ。がこんとドアロックをかけ、シートベルトを締めて車を出した。

送ってくれるというのだから、ケンイチの家までの道を覚えているのだろう。そう思っておとなしく座っていると、車はどんどん見当違いの方向へ走ってゆく。ケンイチはどきどきしてきた。車の中は暖かいのに、身体が冷たくなっていくような感じがした。

「……道がちがいます」

ケンイチはすごく小さな声で言った。小さな声しか出てこないのだった。

海君のお母さんは返事をしなかった。ハンドルにしがみついて前を向いていた。そのうちぶつぶつ呟き始めた。切れ切れにしか聞き取れなかった。

「トカゲなんて、トカゲなんて」

囁くような声だけど、尖っていた。

「そんなものに生まれ変わったりしない」

ひどい、ひどいと聞こえた。ケンイチは海君のお母さんが怒っているのだと知った。

「ひどい、どうしてうちの子だけが」

そのあいだにも、車はケンイチの家から遠ざかってゆく。信号を一つ、二つ、三つ通り越し、バスを追い抜き、ケンイチが自転車で走ったことのない道を通って。

海君のお母さんは、ハンドルから手を離して顔をこするようになった。呻(うめ)くような声をあげるようになった。泣いているのだと、ケンイチは思った。

「ごめんなさい」

それしか言葉が見つからなかった。ごめんなさいごめんなさい。

車はスピードをあげて走り続ける。ケンイチは膝ががくがくしてきた。喉が詰まって涙が出てきた。泣きながらごめんなさいと繰り返した。

「ごめんなさぁい！」

ケンイチが大声を張り上げると、前方の信号は青なのに、海君のお母さんは急ブレーキをかけた。車はタイヤをきしらせて急停車して、ケンイチはシートから転げ落ちそうになった。

運転席で、海君のお母さんは両手で顔を覆った。トカゲなんてトカゲなんてひどいひどいと呻き続けた。それから、急にハンドルに頭をぶっつけた。何度も、何度も何度も。

ケンイチはシートに張りついて身を縮めた。うんと縮んで見えなくなってしまいたかった。

海君のお母さんの動きが止まった。のろのろと頭を持ち上げる。髪が乱れて、映画に出てくる幽霊のようだった。

「怖がらせてしまったわね」

ケンイチの方を見ずに、震える声でそう言った。

「海も、生きていたらあなたと同い歳だったのに」

ルームミラーに顔が映る。涙で頬が濡れ、髪が張りついていた。

ケンイチの声は喉の奥に引っ込んでしまった。運転席の方を見ることもできない。海君のお母さんの荒い息づかいが怖かった。

しばらくして車が動き出した。先の信号を左折し、来た道を戻り始める。海君のお母さんは髪を乱したまま運転を続け、もう何も話しかけてこなかった。

ケンイチの家が見えてきた。街灯の明かりに赤い屋根が浮かび上がる。ケンイチは心臓が爆発しそうだった。早く、早く早く早く着いてついてついて。

道の手前で車を駐め、海君のお母さんはドアロックを外した。

「自分でドアを開けられる？」

ケンイチは返事もせずにドアの取っ手を引っ張り、ドアを押して転がるように車から降りて逃げだした。必死に走ってもちっとも前に進まず、うちがずうっと遠くにあるように感じた。

やっと玄関にたどり着くと、何度も何度もインターフォンを押した。家のなかでチャイムがうるさく鳴っているのが聞こえた。足音が近づいてきて、ドアが開いた。お母さんがびっくりしたように目を丸くしていた。

「おかえりなさい。どうしたの？」

ケンイチは声をあげて泣いた。

エプロンをかけた母親が、泣きじゃくる少年の肩を抱きしめる。家のなかでは夕方のニュースが流れている。母子が玄関先に佇むのは赤い屋根の家。両隣には青色と緑色の屋根の家。暖かな窓明かりの並ぶその後ろには星のない夜空が広がり、暗い丘がうっそりとうずくまっている。

薄闇や苔むす墓石に蜥蜴の子　石杖

薔薇落つる丑三つの刻誰ぞいぬ

ケイタがお金を貸してくれと言ってきた。

「ごめんね。うちの両親はお金のことになるとすごくうるさくて、わたしも弟も、高校のころから、友達とお金の貸し借りはしちゃいけないって言われてるんだ」

「オレは友達じゃないよ。ミーコの彼氏じゃん」

「彼氏だったならなおさら駄目だと思う」

「親にバレなきゃ問題ないっしょ。言わなきゃいいじゃん」

「実家暮らしだもん。バレるよ」

一般教養課程の教室で何度か隣り合わせたことがきっかけで話をするようになり、ケイタの方からコクってくれて付き合い始めて、まだ一月ほどだった。

ケイタは明るくて面白くてお洒落で、男女を問わず友達も多い人気者だ。コクられたときには正直舞い上がってしまって、わたしは夢心地だった。

でも、それはホントにただの夢だった。いざ彼氏彼女として付き合ってみれば、ケイタがつるんでいるグループ（学年が上の人もいれば、大学生ではない人もいた）のなかに、わたしみたいな地味な女子はいなかった。わたしはあからさまに浮いていたし、ケイタに誘われて彼のグループと一緒にどこかへ遊びに行っても、あんまり楽しくなかった。そんなふうに認めたくなくて自分をごまかしても、心から楽しいと感じられることは一度もなかったのだ。

彼らはいつでもどこでも騒ぎすぎ、行儀が悪すぎた。大学生だって今では立派な成人なのに、やることは不良中学生と同じレベルだ。彼と彼の仲間たちが性的なことにだらしなく、わたしにもやたらと迫ってくるのも気持ち悪かった。「好きだから」ではなく、面白がっている雰囲気があるのがたまらなく嫌だった。

そこへ「お金貸して」。わたしは一気に醒めた。決定打というか、彼の毒が致死量に達したというか。

わたしは自分を叱咤して、現実を直視した。そもそもケイタが近づいてきたのも、彼と仲のいい女子の何人かが、

「ケイタいいじゃん。付き合っちゃいなよ」

「お似合いだよ～」

なんて焚きつけてきたのも、最初からお金目当てだったんじゃないか。

でも、不思議だ。うちはごく平凡なサラリーマン家庭だし、わたしは奨学金を受けていて、自分のお小遣いはバイトでまかなっている。着るものは古着かファストファッション尽くしだ。どこに「金づる」にされそうな要素があったんだろう？

ひそかに訝っていたら、ある日のデートで、ケイタがわたしの肩に腕を回し、耳元で囁いた。

「ミーコさあ、オレたち二人の今後のためにも、ちょっとバイト替えてみない？　先輩の店で女の子を募集してるんだよ」

わたしに口を挟ませず、笑顔全開でまくしたててくる。キャバクラじゃないよ。もっと上品な店。お客の相手をしておしゃべりして、ウーロン茶かコーラでも飲んでりゃ、時給三千円もらえるんだ。どう？　ミーコみたいな清楚なタイプは珍しいから、すぐ売れっ子になれるよ。

「そしたらオレも彼氏として自慢だし、二人でもっといろんなところへ遊びに行ける。旅行だってできるじゃん」

こいつは、わたしに稼がせて貢がせようとしてるんだ。

ただのチャラいダメ男じゃない。危険な男だった。わたしは背筋が寒くなった。

「ごめんなさい。うちはバイトにも厳しいの。父に怒鳴られちゃう。うちを追い出されちゃうかもしれない」

「そしたら一緒に暮らそうよ」

清涼飲料水のコマーシャルに出てくる若者みたいに笑いながらも、ケイタの目は底光りしている。金、カネ、金。この女は金を稼いでくるオレ専属の奴隷。

逆らうんじゃねえよ、言うとおりにしろ。意地汚い本音が燃えている。

わたしの名前はミエコ。ミーコなんて猫みたいに呼ぶのはこいつとこいつの仲間だけ。わたしのこと、人間だと思っていない。

「無理です。わたし、ケイタの望むような彼女にはなれないみたい」

「ンなこと言うなよ。そうやって頭で考えてばっかりなの、ミーコの悪いクセだよ。もっと人生を楽しまなくっちゃ」

おまえが楽しみたいだけだろうが。はっきり言い返してやりたいのを堪えて、しょんぼりした顔をつくり、

「親と相談してみる」

わたしはその場を離れた。これからは慎重に行動してケイタと縁を切ろう。彼も仲間も大学には遊びに来ている連中だから、授業とバイトでスケジュールをつめつめにすれば、うまく距離をとることができるだろう。何度も誘われたけど、あいつらがいるサークルに入らないでいてよかった。

この作戦で、その週は何とか平穏に過ぎた。しつこいラインには、

〈バイトのことを相談したら、やっぱりお父さんにすごく叱られちゃった〉

〈当分は遊びの外出禁止です〉

この言い訳をバージョンを変えて繰り出してかわすようにした。

ところが——

土曜日の夜九時過ぎ、バイト先のカフェから帰ろうとしたところで、待ち伏せをくった。そこは通用口のすぐ外で、駐車場になっている。背後からいきなり羽交い締めされ、目隠しされてしまったのだ。

「サプラ〜イズ！」

女子の嬌声があがる。瞬間的にしか見えなかったけれど、男女とりまぜて七、八人はいるようだ。最初に羽交い締めしてきたのは女子の腕だったけれど、すぐに両脇から男の力で腕をつかま

れ、押さえつけられた。

「ミーコ、お疲れ！」

ケイタの声だ。興奮してうわずっている。

「週末じゃん。ドライブに行こうよ！」

とっさのことで、わたしは息を呑んでしまった。まずい、大きな声を出さなくちゃと思ったら、汗ばんだ手のひらで口を塞がれた。いつのまにか手荷物のリュックも取り上げられ、ぐいぐい押されたり引っ張られたりして、

「はい、乗って乗って」

車のなかに押し込まれてしまった。

「おい、出せ出せ」

「ほいきた」

車が走り出す。なんて手慣れているんだろう。こいつら、本物のワルなんだ。

「どうしてこんなことするの？　ひどいと思わない？」

震える声で抗議しても、バカみたいに盛り上がるはしゃぎ声で混ぜっ返されるばかり。

「ドライブすんだよ。サプライズだからさ、行き先は着いてのお楽しみ」

「ミーコ、もうすぐ誕生日でしょ？　ケイタに相談されて、あたしたちみんなで計画したのよ」

全員で乗り込んでいるのだから、大きな車なのだろう。男の汗と女の化粧の臭いが充満している。

「わたし、うちに帰りたい。遅くなると、親が心配して騒ぎになっちゃう。警察に通報するかも」

「へーきへーき。ミーコのうちにはあたしがメールしとくから」

わたしのリュックを探り、女子の誰かが勝手にスマホをいじくっているらしい。

「ちょっと手ぇ貸して」

きつく手をつかまれ、痛いほど強く指を引っ張られて、スマホの画面に押しつけられた。

「はい、ロックかいじょ～」

「今夜は友達のところに泊まるってことで、お父さんもお母さんも安心ね」

「もう逃げられねえからな」

ケイタの声には、脅しつけるような凄みがあった。

そこから車内の雰囲気が一変した。彼を先頭に、グループの全員でわたしを責める。いわく、ケイタの言うとおりにしないミーコは彼女失格。しつけ直しが必要。素直で可愛い女になるように教育してあげるから有り難いと思いなさい。

車がどれくらい走ったのかわからない。わたしは恐ろしさに混乱し、縮み上がっているだけだった。頬や身体を叩かれたり、髪を引っ張られたりするので、身を守ろうと手をあげると、

「素直じゃないなあ」

その手をつかんでねじりあげられ、何かで手首を縛られてしまった。結束バンドかもしれない。

これも恐ろしく手慣れていた。

「はい、到着！」

ようやく車が止まり、わたしは外へ引きずり出された。足元はでこぼこした地面で、目隠しされたまま強く押したり引いたりされ、抗うと突き飛ばされて、わたしは膝をついた。

夜気はじっとりと蒸し暑く、どこかで秋の虫が小さく鳴いている。

「じゃじゃじゃ〜ん」

浮かれ声で歌いながら、誰かが目隠しをむしり取った。目の前にケイタがいた。まわりには、わたしの逃げ道をふさぐように、彼の仲間たちが立ちはだかっている。

「はい、これからミーコの大冒険が始まりますよ！」

バラエティ番組の司会者みたいに高らかに言って、ケイタが一歩脇にどいた。仲間たちがひゅうひゅうと囃し立てながら拍手する。

視界が開けて、わたしは唖然とした。

目の前にあるのは大きな廃ビルだ。横幅の広い三階建てのコンクリート造りで、部分的には二階建てのところもある。数ある窓は全て光を失い、闇を内側に湛えている。屋上の手前の角に一つだけライトが取り付けられており、その濁った黄色い光のおかげで、いくつかの窓のガラスが割れ、ブラインドが乱れて傾いている様子が見てとれた。

バイト先のカフェがあるのはターミナル駅のすぐそばで、夜も賑やかな繁華街だった。この廃ビルのまわりは雑木林ばかりで、ぽつり、ぽつりと暗い街灯が立っている。左手のはるか遠くに、高速道路の高架と、真珠の粒を繋いだような照明灯の列が見えた。

ここはどこだろう。わたし、どんな辺鄙な場所まで連れてこられちゃったんだろう。

「このビル、昔は病院だったんだって」

ケイタが振り返って、廃ビルを仰ぎながら言った。

「伝染病の患者の隔離病院でさ、使われなくなってから、もう何十年も経ってンだよ。で、今じゃ有名な心霊スポット」

大げさに抑揚をつけて言うと、からかうようにわたしの顔を覗き込んできた。

「では、これからミーコにここを探検してもらいます！」

いぇ〜い！　と、仲間たちが盛り上がる。

「カルテとか薬の瓶とか、証拠になる記念品を取ってくるんだよ。ここ、前に入り込んだヤツが火を出して、いろいろ焼けちゃってるそうだから、けっこう気合い入れて探さないと見つからないと思うけど」

頑張ってね〜と、女子たちが笑う。

パニックになりかけていたわたしだけど、彼女たちのあざ笑う顔が醜くて、悔しくて腹が立って、しっかりしなくちゃいけないと思った。

「どうしてわたしがそんなことをしなくちゃならないんですか」

気持ちを抑えて問いかけると、ケイタはわたしの顎の先をぐいっとつかんだ。

「おまえがオレの言うことをきかないからだよ」

「探検なんて嫌です」

「やりたくないの？　いいよ、じゃあこれにサインして」

後ろから男子の誰かが、ノートを破ったような紙を一枚、ぺらりと差し出してきた。

「契約書。この場でサインするならカンベンしてやってもいいから」

その内容はひどいものだった。まずわたしがケイタに「迷惑料」として五十万円を支払うこと。次にはケイタの指定する店で働くこと。

「第一希望はこの店だよん」

ケイタが彼のスマホをわたしの目の前に突きつけてきた。派手な色使いの広告が表示されている。店名や場所を確認する以前に、〈素人さん、女子学生大歓迎！　お洒落なランジェリーパブ〉という一文が目に飛び込んできて、わたしは事態を理解した。

「嫌です。サインはしません」

自分の声が震えているのが悔しい。でも、きっぱりと答えた。するとケイタはわたしの顎から手を離し、むんずと髪をつかんだ。

「あ、そう。じゃあ探検に出発だ」

髪を引っ張られ、わたしは無理矢理立たされた。

「ほら行け、ブスが」

「舐めてんじゃねえぞ」

男子たちに背中を叩かれ、腿のあたりや膝の裏側を蹴っ飛ばされる。女子たちはまた大笑いする。

わたしは命の危険と、自分の尊厳の危険を感じた。その瞬間には、心霊スポットよりも、この性根の腐った連中の方がはるかに恐ろしかった。自分の身を守らなくては。

「わかった。行きます」

進んで、一歩足を踏み出した。

廃病院のまわりには、金網のフェンスがぐるりと張り巡らされているようだ。わたしたちはその内側に入り込んでいた。振り返ってみたら、フェンスの一部が壊されているのがわかった。これはケイタたちがやったことではなく、心霊スポット探検に入り込んだ先客たちの仕業なんだろう。

他の誰かも来たことのある場所なら、わたしだって行ける。大丈夫。懸命に自分を励まして、わたしは両足を踏ん張った。

「記念品を探すためには、明かりが要ります。あと、これをほどいてください」

わたしの両手首は、やっぱり結束バンドでくくられていた。ケイタの前にそれを突き出すと、バカみたいに笑いっぱなしだった彼の表情が、ちょっと揺らいだ。驚いたのかもしれない。

「なんだこのブス、生意気じゃねえ？」

男子の誰かが毒づいて、またわたしの向こうずねを蹴った。

「やめてください」

「うるせえ、不細工！」

「記念品を取ってこさせたいんでしょう？　早くこれをほどいて、懐中電灯でもスマホでもいいから、明かりになるものをください」

そのとき、少し脇にどいていた女子の一人が、いきなり「きゃ！」と叫んだ。

「あれ見て！　ねえ、あそこ見て！」

後ずさりしながら、廃病院の三階の窓の一つを指さしている。わたしはそちらに目を上げた。

ケイタと仲間たちも同じようにして、

「うお！」

「何だあれ！」

たちまち動揺して、臆病な鹿の群れみたいに寄り集まった。女子たちはもう完全に逃げ腰で、縮み上がっている。

わたしも見た。女子が指さした窓枠のなかに、白い顔のようなものが張りついているのだ。あくまでも「顔のようなもの」であって、目鼻は見えない。のっぺらぼうだけど、輪郭が人間のそれだ。

「さっきまではあんなの見えなか」

ケイタが言いかけたところで、のっぺらぼうがふっと消えた。と思ったら、真下の二階の窓にまた出現した。今度は長い髪を乱していて、目鼻がないからわかりにくいけれど、髪の流れている向きからして、窓ガラスに逆さまに張りついているらしい。

女子たちが泣き叫びながら逃げ出した。おそまきながら、三人いたとわかった。そのなかの二人は、わたしにケイタと付き合うよう焚きつけてきた、彼らのサークルのメンバーだった。

残りの男子たちはケイタを含めて五人。女子たちの手前、かろうじて踏みとどまっているものの、完全にびびっている。何だこいつらチビりそうじゃないの——と思ったら、わたしは逆に落ち着いてきた。

　窓ガラスの逆さまのっぺらぼうが消えた。男子たちはふっと糸が切れたようになって、わらわらと逃げ出した。

「ヤバ過ぎ！」

「こんなの付き合いきれねえよ！」

「おまえら、ちょっと待てよ！　何逃げてンだよ！」

　わめき立てるケイタも、顔色が変わっている。冷汗で額や首筋が光っている。

「どうしますか」と、わたしは言った。

　ケイタは一瞬わたしを見つめると、いきなり頰を平手打ちしてきた。一度では気が済まなかったのか、二度、三度。わたしは目がちかちかした。

「おまえが責任とれ！」

　意味不明なことを叫ぶと、わたしの肘をつかんで廃病院の方へと引っ張ってゆく。

「ここには女の怨霊がいて、生きてる人間が入り込むと襲いかかってくるんだよ。ネットに体験談がいっぱい載ってる」

　それによると、女の怨霊に遭遇してしまったら、誰か生け贄を捧げなければ許してもらえないのだそうだ。だからわたしに生け贄になれと、ケイタはまくしたてる。

　こちら側は廃病院の正面ではなく、裏側に当たるらしい。ケイタが目指しているのは通用口なのか、金属製の重そうな一枚扉に、四角いガラス窓が開いている。もちろん、そのガラス窓の内側も真っ暗だ。

ケイタが扉に付いている頑丈そうな金属性の取手を握り、力を込めてよいしょと引っ張った。こちら側からは引いて開ける造りになっているのだ。とっさに、わたしは彼の衣服のどこかをつかもうと思った。一緒に内側に転がり込んでしまえば、道連れにすることができる。

でもその瞬間、扉の奥に溜まった闇の奥から調子っぱずれな女の高笑いが聞こえてきて、わたしもケイタも固まってしまった。

ケイタの顔を見ると、水をかぶったみたいに汗びっしょりだ。目が泳いでいる。

「オレ知らね。ほら、行け」

わたしの腕をつかんで前に引きずり出し、片手で扉を押さえながら、三十センチほど開いた扉の奥の闇の方へと押しやった。わたしが足を突っ張って抗うと、ケイタの蹴りが飛んできた。お尻のすぐ上を蹴られて、わたしは扉の内側に飛び込んでしまった。

「死んでこい！」

ケイタが喚き、扉は自重で閉まっていく。隙間に足先を突っ込もうとして、わずかなタイミングで及ばなかった。走って逃げていくケイタの後ろ姿がちらりと見えた。

「待って、手首をほどいてよ！」

がこ〜ん。扉は完全に閉じてしまった。

わたしのまわりに闇が満ちた。いきなり深海に放り込まれたようなものだった。

わたしは金属製の扉に身体をくっつけた。くくられたままの両手を上下させて、こちら側の取っ手を探した。何度も何度も手を往復させて、わかったことは、取っ手があるべきところには穴が空いているということだけだった。

建物はおんぼろなのに、この金属製の扉はぴったりと閉じていて、隙間がない。ずっしりと重くて、内側からは開けることができそうにないのだ。少なくとも、手首をくくられたまま、明り一つない今の状態では無理だ。

スマホを持ち歩くようになってから、腕時計をはめなくなってしまったのが悔やまれる。せめて時計があれば、文字盤の光が頼りになるのに。

パニックになってはいけない。とりあえず、危険な連中からは離れることができたのだ。わたしは強いてゆっくりと呼吸した。

黴と淀んだ水の臭いがする。火事があったのがどれほど前のことなのかわからないが、空気が焦げ臭い。ここが病院として機能していたのははるか昔のことのはずなのに、消毒液とポータブルトイレの臭いもするような気がするのは、錯覚だろうか。

鼻で息をしていても、異臭が辛い。でも口呼吸をしたら、何かとても悪いものを直に吸い込んでしまうことになりそうだ。

扉に背中をつけて、わたしはしゃがみ込んだ。このままここでじっとしていて、夜明けを待とう。陽が昇ってくれれば、扉の四角い小窓から光が差し込んでくる。

慌てて外に逃げ出したら、またケイタたちにつかまってしまうかもしれない。今はその方がずメだ。

っとずっと危険だ。

生きているワルの方が恐ろしい。女の怨霊がいるなんて作り話だ。生け贄が要るなんてデタラメだ。

必死で自分に言い聞かせる。でも、それならさっき二階と三階の窓に張りついていたあののっぺらぼうの顔は何？　駄目ダメ、そんなことを考えちゃ駄目だよ、ミエコ。

意外なことに、目が慣れてくると、室内の様子がわかってきた。屋上の黄色いライトが光源になっているのか、今夜の空に浮かんでいた薄い三日月のおかげなのか、廃病院のなかは闇に塗り込められているのではなく、単純に「暗い」という程度だった。

わたしがいるところから、奥に向かって長い廊下が延びている。左手の壁に〈夜間救急〉の表示があり、その下に腰高窓がある。窓枠の下には浅いカウンターが出っ張っている。

つまり、この左側には夜間受付の部屋があるのだ。カウンターに沿って身体を滑らせてゆくと、ドアが開けっぱなしになっていた。どうしよう。夜間受付に入ってみようか。椅子があれば座れる。机があれば、その下に隠れることもできる。

何から隠れるの、ミエコ。それはとりあえず考えないことにしても、身体を小さくしていればより安全な気がした。

見える範囲内では、廊下に障害物は見当たらない。外から見たときほど、荒れ果てた感じではなかった。廊下はつるつるしている。きっとリノリウム張りなのだ。いかにも病院らしい。

カウンターに背中をつけたまま、わたしはじりじりと横に移動した。開けっぱなしのドアから室内をのぞいてみると、受付の腰高窓の前に一組の事務机と椅子があり、室内には向き合わせになったもう二組の事務机と椅子。なぜかしら椅子が机から離されて、あさっての方向を向いている。壁際にはいくつかのキャビネットが並んでいた。

窓は閉まっており、ブラインドもカーテンもない。そのかわり、ぞんざいに板きれを打ち付けてある。内側から、なぜこんなことをしたのだろう。

いずれにしろ、これじゃ駄目だ。金属製の扉のところへ戻ろう。四角い小窓から外が見える方が心強い。

つまずかないよう、慎重に足を動かした。部屋を出て、いったんカウンターに背中をつけてから扉の方へ向かおうとしたとき、わたしは自分のうなじの毛がちりちりと逆立つのを感じた。全身に鳥肌が浮いてくる。寒気が走る。

首をよじって、廊下の奥へと目をやった。

何かが凄いスピードで天井を這ってくる。こっちへ迫ってくる。「何か」。白い服を着て長い黒髪を垂らし、手足をくねくねさせた女だ。上下逆さまになった、のっぺらぼうの顔がわたしを見おろしている。

わたしは石になった。声が出ない。どうすることもできない。

するすると、奇っ怪な女は天井を這ってきた。距離が詰まる。わたしの息も詰まる。

這う女は、わたしから一メートルほど離れたところでピタリと止まった。

わたしはのっぺらぼうと顔をつきあわせた。

のっぺらぼうは白い腕を動かすと、自分の顔に触った。するとのっぺらぼうの皮膚がうごうご波立ち、そこに目鼻と眉と口が現れた。

わたしは呆然として口を開いた。

のっぺらぼうはのっぺらぼうではなくなり、のっぺらぼうだったところには、どこかで見たことがあるような顔があった。

「ねえ、あんた」と、それは言った。「大丈夫？」

おもいのほか優しい声音だった。それを耳にして、この顔が誰の顔なのかわかった。母方の従姉・サエコの顔だ。五つ年上のサエ姉(ねえ)とわたしは、子供のころから姉妹のように仲良くしてきた。今はイギリスの大学に留学中で、一昨日スカイプでやりとりしたときには、このままあちらで仕事を見つけることになりそうだと話していた。

「この顔と声、あんたの好きな人のでしょ」

天井に張りついたまま、それは続けた。

「だから拝借したんだけど、よくなかった？　好きな人の顔なら、ちょっとは安心なんじゃないかと思ったんだけどさ」

わたしはへたへたと腰を抜かしてしまった。

確かに、その女は生身の人間ではなかった。

さりとて、怨霊でもなかった。一般的にわたしたちが考える「幽霊」というものでもなさそうだった。

「なんつったらいいのかなあ」

夜間受付のカウンターに腰掛け、長い髪を自分でかきあげながら、サエ姉の顔と声で、彼女は言った。

「この建物に出入りした大勢の人たちの想いね。生きてる人も、ここで死んだ人も、何かしら想いを抱いてるでしょ。それって一種のエネルギーなんだわ。でね、そういうエネルギーって、当の人間がその場からいなくなっても、切れっ端がちょっぴり残ってたりするのよね」

あたしはその集積なのよ、と言う。

わたしは彼女の足元に、あの金属製の扉にもたれてしゃがみ込んでいる。

「残留思念ということでしょうか」

「あ、それよ。うん、そんな感じ。だからあたしは一人じゃないのよね。いろんな人の残留思念の塊なの」

わたしは、こんな存在と顔をつき合わせている自分自身が信じられないながらも、彼女に気を許し始めていた。だって、彼女の方がケイタたちよりもよほど親切で、この表現が適当かどうかはともかく、人間的だったから。

「残留思念って、静電気みたいなもんだからさ。時間が経つと自然に消えてく。だからあたしを構成しているものも、だんだん入れ替わっていくのね」

サエ姉の顔で、彼女はにっこりする。

「こうしてあんたと会ったことで、今あたしのなかには、あんたの思念もちょっぴり混じってるの。あたしがあんたの発しているエネルギーを受け取ったっていうか、吸い取ったっていうか、そういう仕組みでね。だからあんたの記憶という静電気の流れのなかにある従姉さんの顔や声を真似ることもできてるってわけ」

わかったようなわからないような説明に、わたしはふんふんとうなずく。理屈はどうあれ、彼女の笑みには元気づけられる。

「ここはさ、戦前は結核患者のサナトリウムだったのよ。医学が進んで、結核が死の病じゃなくなってからは普通の総合病院になったんだけど、なにしろ足の便の悪いところにあるからさ、長続きしなかったんだよね」

昭和四十年代の初めから十年以上も空きビルとして放置され、民間の医療法人に買収されて老人医療施設として再オープン。しかし、時代が昭和から平成に移り変わる直前に、その医療法人が破綻してしまって、お金になりそうな備品や機器だけ持ち出され、建物はそっくり放置されることになり、現在に至る。

「ここは今、心霊スポットとして有名になってるようですが」

わたしの言葉に、彼女はうなずく。

「うん、知ってる。そりゃ、昔からいろいろいたもん。あ、出たもん、と言った方がいいのかもしれないけど」

病院だからね——

「希望もあれば絶望もある。死期を迎えようとしている入院患者の遺産のことばっかり考えてる家族の強欲も、事故や犯罪に巻き込まれて死んでいく人の無念や怒りも」

あらゆる残留思念が存在し、入り混じって濃厚なカクテルとなってゆく。それが病院という場所なのだ。

「だから、ちょっと前までは、この建物のなかで形を成しているのは、あたしだけじゃなかったのよ」

けっこう悪いものもいたし、怖いものも闊歩していたという。

「あらかた平らげてやるまで、苦労したわよ。お化け見物に来る物見高い生きた人間たちが入り込むようになってからは、そいつらの恐怖の思念を吸い込んで、悪いものが活気づいちゃったしね」

「あなたがそいつらを平らげた——退治したんですか？」

「うん。それがあたしの存在理由だから」

わたしの見間違えでなければ、彼女はちょっと胸を張った。

「いちばん最初にあたしの核になった残留思念はね、結核サナトリウム時代にここで働いてた院長先生と婦長さんのものだったの。二人とも亡くなったのは別の場所だったけど、長い期間、強い想いを持ってここにいた人だった」

だから、彼らの残留思念は、積極的にここを守ろうとするベクトルを持ったのだ。

「もちろん、月日が経てば二人の思念は薄らいで消えてゆく。でも、あたしを形作ったそのベクトルは残るから、その後もあたしは、ここを善い場所にしようと思う人たちの思念を新しく吸収し続けて、ずっと自分を成り立たせてきたわけ」

　そして悪い残留思念と張り合い、それらを分解してきた。

「ぶっちゃけ静電気だからね」

　そう言って、彼女は白い指を動かし、自分の肩のあたりをすうっと撫でた。かすかにぱちぱちと音がして火花が散った。

「今は、あんたのおかげで、あたしも元気づいてるわ。最近は、あんまし火花は出せなかったんだよね」

　こうして見つめると、彼女の身体は半透明で、後ろにある窓枠が透けて見えている。何だか悲しくなって、わたしは胸が詰まった。

「くたびれたでしょう。一人で寂しかったでしょう」

　気がついたら、そんな言葉を口にしていた。「ありがと。あんた、いい子ね」

　わたしたちはお互いを慰め合うように微笑みをかわした。

「こんな恰好であんな出方をして、びっくりさせちゃってごめんね。ここへ入り込もうとする連中を脅かして追っ払うには、今のこの姿がすごい便利なのよ」

　長い髪に触りながら、彼女は首をかしげる。

「あたしの時間の感覚って怪しいから、正確なことがわかんないんだけどさ。もう二十年ぐらい前かなあ。ここに入り込んでくる迷惑な連中の思念のなかに、決まってこの女の姿があったの。

長い髪で白い服で、なぜか這い回ってるんだよね」

あまりにも大勢の侵入者がこの姿の思念を持っているので、真似してみたら、

「めっちゃめちゃウケたわけ。ていうか、こっちの方がびっくりするくらい怖がるわけ」

わたしは大きくうなずいた。「それ、たぶん有名なホラー映画の影響です」

「あらま、そうなの。ともかく効果絶大だから、ずっとこの恰好でさ。そしたら馴染んじゃって、もう他の姿に変われないんだ」

「この姿になる前は、どんなふうにしていたんですか」

「だいたいは院長先生の真似してた。立って歩いてたし」

「ここで火事があったというのは——」

「ああ、けっこう昔の話だけど、あたしはもう今のこの姿になってた」

放火だったのだという。

「あれもまあ、野次馬だったんだろうけどね。若者じゃない、もっと分別があってもよさそうな大人たちだったわよ」

何度か侵入を繰り返し、写真や動画を撮影し、霊能者だという女が建物内で「お祓い」をした挙げ句、

「ここを浄めるには焼き払うしかないとか言って、ガソリンをまいて火をつけたんだ」

彼女は肩をすくめた。

「まあ、あたしに会う前に、そのころはまだかなりの数うろついてた悪いものに遭っちゃって、

怖がってたからね」

「あなたが無事でよかった」

「うん。消防や救急の人たちが来てくれたからさ。いいエネルギーをもらえた」

話し込むうちに打ち解けて、わたしはすっかり気分がほどけていた。それとは裏腹に身体は冷え切り、ときどき身震いが出た。

「ごめんね。その手首をほどいてあげられたらいいんだけど。そしたらあんた、身体をさすってあったためられるのにね」

彼女には実体がないから、わたしに触ることはできないのだ。わたしも彼女に触れることができない。

「大丈夫です」

「今は暗くて見えないだろうけど、明るくなったらショックを受けるよ。あんた、けっこう怪我してる。血も出てるよ」

彼女の声音は優しかった。

「あの男、ひどいヤツだね」

「はい」

「あんたみたいないい子が、何でまたあんな野郎と関わっちゃったの？」

わたしはケイタのことを話した。ただ話すのではなく、親しい友達にするように打ち明けた。語るうちに涙が出てきて、くくられたままの手首を持ち上げ、顔を拭った。

「危ないところだったね」

「わたしがバカだったんです」

「あんたも無事でよかった。ここに入らずに、他所へ連れて行かれてたら、今ごろどんな目に遭わされてたかわからないよ」

自分でもそう思う。紙一重のところだった。

「外から出入りできるのは、この扉だけなんだ。だからあんた、寒くて気の毒だけど、夜明けまでここにいなよ。毎朝、おまわりさんが巡回に来るからさ。そしたら出ていって、助けてもらいなさいよ」

この建物は、じきに取り壊されることが決まっているのだと、彼女は言った。

「やっと新しい買い手がついてさ。また放火なんか起きたら困るから、警察に相談して巡回パトロールしてもらってんだって。このあいだ調査に来た人たちが話してた」

もしもケイタたちがまだ近くでうろうろしていても、おまわりさんが一緒にいてくれれば安心だ。

「そうします。ありがとう。本当にありがとう」

「どういたしまして」

彼女は笑って、わたしの顔をのぞきこんだ。

「あんた、くたびれたでしょ。眠っていいよ。明るくなったら起こしてあげる」

確かにわたしは疲れきっていた。瞼が重いし、身体じゅうが強ばっている。

「眠れるかしら」

「あたしが子守歌をうたってあげる」

わたしは目を瞠(みは)った。

「子守歌？」

「うん。ここが総合病院で、小児病棟があったころに、婦長さんが子供たちに唄ってあげてた歌を覚えてるんだ」

「お願いします」

わたしは膝を抱え、膝小僧に顎を乗せた。目をつぶると、頭の上から、サエ姉の声で歌が聞こえてきた。

「う～たを、わすれた、カナリヤ、は～」

歌声が身体にしみこんでくる。また涙がにじんできて、頬を伝った。

ふんわりとした眠気に包み込まれる。そのなかに入り込んでしまう寸前に、大事なことに気がついた。

「――この建物が壊されてしまったら、あなたはどうするんですか？」

疲労と眠気で、ろれつがまわらない。

「行くべきところに行くだけよ。心配してくれてありがと」

わすれた～、う～たを、想い出～す～。

うとうとと、わたしは眠った。

身体に静電気のような波が走って、はっと目が覚めた。

金属製の扉の四角い小窓から、朝の陽ざしが差し込んでいる。夜間受付のカウンターの上から、彼女の姿は消えていた。

立ち上がると、手足の関節がぎしぎし軋むようだった。扉に身体を預け、小窓から外を覗いていると、倒れたフェンスの向こうにパトカーが一台現れた。近づいてくる。

全力を振り絞って重たい扉を押して、肩を脱臼しそうになりながら、わたしは何とか外に出た。よろめきながら何歩か進んでゆくと、でこぼこした湿っぽい地面に紙切れが落ちている。拾い上げると、ケイタが突きつけてきたあの契約書だった。

パトカーが停車して、運転席からおまわりさんが降りてきた。急ぎ足で近づいて来る。

わたしは自力でもう何歩か歩き、おまわりさんの腕のなかに倒れ込んで、支えてもらった。

「どうしました？」

「しっかりしなさい。大丈夫ですか？」

こうして、わたしの「探検」の一夜は終わった。

拉致され、車に押し込まれ、めちゃくちゃな契約書にサインを強要され、手荷物を奪われた。彼女が言っていたとおり、わたしは怪我も負っていた。これは立派な犯罪、刑事事件だった。

わたしは病院で手当てしてもらい、連絡を受けた両親が駆けつけてきてくれた。それから長い事情聴取があった。帰宅できたのは午後も遅くなってからだ。

ケイタたちはそれぞれの自宅やアパートに戻っていて、警察にはバラバラに呼び出されたらしい。素直に事情聴取に応じる者もいれば、言い訳して逃げようとする者もいた。

いちばん往生際が悪いのは、やっぱりケイタだった。警察官の訪問を受けると自宅から逃げ出し、行方をくらましたのだ。

わたしの両親は窶れるほど心配したし、悔しいけれど、わたしも家から出られなくなってしまった。

彼女の笑顔や、二人で語り合ったこと、あの優しい歌声は、わたしの心に鮮やかに残っている。もう一度、あの廃病院に行きたいのに。彼女に会ってお礼を言いたいのに。

どうしてもと母に頼んで、一緒に外出してもらい、花屋に行った。最初は花束にするつもりだったけれど、ガラスケースのなかの美しい薔薇をながめているうちに、気が変わった。そのお店でいちばん高価な種類の紅薔薇を、一輪だけ買った。

帰宅して、それを自室の机の上に、ほっそりとした白い花瓶に挿して飾った。

ごめんなさい。今はあの場所に行かれない。でも、こうして手を合わせれば、あなたには想いが届くと信じて。

その日の深夜、スイッチを入れたみたいに、わたしは眠りから覚めた。枕元の時計を見ると、午前二時ちょうどだ。

わたしはベッドから起き上がり、明かりはつけないまま、机の上の紅薔薇に目をやった。いや、視線を吸い寄せられたのだった。

薄いカーテン越しに差し込む月明かりのなかで、紅薔薇の花びらがほどけて、一枚、また一枚、ほろほろと散った。見つめるうちに全て散って、華やかな香りだけが残った。

ケイタが遠方の親戚の家に隠れていることがわかり、身柄を押さえられたのは、それから二日後のことだ。

でも、わたしには、もっと気になるニュースがあった。朝刊の地方面に、小さな記事を見つけたのだ。あの廃病院の取り壊しが始まる、そのあとには最新の設備を備えた老人ホームが建設される予定だ、と報じている。

そうか。

あれは彼女のお別れの挨拶だったのだ。行ってしまったのだ。行くべきところに。

——きれいなお花、ありがと。

わたしこそ、どんなにお礼を言っても足りない。いつか遠い未来

に、わたしも行くべきところに行くときが来たら、また会いましょうね。

薔薇落つる丑三つの刻誰ぞいぬ　蒼心

冬晴れの遠出の先の野辺送り

「裕子（ゆうこ）、支度はできたかい？　そろそろ出ないと」

朝の九時過ぎ、和装の喪服に身を包んだ母が呼びに来たとき、わたしは兄の部屋で、兄が愛用していたパソコン用の椅子に腰かけ、スマートフォンをいじっていた。小百合（さゆり）さんに連絡しようか、まだ迷っていたのだ。

とっさにスマホを伏せたので、母は、わたしがやろうとしていたことを察したようだ。

「やめときな」

短くそう言って、帯締めの具合を気にしながら、スリッパを鳴らして階下（した）へ降りていった。

今日はこれから、わたしの兄・成川俊（なりがわしゅん）の葬儀が執り行われる。市役所前のセレモニーホールで告別式、それから四キロほど先にある火葬場まで、家族と会葬者が付き添って兄の棺を運んで行く。

昔ながらの徒歩の野辺送りだ。戦前は棺を荷車に乗せて馬に引かせたそうだけど、現代（いま）は専用の乗り物を使う。一人乗りの小型の重機で、棺を納めた四輪付きのカプセルを牽引するのだ。徒歩でついてゆく家族と会葬者のスピードに合わせられるよう、時速一〇キロぐらいまでしか出ないとか。こんな専用車を備えているのは、県内でも、未だにこの形の野辺送りの習慣を残している、わたしたちの地元のセレモニーホールだけだそうだ。

一月半ばの土曜日、空は青々と晴れ渡っている。冬枯れの木立のてっぺんに、綿菓子を千切ったような雲が一片だけ浮いている。

兄は晴れ男だった。子供のころから、遠足でも運動会でも、一度も雨に降られたことがないのが自慢だった。

たった二十七年で終わってしまった人生。この先もずっと、兄の晴れ男自慢が傷つけられる機会はない。他にも自慢できる事柄が何かしらあった人であるはずなのに、三つ違いの妹のわたしには、今は思いつかない。ただ、お兄ちゃんらしいお天気でよかったと思いながら、スマホを黒革のバッグに放り込んだ。


兄が亡くなったのは、ちょうど一週間前の深夜のことだ。うちから車で小一時間離れた、隣町に通じる峠道の急カーブで、ガードレールを突き破って十二メートル崖下に転落したのだった。運転席にいながらシートベルトをしていなかった兄は、首の骨を折ってほぼ即死だったらしい。

あとで警察が調べてくれて判ったのだが、この峠道の入口にあるコンビニで、兄はトイレを借りていた。そのときはシートベルトを外して車から降り、用を済ませてまた車に乗り込むと、すぐシートベルトを締める様子が、駐車場の防犯カメラに映っていた。

だから、事故ったときシートベルトをしていなかったのは、本人がわざとそうしたのだろう。

遺体からはアルコールや睡眠薬の類いは検出されず、事故の直前に他の理由で怪我をした様子もなければ、貧血だの脳出血だの、意識を失い運転を誤るような病気の痕跡もなかった。つまり、限りなく自殺の疑いの濃い事故死だ。

なにしろ深夜のことだったので、警察から連絡を受けたとき、父も母もわたしも、まさに悪い夢を見ているような気分だった。そもそも、兄が車で出かけていることにさえ気づいていなかったのだ。

病院に駆けつけて兄の亡骸と対面し、血の気の抜けたその白い顔と、ほっとしたみたいに安らかな表情を見て、ようやく現実味が追いついてきた。

「なんでこんな、早まったことを」

親戚じゅうから「石でできた象の置物みたいに無口だ」と認められている父が、ぼそりと低く言った。そしたら母が泣き出した。

わたしもたぶん、涙を流していたはずだと思う。あまりよく覚えていない。ただ心のなかで、お兄ちゃんは「早まった」わけじゃないよと言っていた。頑張って持ちこたえてたんだよね――

小さいころから理系アタマだった兄は、工学系の高専を卒業すると、学校推薦を受けて、地元にある精密機械メーカーに、技術者のたまごとして職を得た。根仕事であり、常に新しい情報を入れて勉強を続けなければならず、残業も多いし、休日をつぶした研修や勉強会もあって、傍目には大変そうに見えたけれど、本人はこの職にプライドを持ち、やりがいを感じていたようだ。

在職六年目の昨年の新年度には、所属する開発部門でチームリーダーの肩書きがついて、

「部下は二人しかいないんだけどさ」

とても嬉しそうだった。

わたしは兄が怒った顔を見た覚えがない。大笑いをした顔も知らない。たとえるならば、凪のような人だった。本人も凪のような自分のことしか知らなかったから、その凪を乱す大波が起こったら、呆気なく呑みこまれてしまったのかもしれない。

小百合さんというのは、兄の中学時代の同級生だ。家も同じ町内で、わたしたち三人で仲良くしていた。身長一六八センチの小百合さんは女子バレーボール部のエースで、成績優秀で、男女を問わず友人が多く、先生たちにも一目置かれていた。そんな小百合さんと親しくしていることを、わたしはすごく自慢に思っていたし、兄も当時は同じくらいの気持ちだったろうと思う。

小百合さんは高校こそ実家から通える県立に進んだが、大学で東京に出て、卒業後もあちらで仕事に就いた。地元に残り、実家で家族と暮らしている兄との距離は遠くなった。それが一昨年の二月に、担任の先生の還暦祝いを兼ねた同級会があって、二人はそこで顔を合わせた。

で、それから十ヵ月ほど付き合って——在来線で二時間半の距離ではあるが、まあ遠距離交際だ——次のお正月に小百合さんが帰省してきたとき、二人は別れた。「別れた」と言った兄の当時の様子では、ひどく揉めたような感じではなかった。

その後、夏の盛りに、小百合さんは職場の先輩の男性と婚約した。二人の勤め先は、テレビでしょっちゅうＣＭを流している外資系の大きな保険会社だ。地元ではみんなが知っていた。

お節介なＳＮＳのおかげで、そのおめでたいニュースはすぐ兄の耳に入った。兄は数日、ウイルス性の胃腸炎にでもかかったみたいな様子で出勤していたけれど、週末になったら急にきびきびと動き出し、日曜の朝早くに出かけていったと思ったら、夜になって中学時代の別の同級生

（ムロ君という文武両道の優等生で、小百合さんとは部活仲間だった）に連れられて帰ってきた。兄は顔がおたふく風邪みたいに腫れ上がり、右の瞼が切れ、カビカビになった血の塊が目尻と鼻孔にへばりついていた。

蒸し暑い夜気のなかで、ムロ君は汗をかいていたけれど、兄は貧相な幽霊みたいに寒そうに肩をすぼめていた。

「小百合ちゃんが彼氏を説得して、先に僕に連絡してくれたんで、警察沙汰にならなくて済みました」

ムロ君は言って、兄の頭のてっぺんを手で押さえ、ぐいとおじぎをさせた。

「おばさんと妹さんに謝れ。明日、おじさんが起きてきたら、おはようを言う前に土下座して謝れ。おまえが前科者になったら、家族の人生もめちゃくちゃになるんぞ」

ムロ君も東京の大学へ進んでそのまま就職した口で、パッと見ただけでも地元組とは垢抜け方が違う。「〜ぞ」というこの辺の独特の訛りがおよそ似つかわしくないし、もうずっと使ったこともなかっただろうに、今はぷいと口をついて出てきた。それだけ動揺していたのだろう。

「こいつ、大型の万能ナイフを持ってましたけど、取り上げてオレが預かってます。おばさん、慌てないで。使ってないから。小百合ちゃんの彼氏が屈強な人だったからよかった。ナイフはおじさんの仕事道具だと思うんで、明日の朝返しにきます。僕も今夜は実家に泊まるんで」

母は一本調子の早口で、

「ムロ君、お世話かけました」

と言って、そばにいるわたしまで目が回りそうなくらい、ぺこぺこ頭を下げていた。

わたしは黙って兄の腕を取り、玄関の三和土（たたき）から上がらせた。自分で靴を脱ごうとしないので、かがんで脱がせてやっていたら、背後で廊下が軋む音がした。父が目を覚まして起きてきたのだった。

でくの坊みたいに突っ立っている兄に、無言のまま近寄ってくると、父は拳骨を固めて、その顔を殴った。


このあたりでは、野辺送りの際に、棺のまわりに半紙でこしらえた風車をいくつも飾る習慣がある。戦前からあった習わしで、昔は、その風車を作るのは同じ村落の既婚の女性に限られていたそうな。今ではもちろんそんな縛りはなく、セレモニーホールの方で用意してくれる。

日本中どこでも霊柩車を使って棺を火葬場に運び、家族や会葬者はハイヤーやバスでさっさと移動しているのに、どうしてわたしたちの地元では未だに徒歩で野辺送りをすることがあるのか。それは、もともと昔から、故人が子供や若者だった場合、「早く生まれ変わってこよう」と思ってくれるように、茶毘に付す前に、故人と関わりのあった場所や景色のきれいなところをできるだけたくさん巡り歩く——という習わしがあるからだ。うちの兄の場合も、葬儀の手配を始めたとき、母が真っ先にこの習わしにこだわった。

「俊ちゃんにゆかりのあったところを全部まわって歩きたいのよ」

父は乗り気ではなく、徒歩で行くのはそれを希望する会葬者のみに限り、お天気によっては全員が車で移動する計画もちゃんと立てておくことを条件に、渋々これを認めた。

「昔とは違うんだ。皆さんに余計な負担をかけるのはいかん」

野辺送りの道筋も、やたらといろいろな場所へ行きたがる母を叱って、兄が通勤で使っていたローカル線「小里線（おさと）」に沿った、歩きやすいルートに決めたのは父だった。それでも四キロある。昔で言う「一里」で、大人の足で歩くと一時間ぐらいの距離だが、北風に凍えながら礼服を着て歩く会葬者の場合は、その一・五倍くらいに考えておいた方がいいだろう。小里線が走っているのは町の北部を囲う丘陵地帯の裾で、お天気の良し悪しにかかわらず、山から吹き下ろしてくる北風はめちゃくちゃ冷たい。だから父がセレモニーホールの担当者と相談して、四キロの途中に二ヵ所の休憩所兼お手洗いを確保し、ストーブや温かい飲み物の用意も頼んだ。無愛想で人嫌いの父に、こんな気配りができたなんて、わたしには意外だった。

口数が少なく、仕事も趣味も、大勢でわいわいするよりも、一人でコツコツと積み上げてゆくことの方が好き。父と兄は、その点でよく似ていた。父と母は職場の上司の紹介によるお見合い結婚で、父の妹は親戚の集まりがあるたびに、

「世話好きの上役さんがおらなかったら、兄さんなんか絶対に結婚できンかったわ」

と肴にして笑った。それが近ごろでは兄の方にも飛び火して、

「俊ちゃん、今はうっかり上役が見合いなんか持ちかけたら、部下の私生活に口出しするパワハラだって、訴えられちゃうような世の中だかンね。あんたはお父さんのようにはいかないんだから、むっつりしてないで、自分で嫁さん探さないとな」

そんなことを大声で言われても、兄は聞き流していた。わたしたち家族もいちいち気にしないようにしていた。今は微塵も女っけのない兄だって、いつかは父のように縁があって結婚するだろうと思っていた。真面目で優しく、きちんと定職についている普通の男なのだから、同じくらい真面目で優しい普通の女性に出会えるはずだと思っていた。

兄が小百合さんに恋をして、その恋が実らなかったというだけで、たったそれだけのことで人生を誤るなんて、あるはずが無いと思っていた。

徒歩の野辺送りには、お寺のご住職さんに、父と母とわたし、父方母方の親戚が五、六人、兄の職場の先輩や後輩、高専時代の友人、小学校のころからの付き合いのご近所友達、消防団の仲間――ざっと二十人ぐらいが来てくれることになった。母とわたし以外は全員男性だ。あとの親戚や会葬者はバスで火葬場へ先乗りする。そちらの仕切りは母方の伯母が引き受けてくれた。

ご住職さんは四十代そこそこの血色のいい人で、背が高く肩幅が広く、読経の声が朗々と響いた。

「それでは皆様、成川俊さんをお送りしましょう」

棺の右脇について、ご住職さんが読経しながら歩き出す。重機に引っ張られて、棺を納めた鈍(にび)色(いろ)のカプセルがカタンと揺れ、半紙で作られた風車が頼りなげに回った。

父が遺影を、母が位牌を胸の前で持って、ご住職さんの反対側を歩く。わたしは列の後ろに下がり、顔をうつむけて、ゆっくりとついていった。

会葬者はみんな用意がよく、革靴からスニーカーに履き替えたり、ブーツを履いたりしている。

うちの母は着物の喪服にもかかわらず、草履から黒地に水玉模様のスノウブーツに履き替えた。珍妙だ。わたしは最初からパンツスーツの喪服と黒いブーツ、黒いダウンジャケットを着込んだ。兄の会社の人たちは、出発のとき、一斉に会社のロゴ入りのオイルコートを着ていた。消防団の人たちも、揃いの防寒着と帽子をかぶり、野辺送りの列の前後についてくれた。

読経のあいまに、ご住職さんが手にした鉦を打つ。建物のなかでは金属的だった音色が、外で耳にすると、風変わりな鳥の鳴き声のように聞こえるのが不思議だった。

最初に立ち寄るのは、小里線の「寺沢駅」だ。このローカル線は地元民の生活の足で、運行本数もそこそこあり、奇跡的に赤字ではない。ただしコストカットには腐心しているらしく、駅員が常駐しているのは終点で車庫のある駅だけ。あとはみんな無人駅だ。

それが、今日はちょっと様子が違った。わたしたちが駅前のロータリーとも呼べないささやかな半円の広場に向かって歩いていくと、駅のホームにはベージュ色の電車が停まったままで、発車する様子がない。鉄道会社の緊急車両が黄色いライトを点滅させて、線路脇に駐まっている。作業着の二、三人が線路に出て動き回っており、ホームの上には制服姿の駅員がいた。

「何かあったのかな」

父方でいちばん年長の従兄が、わたしたちの列から離れて駅の改札に向かった。歳が離れているし、商社勤めで海外暮らしの経験もあるこの従兄は、兄にもわたしにも馴染みが薄い親戚だ。今日も、まさかついて来てくれるとは思わなかった。

従兄はホームにいる駅員と短くやりとりすると、すぐこっちに戻ってきた。

「線路に動物が立ち入って、ケーブルにいたずらしたらしくって、三十分ぐらい前から停電してるんだそうですよ」

今は午前十一時を過ぎたところだ。葬儀には、この小里線に乗って来てくれた人もいる。停電が今朝でなくてよかった。

「そういえば成川君、通勤電車のなかから、よくタヌキを見かけると言ってたなあ」

兄の職場の人が言った。その隣の小柄な人もうなずいて、

「タヌキもアライグマもハクビシンもいるって、写真を見せてもらったことがあります」

季節によっちゃシカも寄ってきますよと、親戚の誰かが応じた。

ホームの駅員が、野辺送りの列であることに気がついて、こちらに一礼してくれた。わたしたちも礼を返し、また歩き出す。駅員は敬礼して見送ってくれた。

半円の広場には、ペンキの剥げたベンチがいくつか並べられている。停まってしまった電車の乗客だろうか、冬着を着込んでかばんを持った人が何人か所在なさそうに腰掛けて、スマホをいじったり、ペットボトルの飲み物を飲んだり、ひなたぼっこをしたりしている。野辺送りを珍しそうに眺めてくる人もいれば、目をそらす人もいた。

広場の端に、躑躅の丸い植え込みが並んでいる。そのあいだに女の子が一人ぽつんと佇んで、目をまん丸にしてわたしたちの列を見つめていた。高校生――にはなっていないか。中学二、三年だろうか。丸っこいフォルムのショートカット、チェックのマフラー、濃紺のダッフルコート、背中にリュックを背負っているようだ。膝上丈のプリーツスカートの下に、脇に二本線の入った

ジャージ。カラフルなバスケットシューズをはいている。

北風が駅舎の屋根を滑り降り、半円の広場を巻いて吹き抜けてゆく。女の子の真っ直ぐに切り揃えられた前髪が乱れ、おでこがのぞいた。

わたしと女の子の目が合った。こちらが黙礼すると、女の子は勢いよくおじぎを返してくれた。


わたしたちが次の無人駅に着いても、電車はまだ停まったままのようで、改札には「運行休止中」の札が立てられていた。普段は駅員がいないのだから、誰かが来て急いで札を出して、運行が再開したらまた急いで片付けに来るのだろう。

道々、地元の車や人とすれ違った。先頭にいる消防団の人が幟を立て、ライトを振って合図してくれているので、トラブルはない。地元のタクシーは、路肩に停まってわたしたちが通り過ぎるのを待ってくれた。運転手がわざわざ降りてきて、帽子を取って頭を下げてくれたのには驚いた。

二つ目の無人駅から五百メートルほど先に、地元の果樹園が共同で出している果物の直売所がある。最初の休憩地点はそこの駐車場だ。行列のかなり先へ行っていた消防団の人が戻ってきて、

「皆さん、もうちょっと先でトイレ休憩がありますんでね」

と声をかけてきた。兄の高専の二年先輩で、消防団では幽霊団員だった兄とは違い、地区の副団長を務めている人だ。

ちょっと前の話だけど、わたしはこの副団長さんに口説かれたことがある。絶対に性格が合わ

ないと思ったから断ったら、あちらはわたしが恥ずかしがっていると思ったらしく、その後もじわじわ距離を詰めてこようとするのがウザかった。

今も副団長はわたしに、ことさらに優しげな声を出して尋ねた。

「ユウちゃん、大丈夫か。寒くないか」

わたしは黙って会釈した。そのまま並んで歩こうというのか、副団長が近づいてくる。わたしは何気なく首を巡らせて、後ろに下がった。その動作にまぎらせて、今の位置から離れるつもりだった。

そしたら、さっき最初の駅で見かけた女の子の姿が目に飛び込んできた。わたしたちの列から十メートルほど離れて、あとを従いてきている。

女の子もわたしに気づかれたことに気づいた。足取りが乱れて、立ち止まった。

気の毒に、電車が動かないから、歩いて目的地へ向かおうとしているのだろう。この道はほとんどの区間で線路と沿っているから、ここを歩いていれば迷うことはないし、運行が再開されたらすぐわかる。

それにしたって寒いだろうし、心細いだろう。わたしは振り返ったときの勢いでずんずん歩き、女の子とのあいだの距離を詰めた。女の子はまた目をまん丸に見開き、後ずさりこそしなかったものの、顎を引いて身を固くした。

「電車停まっちゃって、災難ね」

わたしは笑みを浮かべて話しかけた。

「どこまで行くの？　うちは今ごらんのとおり、お葬式の最中なんだけどね。野辺送りの人のために、この先に休憩所をつくってるの。あったかい飲み物も、トイレもあるから、よかったら一緒に休んでいらっしゃい」

女の子は、悪い妖精に舌を盗まれてしまったみたいに口をつぐんでいたが、ぱちくりとまばたきをすると、

「す、すみません」と言った。

北風にさらされて、ほっぺたが真っ赤だ。さっきは気づかなかったが、両手に手編み風の桃色の手袋をはめている。ピンク色じゃなく、桃色だ。よく似合っていた。

「おくやみ、申し上げます」

足を揃えて、きちんと頭を下げた。わたしは心を動かされた。同じように足を揃え姿勢を正して、礼を返した。

「ありがとうございます」

顔を上げたら、冷たい風が目にしみた。涙が目尻を濡らした。わたしの自前の涙じゃない。北風が液化しただけだ。間近で顔を見たら、女の子も同じように涙目になっていた。

休憩所では、果樹園の人たちがお悔やみを言うために待っていてくれた。わたしたち一家と個人的なお付き合いのある人たちではないのに、あたたかな気遣いだった。たまたま直売所に買物に寄った人たちも、野辺送りと気づくと手を合わせてくれたりした。

それにまぎれたのか、見慣れない女の子がわたしと一緒にいて、甘酒を飲んだり、石油ストーブにあたったりしていても、誰も何も言ってこなかった。うちの父と母は、ストーブのそばのスツールに並んで座り、まだ行程の半分ぐらいなのに、疲れ果てたように肩を落としていた。

「早く電車が動くといいね。どこまで行くの？」

甘酒をふうふうしながら、わたしはもう一度、桃色の手袋の女の子に尋ねた。

この子がこの町の子ではなさそうだということは、最初から見当がついていた。理由なんかない。何となくだ。だからどうだということもなかった。

ただ、ここまで来るあいだに、彼女の背中のリュックの蓋に、学校の名称が入っているのが見えたのだ。県庁所在地でもいちばん有名な、県立の中高一貫校の名称だった。女の子の住まいも学校のそばにあるのなら、この町に来るには、国道を走っている長距離の路線バスに、一時間は揺られなければならない。わたしたちが最初の駅前を出たのが十一時過ぎだったから、女の子は少なくとも朝九時ぐらいには起き出して、長距離バスの切符を買ったはずである。

わたしの問いかけに、女の子は甘酒を口のなかで転がして、すぐには返事をしなかった。

わたしは言った。「こっちの方に親戚がいるとか、お友達がいるとかかな」

あなたが遠くから来てるってことは、わかってるよ。わたしは言外に伝えた。女の子にも、ちゃんと伝わったと思う。

「……鳴滝（なるたき）まで、行くんです」

小里線の終点、車庫と鉄道会社の建物のある鳴滝駅だ。このあたりよりも賑やかな町である。

「親戚が住んでて」

女の子のくちびるの端に、甘酒の滓がくっついている。

「仲良しのイトコがいるんで、会いに行きます」

わたしは軽く「そっか」と応じた。ちょっと軽すぎたのかもしれない。女の子は、わたしが納得していないと受け取ったようで、

「家出とかじゃないです」と、早口に付け足した。目が焦っている。

「あ、そんなことは思ってないよ、大丈夫」

わたしは指先で自分のくちびるを拭った。女の子もつられたみたいに同じようにした。甘酒の滓がとれた。

「あたしたちは、鳴滝より五つ手前の久山駅から火葬場の方に行くの。だから途中までになっちゃうけど、一緒に行きましょう。知らない土地で、女の子が一人歩きするのは不用心だもんね」

「はい。お願いします」

「久山に着く前に、電車が動くといいね」

「はい」

わたしたちは一緒にトイレを済ませ、また野辺送りの列のいちばん後ろについた。

歩き始めたら、見知らぬ女の子の存在はさすがに目立ったらしく、まわりの会葬者たちがちらちらとこっちを見るようになった。やがて、またぞろ列の前から副団長が逆走してきて、

「ユウちゃん、そのお嬢さんはどちらさんかな。お母さんたちが気にしてるよ」

どうして副団長がうちの母を「お母さん」と呼ぶのか。この場合は「おばさん」もしくは「ユウちゃんのお母さん」だろう。ていうか、そもそもあたしはあんたに「ユウちゃん」呼ばわりされる覚えはない。

「小里線が停まっちゃってるんで、歩いて鳴滝まで行くんだって。女の子一人じゃ気の毒だから、一緒にいてあげたいんですよ」

わたしは一息に言って、さらにおっかぶせるように続けた。「うちのお兄ちゃんは、困ってる人を放っておけないタイプでしたからね。怒らないと思いますよ」

副団長は急に愛想笑いを浮かべると、

「そりゃ、ユウちゃんの言うとおりだ。お嬢さん、俺らと一緒においで」

女の子は「ありがとうございます」と丁寧に言った。それっきり、彼女もわたしも副団長の方へ目もやらなかった。副団長が諦めて列の前方へ戻ってゆくまで、黙って並んで肩を寄せて歩き続けた。

しばらくして、

「――お兄さんなんですか」

女の子が小声で尋ねてきた。

「さっきの人は違うよ」

「そうじゃなくて。亡くなったのは」

「あ、そっち。うん、わたしの兄なの」

それじゃ尻切れトンボのような気がして、

「二十七歳だった」と付け足した。「あなたから見たら充分におっさんだと思うけど、まだ若かったのよ」

女の子は顔を上げて、前方をゆっくりと進んでゆく鈍色のカプセルを見やった。風がしみるから目を細めている。

こうして眺めると、半紙でできた脆そうな風車に囲まれたカプセルは、市役所や県庁の前庭に飾られている意味不明なオブジェの親類みたいに見える。むしろ、棺をそのまま引いた方が野辺送りらしいのじゃないか。

「難しい病気だったんですか」

問うてから、女の子は慌てて、

「すみません、訊いてよかったら」と言い足した。

ちゃんとした子だ。ご両親の躾がいいんだろう。そう思った途端に、あんな死に方をしてしまった兄だって、生前は何度も何度も、

——いいご両親に育てられて、立派になりましたね。

って褒められたことがあるんだって思い出して、胸が苦しくなってきた。

「事故だったの」

息を吐き出しながら、わたしは言った。

「夜中に運転してて、スピードを出し過ぎちゃったみたい」

女の子は目を下げて、小さく「ごめんなさい」と言った。彼女が謝る必要なんかないのに、わたしもなぜか「いいのよ」なんて言って、次の休憩所までは押し黙ったまま歩き続けた。

次の休憩所はスーパーの駐車場で、お店の人たちがわざわざテントを張り、温風の出る大型のストーブを二台も据えて待っていてくれた。

両親に声をかけようと近寄ると、母は親戚に位牌を預けてトイレに行き、父はなぜか左目からだらだら涙を流していた。

「途中で何かが目に入っちまった」

わたしはバッグから目薬を出し、しばらく父のそばにいて様子をみた。それから女の子のところへ戻ってみると、彼女はオイルコートを着込んだ兄の会社の人たちと話をしていた。正確には、会社の男連中にいろいろ尋ねられて困っていた。

「電車が停まっちゃってるから——」

わたしが説明しようとすると、兄の会社の男連中の一人、ぽっちゃり体型で顔じゅうにニキビの痕がある若い人が、妙に気負った様子で迫ってきた。

「違うっスよね、妹さん！　この子は、今年の初出勤の朝に、成川センパイが痴漢から助けてあげた中学生っスよね！」

頭から決めつける口調で、しかも盛大に唾を飛ばしてくる。普段ならわたしもきつく言い返すところだけれど、今は驚きの方が先に立った。

「初出勤のとき、そんなことがあったんですか？」

他の男連中は事情を知らないらしく、困惑顔だ。力んでいるのはぽっちゃりニキビ君だけだった。

「おれ、そのとき同じ車両に乗ってたから、全部見てたんス」

曰く、兄は混み合う車内で痴漢に遭ってべそをかいていた女の子をかばい、女の子に触っていた手を摑んで持ち上げて、

——あんた、次の駅で降りなさい。

と、冷静に言い放ったのだそうだ。

「けど、駅に着いてドアが開いた途端にそいつが逃げちゃって……。ハゲデブのキモい中年でしたけど」

被害者の女子中学生が恥ずかしがるので、駅員には知らせず、その場で別れたのだとか。

わたしは桃色手袋の女の子の顔を見た。彼女はつとまばたきすると、自分の背中にしょっているリュックを正面に回して、その蓋の部分をぽっちゃりニキビ君に示してみせた。

「わたし、ここの生徒です。この町に来たのも小里線に乗ったのも、今日が初めてです」

だから人違いです、と言った。

ぽっちゃりニキビ君の顔から赤みが引いていき、いっそうニキビ痕が目立つようになった。他の男連中は、気まずそうに距離をとる。

「でも、センパイは正義の味方だったんですね。助けてもらった女の子は、きっと一生忘れない

と思います」

ぽっちゃりニキビ君は、口をへの字に曲げた。意固地な男子中学生になったみたいに。

「――いい先輩だったんスよ」

そして、彼もわたしたちから離れていった。

桃色手袋の女の子はリュックを背負い直すと、わたしに言った。

「素敵なお兄さんだったんですね」

そのとき、出発の声がかかって、わたしは答えずに済んだ。女の子のリュックの背中に軽く手をあてて、一緒にスーパーの駐車場から外に出た。


火葬場は、久山駅の北側の丘を五十メートルほど登ったところにある。なだらかな坂だが、歩き疲れたうちの両親にはきついかもしれなくて、心配だった。

タクシーを呼んだ方がいいかな。考えながら列の後ろについて歩いていくと、小里線の二両編成の電車がわたしたちを追い越すようにゴトンゴトンと走ってきて、久山駅のホームに停まるのが見えた。

「あ、復旧したんだ」

ケーブルにいたずらしたタヌキかアライグマかハクビシンはどうなったのだろう。

「よかったね。電車は三十分に一本ぐらいだから、次が来るまで待たなきゃならないけど、待合室があるからさ」

女の子と話していると、副団長がお得意の逆走をしてきて、

「よかったな。鳴滝まで歩いて行くんじゃ大変ぞ」と笑いかけてきた。

「はい。お世話になりました」

今さらのように、この子はちゃんとした子だなあと思った。女子中学生だったころの自分を思い出すと、とても比べものにならない。

副団長は小鼻をふくらませて、わたしに言った。「ユウちゃん、お年寄りはけっこう疲れてるから、うちの車を呼んどいた。使ってくれや」

今も昔もちゃんとした子ではないわたしは、「まあ、どうも」とだけ言って、女の子を促して野辺送りの列から抜け出した。

「駅に行くには、こっちの階段を上がるのよ」

コンクリートの素っ気ない階段だ。兄の棺を納めたカプセルは階段の前を通り過ぎ、ちょっと先で右に折れて、火葬場へと通じる坂道を登る。

階段は吹きさらしで、わたしも女の子もまた北風に涙目になった。

「甘酒、ごちそうさまでした」

「どういたしまして。気をつけてね」

「はい」

「鳴滝方面は、反対側のホームだからね。手前のホームで乗っちゃうと、寺沢駅に戻っちゃうわよ」

「わかりました」

女の子が切符を買って改札を抜けるのを見届けて、わたしは階段を下りた。野辺送りの列は坂の下で止まっており、副団長が呼んでくれた「うちの車」らしい古ぼけたライトバンに、両親が乗り込んでいる。

わたしは階段の下に留まっていた。

バッグのなかに手を入れて、スマホを取り出した。アンテナが三本立っている。充電もいっぱいにしてきた。

小百合さんに電話しよう。

そのとき、短いクラクションが、続けて二つ鳴った。真冬の真昼の澄んだ空気のなかに、それはびっくりするくらい大きく聞こえてきた。わたしは我に返った。

古ぼけたライトバンが坂を登り始める。それを追いかけて、野辺送りの列も動き出す。鈍色のカプセルに冬の陽ざしが反射する。風車がくるくる回る。

もうあと少しだ。スマホをしまって、わたしは歩き出した。

火葬場は何年か前にリフォームされたばかりで、どこもかしこもぴかぴかだった。

兄の棺を炉に納め、ご住職さんの読経を聞きながら手を合わせて、わたしたちは控え室に引き揚げた。新建材の匂いのする明るい部屋で、しばらくのあいだお茶を配ったりビールを注いで回ったり、

「おつかれさまでした」

「来てくださってありがとう」

「寒かったでしょう。あったかいものをどうぞ」

「ビール足りてます？　お茶よりコーヒーがいいかしら。係の人に訊いてみましょうか」

わたしは気働きの利く妹の顔をして、ちゃかちゃかしゃべりながら働いた。

「ユウちゃん、あんたも歩き疲れたろう。ちっと座って休みなさい」

ずっとご住職と話し込んでいた父方の大伯父（最長老で九十歳になる）が、思い出したように労ってくれたのを潮に、わたしは遺影と位牌のそばに座っている両親に声をかけた。

「お手洗いにいってくるわ」

「裕子、コーヒーがどうとか言ってたね」

母はだいぶ顔色がよくなっていた。道中はやっぱり寒かったのだろう。控え室は暖かく、父は少し眠そうだった。

「うん。頼もうか？」

「俊ちゃんにあげたいのよ。ビールよりコーヒーが好きだったからね」

兄の遺影の前には、泡の消えたビールグラスが供えてある。

「わかった」

わたしは控え室を出ると、すぐそこにいた係の女性にコーヒーを頼んだ。そしてまっすぐお手洗いを目指して歩いた。大きな表示が出ているので、場所は間違いようがなかった。足取りを緩めずに、その前を通り過ぎた。

今日の火葬場は空いており、うちの他に一件しか入っていない。その控え室は建物の反対側だ。廊下には人気がない。

わたしは正面出入口のロビーまで戻った。休憩用の立派なソファのセットが据えてあり、地元の材木業者が寄贈したという木目が鮮やかな巨木のテーブルが鎮座していた。

ロビーの前面は硝子張りで、外の駐車場と車回し、植え込みと立木のあいだを抜ける歩路を見渡すことができる。わたしはそこでバッグからスマホを引っ張り出した。

アンテナが一本しか立っていない。今、消えてしまった。丘の上は電波が弱いのだ。

駐車場へ出てみよう。いっぱいに陽があたっていて、眩しいくらいだ。上着などなくても平気だろう。ほんの数分、電話するだけなんだから。

スマホをつかんで、わたしは外へ出た。外気は冷たく、風が横から吹きつけてくる。駐車場にはマイクロバスが二台とハイヤーが二台。うちの両親を乗せてきてくれたライトバンは停まっていない。

アンテナはまだ一本だ。久山駅に上がる階段のところで見たときは三本だったのに。言いたいことを言い切らないうちに、途中で通話が切れたら嫌だ。坂を途中まで下りてみようか——

早足で歩路を抜けて、坂のてっぺんに立ったとき、見おろした久山駅のホームに、桃色の手袋にチェックのマフラーの女の子の姿を見つけた。ホームのベンチに、こっちを向いて、舶来のお人形みたいに腰かけていた。

「何やってるの?」

息を切らして問いかけるわたしに、女の子も問い返した。

「どうしたんですか?」

「どうって……うちの兄は今、火葬中」

だから待ってるのよ、とわたしは言った。

すると女の子はうなずいて、

「わたしも、お兄さんをお見送りしてから帰ろうと思って」

ここから見てたんです、と言った。そして、桃色の手袋の指を伸ばして、坂の上の火葬場の建物を指さした。

「あの四角い出っ張りが、煙突ですよね。スーパーの休憩所で話してる人がいて、聞こえたんです。最新の装置だから、煙っていっても、昔と違ってフィルターで浄化されてて、真っ白な水蒸気みたいだって」

それが立ちのぼってきたら、兄が天に昇ったとわかる。

わたしは女の子の大きな目を覗き込んだ。

「なんで兄を見送ってくれるの?」

甘酒をご馳走したぐらいで、そこまで恩を感じてくれなくていいのに。

女の子のまなざしが揺れた。桃色の手袋に包まれた指が、もじもじと動いた。

「……ホントは、親戚のところに行くんじゃなかったんです」

仲良しのイトコを訪ねるわけではなかった。

「鳴滝には、お父さんが住んでたんです。先月、死んじゃったんだけど」

女の子の両親は、彼女が幼稚園のころに離婚した。女の子は母親に引き取られ、父親は離婚の原因となった浮気相手の女性と再婚して、新しい家庭を築いた。

「うちはお母さんとわたしの二人で、お母さんはバリバリ働いてわたしを養ってくれてます。お父さんの方は、再婚相手とのあいだに子供が三人も生まれて、けっこう幸せそうだったんだけど」

昨年、厄介な病気が見つかり、闘病の甲斐もなく、先月初めに亡くなったのだという。

「連絡をもらったけど、お母さんはお葬式なんて出なくていいって言って」

女の子も、そのときはそれでいいと思った。別にもう、関係ないヒトだ。

「お母さんとわたしを捨てたヒトだから。慰謝料をねぎって、養育費なんかほとんど払ってくれなくて、お母さんはずっと怒ってた」

そんなヒトの葬式に、どうして行かなくちゃならない?

それなのに、日が経つうちに、やっぱりちゃんとお別れをしておくべきだったんじゃないかと、ぐるぐる思うようになった。それはどうしようもない感情で、くしゃみやゲップみたいに抑えようがないものだった。

いちばんの親友に相談してみたら、

──あたしなら、お葬式に行った。だって、たった一人の実の父親だもん。

「お母さんは離婚して他人になったけど、わたしは娘だから。父子だから」

どんなに身勝手で薄情な父親であっても。ろくすっぽ養育費すら払わない、無責任な父親であっても。

「でも、お母さんには、そんなこと言えなかった」

そりゃあ、言えまい。わたしはうなずいた。女の子と並んでホームのベンチに腰かけ、安いアンサンブルの喪服の腿に目を落として。

寺沢駅方面のこちら側のホームには、わたしたちだけしかいない。鳴滝方面の向い側のホームには、ぱらぱらと人が散っている。小里線でも、いちばん乗降客の少ない駅なのだ。だから火葬場があったりする。

「それで……お父さんの暮らしてた家を訪ねてって、お線香だけでもあげたいなって思ったんです」

今日は部活が休みなのだが、母親には練習があると嘘をついて、朝早くから出かけてきたのだという。

「バスケット部？」

「そうです。わかりますか」

「シューズを見ればわかるよ」

鳴滝方面の電車が来て、ホームに散っていた人たちを集めて、走り去った。

こちら側のホームは日陰なので、さすがに身体が冷えてきた。わたしは両腕で自分の身体を抱いた。

「こんなところまで一人で来るの、怖くなかった？」

ぜ〜んぜんと、女の子はくるりと目を回して応じた。北風に回る風車。死者を弔う白い半紙。まだ世間の汚濁を知らない白目。

「ちょっとググって、すぐマップを見られるもんねえ」

「うん。お葬式の知らせがファクスで来て、それに自宅の所番地も書いてあったから、迷ったりしないで来れました」

ただ、小里線があまりにもローカルローカルしているので、笑ってしまったそうな。

「おまけに線路にタヌキが入ったって、電車が停まっちゃうし」

「イナカでごめんね」

わたしは笑った。女の子も笑った。二人で笑うのは、今が初めてだと気づいた。

「駅員さんが、停電しちゃったからしばらく動かないって言うし、駅から外に出たら、お兄さんの野辺送りに出会ったんです」

出会って、頭を下げて見送って、普通はそれで終わりだろうに、どうして従いて来ちゃったの、あなたは。

「何か……わかりません」

ただ「わからない」のではなく、言葉にするとわからなくなってしまうのだ。つかめなくなって、逃げていってしまうのだ。

「ここからお兄さんをお見送りしたら、家に帰ります」

もう、鳴滝に行かなくてもよくなった。女の子は小さな声でそう言った。

「行ったら行ったで、お母さんに悪いなあって思いながらずっと隠さなきゃなんなかったから、行かなくて済んでよかった」

そう言って、本当に重荷を下ろしたような溜息をついた。

「お兄さんのおかげです。やっぱり、女子中学生を助ける正義の味方ですね」

甘やかな女の子の息がまじったその言葉が、わたしを揺さぶった。

兄が死んで以来、ずっと身体の底に押し込めてきた想いが、栓を引っこ抜かれて、渦を巻きながらこみ上げてきた。洗濯槽を洗っているみたいな渦巻きだ。

鼻を鳴らして、わたしは顔を上げた。女の子の顔を見ず、ホームの点字ブロックに目を据えて、言った。

「うちの兄はね、昔のクラスメイトの女性にしつっこく片思いしてて、告白して断られても諦められなくて、ストーカーの真似事までしちゃって、最後にはその女性の前で死ぬとか大騒ぎして友達に止められて、そういうみっともなくて情けない自分が嫌になって、マジで自殺しちゃったのよ」

これらの事情は、兄が死んだあとにわかった。ムロ君を通して小百合さん側からお悔やみの言葉をもらい、お詫びのような弁明のような抗議のような説明を受けて、実際のところは兄と小百合さんがどんな関係だったのか、身も蓋もない真実を、わたしたち家族は知ったのだった。

二人が恩師の還暦祝いで再会したのは本当だ。でもそこから先は、兄がわたしたちに説明していたことは、百パーセントの嘘ではないけど、ずいぶんと事実を歪めていた。

兄と小百合さんは、たった十ヵ月であれ、付き合ってなどいなかった。兄が小百合さんに交際を申し込んだ時点で、小百合さんには結婚を約束した恋人がいた。後の婚約者だ。だから小百合さんは兄の求めをきっぱりと退けたのに、

──友達付き合いでいいから。

兄はそう言って食い下がったのだ。で、メールやラインで一日に何度も連絡し、SNSを舐めるように見て、休日にはいきなり自宅を訪ね、デートや買物に出かけてゆく小百合さんを尾け回したりした。

──もうやめてほしい。あなたと交際することはできません。

小百合さんが何度断っても、兄は穏やかに笑って、

──だから、友達でいい。

そう言うばっかりだったそうだ。

兄がわたしたち家族に小百合さんと「別れた」と報告したときは、業を煮やした小百合さんの恋人が乗り出してきて、兄と二人で話し合い、兄は相手の正論に圧倒されて、「二度と小百合さんに近づきません」という誓約書を書いたのだった。

それで止んでいればよかった。不面目な失恋の傷もいつかは癒える。兄だって、これはもう無

理だと身に応えたからこそ、おとなしく誓約書を書いたはずだ。脱線した車両を起こして、また走り出せばいい。のろのろ走りだって、少しずつ過去は遠くなる。

この恋は実らない。独りよがりはいけない。諦めろ、諦めろ、諦めろ。

なのに、小百合さんがその恋人と、とうとう婚約したと知ったら、兄は今度こそ脱線転覆してしまった。

あの夜、小百合さんの連絡で駆けつけたムロ君は、大きな万能ナイフをかざして、兄が小百合さんを脅したのだと思い込んでいた。でも事実は違っていて、兄は「最後に一度だけ会って欲しい」と呼び出した小百合さんの目の前で、自分の首を掻き切ろうとしたのだった。

どっちにしたって、愚かな行いだったことに違いはないけれど。

父に殴られて前歯を折り、玄関の三和土に血を滴らせて、だけど兄は泣きもせず、呻きもせず、石でできた子象みたいに黙りこくっていた。それから秋を経て、冬が来て、年が明けて雪が舞って、車ごと崖から落ちて自死してしまうまで、兄の頭のなかにどんな考えがあったのか、どんな想いが胸に溜まっていたのか、わたしたちにはわからない。

頑張って持ちこたえてきたけれど、疲れてしまった。もう、この車両を起こして運行を再開することはできない。実らない恋をする前の、まともな自分には戻れない。

それなのに。

——初出勤の日に、女子中学生を痴漢から助けたんだって。

わたしは、いっそうきつく、自分の身体を抱きしめた。

「いい兄だったのよ」

隣で、桃色手袋の女の子がこっくりした。わたしは思い切って吐き出した。

「バカだったけど。救いようのないバカだったけど。うちの兄も、あなたのお父さんも」

そんなふうに兄をバカに堕としてしまった小百合さんを、わたしは恨んでいた。

「今日、電話しようと思ってたの」

――兄はもうお棺に入りました。今、火葬場で焼かれています。二度と小百合さんを悩ませることはありません。どうぞ安心して幸せになってください。

それだけ、言ってやりたくて。

「あなたのおかげで、そんな嫌らしい電話をかけずに済んだ。ありがとう」

女の子がもう一度こっくりすると、涙だか鼻水だかわからないけれど、きれいに澄んだ雫が一滴落ちた。

彼女は、「あ」と声を出した。

「白い煙が出てます」

桃色手袋の人差し指が、火葬場の四角い出っ張りを指す。あれが煙突だなんて、聞かなきゃわからない。

あんなところから、兄は天国へ行く。天国だよね？　地獄じゃないよね？　もう充分、罰は受けました。命を引き換えにしました。善いことだって、していたんだし。

ホームのベルが鳴り出した。表示板の札がパカパカめくれて、寺沢方面の電車が来ることを知

らせる。

わたしたちはベンチから立ち上がった。ベージュ色の車両が停まる。車内はがらがらで、降りる客はいない。女の子が乗り込む。

「さよなら」

わたしは手を振った。ドアが閉まり、遠ざかる車内で、最初に目が合ったときのように、女の子はぺこんとおじぎをしてくれた。もう声なんか届かないのに、そのときになって、お互いに名乗らないままだったことに気がついた。

電車が去ると、静けさが戻った。ホームに、わたしは一人きりだった。火葬場の煙突から立ちのぼる、白い煙は消えていた。

冬晴れの遠出の先の野辺送り　青賀

同じ飯同じ菜を食ふ春日和

「ホントにきれいなところね。やっぱり、地元の人に教えてもらうと違うわ」

「道に迷ったおかげだぞ」

「それを言うなら、わたしの方向音痴のおかげよ」

「地図が苦手なのは、学生時代から変わらないねえ」

「わたし、千香（ちか）を産んだら食べ物の好みが変わっちゃったじゃない？　ついでに方向音痴も治ってくれたらよかった」

「それとこれとはゼンゼン違うよ。そろそろ代わろうか。千香、カンペキに寝ちゃってるから、重いだろう」

「あの展望台まで行ったら交代して。でも、このタイミングで寝ちゃうなんてね」

「車に乗せられると爆睡するのは、オレの体質なんだよ。遠足のバスでも寝ちゃったぐらいだから」

「立派な遺伝ね。でも今は起きてくれないかなあ。この景色を見せたいのに。二十一世紀の最初の春景色よ」

「三歳以前の記憶は残らないんだよ」

「千香は忘れても、わたしたちは覚えてるでしょ。千香にこの景色を見せたこと」

「来年は、千香にもあの菜の花の天ぷらを食べさせてやれるかなあ」

「菜の花はほろ苦いから、大人用よ。ってか、食べもののことばっかり」

「おひたしは食ったことあるけど、菜の花の天ぷらは初めてだったんだよ。オレはタラの芽より好きかもしれない」

「釜飯も美味しかったわよね。あのお店も、迷ったおかげの掘り出しものよ」

「うん。また来ような」


「パパ、天ぷらおいしかったね」

「なあ、旨かったよな。ママ、やっぱり千香は味覚が大人だ。五歳にして、菜の花の天ぷらの旨さを理解してる」

「千香はただ天ぷらが好きなだけよ。おひたしは食べなかったでしょ」

「ちか、ちゃわんむしもすき」

「おっきい茶碗蒸しだったよね。ほら千香、もうすぐ展望台だよ」

「この道、いつごろ舗装されたんだろう。前に来たときは、獣道みたいな感じだったよなあ」

「そうね。でも、まわりの菜の花畑はぜんぜん変わってなくてよかったわ」

「釜飯の味も変わってなかったし」

「パパはいつも食べもののことばっかり言ってるねえ」

「千香、展望台に上るよ。階段はあぶないから、パパに抱っこだ」

「ちかはかいだん、のぼれる」

「じゃ、ママと手をつなごう。一段、二段、三段、はい着いた！」

「わ〜、たか〜い。きれい〜」

「菜の花と桃と、青い空と白い雲！」

「きいろとぴんくとあおとしろだね」

「手すりが錆びてる。ママ、千香の手に気をつけてやって」

「はいはい。パパもこっち来てごらんよ」

「ちょい待ち。ほら、二人ともこっち向いて。おじいちゃんとおばあちゃんに写メ送ろう」

「え！　ちょっと待って」

「なんで？」

「この展望台のことは、わたしたちだけの秘密にしといてほしいの」

「どうして」

「何ていうか……」

「ああ、そっか」

「ごめんなさい」

「いや、いいよ。特に今日はさ、親父もおふくろもあんなこと言って、知美だけじゃなく、お義父さんお義母さんにも失礼だったから」

「やだ、そんなことで怒ってなんかない。孫のランドセルなんて、どっちの実家が買ったってかまいやしないもん。うちの親だって気にしないわよ。ただ、ここはわたしたち一家の秘密の花園であってほしいんだ」

「旨い釜飯も」

「菜の花の天ぷらとおひたしもね」

「パパ、ママ、あそこにでんしゃがはしってる」

「ホントだ。特急かな、新幹線かな。速いねえ〜」


「あれ、この先は車両通行止めになってる」

「ここに駐車場が出来たからじゃない？　展望台もきれいに塗り直されてるみたい」

「本当だ。また鮮やかな色にしたもんだね。この前来たのはいつだったっけ」

「千香が五つのときよ。もう三年も経っちゃったのね」

「わたし覚えてないよ、ママ」

「あの釜飯と菜の花の天ぷらのお店は覚えてたでしょ？」

「おっきい茶碗蒸し」

「値段、ずっと変わってないから凄いわ。パパとママは、あなたのお誕生前から来てるのよ」

「もっとまめに来たいけど、ここだけピンポイントで来るには、ちょっと不便なところなんだよなあ」

「いいのよ。わたしにとっては、パパの実家へ来たときの唯一の楽しみなんだから……って、ごめん。その言い方はないわよね。特に今日は――」

「いいんだよ。親父の一周忌だからって、何も特別なわけじゃない」

「千香、そんな走らないで。足元に気をつけてよ！」

「はぁい」

「無事に終わって、オレもほっとしてる。葬式のときは、田崎のおじさんとおばさんに引っかき回されちゃったからな」

「今日は二人ともおとなしかったね」

「あのあと、だいぶ兄貴がシメてくれたらしいんだ。おふくろと兄貴とオレがいる以上、おじさん夫婦には親父の遺産なんかびた一文入らないんだからさ」

「田崎のおばさんって、確かおじさんの後妻なのよね？」

「そうだよ。どっちかって言ったら、おじさんよりは知美の方に歳が近い」

「わ！　それはひどいわよ。わたし、まだ三十四歳なんだからね」

「田崎のおばさんは四十三歳だよ」

「え。あれで？　ショック。大ショック！　釜飯を吐きそう」

「それはカンベンしてくれ」

「パパ、ママ、早く早くぅ」

「今いくよ〜」

「……怒らないで聞いてほしいんだけどさ」

「急にどうしたの？」

「もしも、もしも万が一の事があったら、オレは三人でこっちへ帰ってくることを考えてるんだけど、知美的にはそれはＮＧか？」

「三人って、誰と誰よ」

「オレと知美と千香」

「もしも万が一の事って、何？」

「つまりさ」

「そんな顔しないと言えないこと？」

「ニュース見てれば、察しがつかないかなあ」

「リーマンショックで、うちの会社もだいぶやられてるんだよ。オレたちの代は人数が多いから、もしかすると狙い撃ちでリストラの対象にされるかもしれない」

「……え？」

「……あなたが？」

「オレだけじゃないけど」

「そしたら、東京で転職先を探さずに、地元へ帰ってくるっていうの？　お兄さんの会社で拾ってもらうつもり？」

「耕作機械のことなんか、オレはまったくわからないんだけどさ」

「だけど、こっちへ帰ってくるってことは、そういう意味でしょ？　それとも、ほかに仕事のあてがあるの？」

「ない」

「……」

「親父が死んで、おふくろは気落ちして、あんなちっちゃくなっちゃってさ。これからは兄貴と義姉さんの天下だよ。兄貴は信用できるし、おまえ、義姉さんとけっこうウマが合うみたいだから、親父が威張ってたころよりは全然マシだと思うんだけど」

「……」

「そんな顔するなよ」

「あなたがリストラされたら、わたしもパートやめてフルタイムで働く。今のマンションから動きたくない。うちの両親にも相談すれば、少しは助けてもらえるはずだし」

「……」

「そんな顔しないでよ」


「パパ、ママ、凄いすごいスゴイきれいだよ。早くこっち来てごらんよ～」


「ああ、よかった。ここからの眺めは変わってないね」

「三年ぶりか。去年はなあ、さすがに来られる状況じゃなかったから」

「釜飯のお店も無事でよかったよね。あいかわらず茶碗蒸しはビッグだったし」

「でも、おかみさんは元気そうだったけど、ご主人は少し痩せちゃってなかった？」

「震災のあとは、ほとんど営業にならなかったって言ってたからな。お客が戻ってきたのは、つい最近だって」

「そっか……。そういえば、お寺さんじゃ、墓石がいくつも倒れて大変だったって。あのお店と同じ県道沿いよね」

「あたし、先に行ってる。展望台の正面の手すりのところに、望遠鏡がついたみたい」

「足元に気をつけろよ」

「は〜い」

「お寺の話、おふくろから聞いたのか」

「ううん、お義姉さん。しばらくは実家の方が大変だったから、こっちのお寺さんのことまで気が回らなかったって」

「当たり前だよ。義姉さんの実家、ほとんど流されちまったんだぞ」

「みんな無事だったからいいって。犬も、お隣の奥さんが連れて逃げてくれたんだって。あ、だからさ、そんなんでお義姉さんはいっぱいいっぱいだったのに、お義母さんは、どうしてうちのお寺さんの勤労奉仕に行かないんだって、おかんむりだったそうよ」

「年寄りだから、状況がよくわかってなかったんだよ」

「素人の女性が手伝いに行ったって、墓石を起こすことなんかできやしないのにね。なんで行かないんだ、檀家の集まりがあったら恥ずかしいって、お義母さん、毎日ぶつぶつぶつぶつ小言ばっかりだったって」

「……だから、歳だからさ」

「お義姉さんには申し訳ないけど、わたしは離れてて助かったわ。あなたの転職がうまくいってくれて、ホントによかった」

「千香に聞こえるからやめてくれ」

「わたしは、あのときあなたがいきなり実家に帰るって言い出したこと、忘れてませんから」

「結局、リストラされる前にうまく乗り換えたじゃないか」

「わたしが大反対したからでしょ。こっちがちょっとでも妥協してたら、今ごろあなたの実家のそばに安普請の家を建てられちゃって、お義姉さんの代わりにわたしがお寺さんの勤労奉仕に行ってたでしょうね」

「そうならなかったから、いいじゃないか」

「そうならないように、わたしが頑張ったんです。千香、上からの眺めはどう？」

「ここからだと、三百六十度ぐるっと見渡せるよ〜。関東平野って、やっぱり平らなんだなあ。ねえ、あのピンク色の絨毯みたいなところは、何の花が咲いてるの？」

「桃でしょ」

「まさか。あれは芝桜だな。いや、スミレかなあ」

「前からああだった？　ただの雑木林だったような気がするけど」

「耕して花畑にしたんじゃないか。この展望台、けっこう有名になってきたからね。知る人ぞ知る花の名所だ」

「タダ君が、ツイッターで写真見たことがあるって言ってた」

「学級委員の子ね。お父さんがゼネコンにお勤めの」

「そうなの？　知らない」

「二人とも、ちょっと静かにして、この壮大な花の絨毯を楽しみなさい」

「パパ、百円玉ある？　ここの望遠鏡のぞいてみて」

「百円？　ほら」

「のぞいてみてよ。あのピンク色の絨毯のところ。白い花で字が書かれてない？」

「……ホントだ」

「Remember　3.11」

「ちょっと、人が来たわよ。今まで、ここでほかの観光客に会ったことなんかなかったのにね。あ、どうも。ごめんください……。ちょっとがっかりだわ」

「ママ、やめてって」

「いいタイミングだから訊いておくけど、千香は本当に中学受験しなくていいの？　中高一貫のところに進めば、大学から先のことをゆっくり考えられるよ」

「何で今がいいタイミングなんだ？」

「タダ君の名前を聞いて、思い出しちゃったんだもの。あの子のお母さん、タダ君の上のお兄さんを二人とも国立の付属へ押し込んだ強者なんだから」

「つわもの……」

「わたしはメグたちと同じ学校へ行きたいの。一緒に軽音楽部に入るって決めてるし」

「家から近いしな」

「だけど、域内の公立中学のなかじゃ、下から数えた方が早いくらいの学校なのよ」

「いい学校に行ったたって、勉強しなかったら同じだよ。それに、この先世の中がどうなるか、まだわかんないでしょ。パパの勤め先は復興景気とはカンケイなさそうだし、またリストラとか、あるかもしれないよ。無理しなくても、公立でいいよ、あたし」

「……」

「……」

「パパもママも声が大きいんだってば」

「中学校の部活って、忙しいんだなあ。今日は本当に大丈夫だったのか？」

「うん。放課後と土日ぜんぶ練習してると、さすがにまずいみたいなんだ。だから今日は公休だよ」

「コウキュウか。二年生になると、千香たちの代が中心になるんだろ。もっと練習が増えたりして」

「夏休みが終わるまでは、三年生は引退しないから、わたしたちはまだ下っ端だよ。それより、ちゃんとお礼を言ってなくって気になってたんだ。お父さん、クラリネットをありがとう。自分の楽器を持てるなんて夢みたい」

「どういたしまして。中高一貫の私立の学費よりは全然安い」

「そういうこと、お母さんの前で言っちゃダメです。お母さんのいないところで言うのもアンフエアな感じ」

「そうだな。すみません」

「お母さん、もう着いてるかなあ」

「出かけるぎりぎりまで、何とかして釜飯と菜の花の天ぷらを食べてから行かれないかって、電車の時間を調べてたぞ」

「ここの駅は特急が停まらないから、お母さんの実家の方へ戻るには、乗り継ぎ乗り継ぎでめちゃめちゃ遠回りになるでしょ。どんだけ好きなの、あのお店」

「旨いもの食って、元気つけて行きたかったんだろう。心のはずむ相談事じゃないからね」

「わたし、知らん顔してたんだけど……」

「聞こえちゃったか」

「実は耳ダンボで聞いてた」

「おいおい」

「伊口(いくち)さんって、最初からあんまり感じがよくなかったからさ。麻美おばさん、なんでこんな男がいいのかなあって思ってたんだ」

「やっぱり母子だな。お母さんも同じこと言ってたよ」

「もっとひどい言い方だったでしょ。三十代のうちに結婚したくて焦っちゃって、ろくでもない男をつかんでるんじゃないかとか」

「実際ろくでもなかったぞ。バツ2で、子供が三人もいるのを隠してたんだ」

「そういうこと、隠そうと思えば隠せるのが怖いね」

「千香も用心してくれよ」

「平気。わたしはたぶん結婚しないから」

「え」

「だって、結婚して幸せそうな人がまわりにいないんだもん。うちや親戚だけじゃなく、友達のとこも」

「それは……幸せそうに見えないんじゃなくて、いちいちそんなふうに見せようとしてないだけじゃないかな」

「そうなの？　わかんないけど」

「千香もそんなことを言うお年頃なんだな」

「おとしごろ。ハハ」

「展望台に上ろう。小銭、ちゃんと用意してきたんだ」

「……お父さん、ザンネン。あの百円望遠鏡、なくなっちゃってる」

「ホントだ。土台だけ残して、何だこりゃ、無惨だなあ」

「百円玉を回収にくるのが面倒だったのかな？」

「回収に来るコストの方が高かったのかもしれないぞ」

「そもそも、ここの持ち主って誰だろ」

「県だろうけど、意外と私有地だったりして。実はここも心霊スポットだったりして」

「やめてよ。最悪。ていうか不謹慎だよ。望遠鏡はなくても、あのお花畑は見えるじゃない。Remember 3.11」

「ああ、よく見えるなあ……」

「何か、しゃきんとした気持ちになる」

「震災の日のこと、覚えてるか？」

「十歳だったもん、ばりばり覚えてるよ。クラスで、みんなで机の下にもぐったの。隣の席の子と、普段はそんな仲良くなかったのに、ぎゅっと手をつないでたんだ」

「千香が百歳で大往生するまで、もうあんなことが起こらないように、お父さんは祈ってるよ」

ピロ、ピロ、ピロ。

「お母さんからメールだ」

「何だって？」

「着いたら、おじいちゃんの伝手（つて）で頼んだ弁護士さんが先に来ていて、全部お任せすることになったってさ」

「麻美おばさんにとっては、その方がよかったね。おじいちゃんもさ、もう歳なんだし、腰が悪いんだし、伊口さんをぶん殴ったりしたら、逆にケガしちゃうよ」

「お母さん、こっちへ来たかった、釜飯のお店は変わってない？　って訊いてるぞ」

「どんだけ」

「千香がそういう笑い方をすると、若いころのお母さんにそっくりだ」

「あんまり嬉しくないけど、嬉しいって言っとく。そうじゃないと、お父さんが泣いちゃうから」

「ここに来るの、けっこう久しぶりよね。三年ぶりぐらい？」

「前回は、千香とオレと二人だけで来たんだ。千香の中一の三学期」

「あ～、そうだ。わたし実家へ行ってたのよね。ちょうど麻美のゴタゴタがあったころだった！」

「そうそう。だからオレは三年ぶりだけど、知美は五年ぶりか、六年になるか」

「そのせいかなあ。この展望台、すごくうらぶれた感じがする。何か薄汚れちゃって」

「オレもそう思うから、知美の気のせいじゃないよ。一時は壁や鉄骨を塗り直して、コイン式の望遠鏡を置いて、テーブルとスツールも並べてあったのになあ」

「持ち主が変わったのかしら。駐車場も汚かったわよね」

「あれはもう、ただの駐車用の空き地だよ。機械が全部撤去されてたし」

「こんな場所にも時は流れるのね」

「でも、景色は変わらない。やっぱり見事だなあ」

「この見渡す限りの菜の花、何本あるのかしら」

「数え切れないほど。……なんでそんなに笑うんだ？」

「あら、あなた聞いてない？　先月、麻美と森村さんを呼んで食事会したでしょ。あのとき、うちの母が森村さんに、麻美のどんなところがいいのかって聞いたらさ、あの人大真面目に、麻美さんの美点は数え切れないほどありますって答えたの」

「知らん。あの中華料理屋で？」

「そう。北京ダック食べながら」

「オレ、飲み過ぎてたのかなあ」

「お父さんもあなたも、調子に乗って紹興酒を追加してたからね」

「お義父さん、嬉しかったんだろう」

「わたしも嬉しかったわよ。やっと麻美が一人じゃなくなって、やれやれだわ。うちの両親だって、もう若くはないんだしね」

「前回、千香と二人でここに来たとき……」

「そういえば、あの子、百円望遠鏡がなくなっちゃったってがっかりしてたわよね」

「オレに言ったんだ。自分は結婚しないって」

「ふうん」

「まわりに、結婚して幸せそうな人がいないから」

「いかにも中二病が言いそうなことね」

「麻美さんに、幸せになってほしいよ。千香が考えを変えるくらい幸せに」

「中年初婚カップルだからね。もう子供は無理よ。二人でばりばり稼いで、タワーマンションでも買えばいいんじゃない」

「……そういえばさ、今日の釜飯、ちょっぴり味が薄くなかったか？　塩味が薄いって意味じゃなくて、旨味がないっていうか」

「あら。あなたもそう思った？」

「うん。あの新顔の人が作ったやつだったのかなあ」

「違う違う。作ってるのはご主人よ。あの新顔の人は、おかみさんの弟さん。ご主人が病気で入院して手術したから、手伝いに来てるんだって」

「今日、そんな話をしたか？　混んでたし、挨拶して注文して……」

「この話はしてないよ。わたし、おかみさんのツイッターをフォローしてるの。それで知ったのよ。ご主人が入院したのは三ヵ月前で、おかみさんの弟さんはその前から助っ人してるの。東京のカレーショップで働いてたんだけど、そっちは辞めて、家もこっちに越してきたんだって」

「いやあ、知らなかった。あの店がツイッターやってるのか」

「何となくググったら出てきたから、わたしも最初はびっくりしちゃった。もともと不定休だったし、ご主人が病気してからは、どうしても急に休むこともあったりして、だから常連のお客さんに無駄足を踏ませないように、情報を出すことにしたんですって」

「釜飯の味が薄くなったのは、ご主人が入院中に、薄味の病院食ばっかり食べさせられてたせいかな」

「天ぷらはカラッとして美味しかった。うちで揚げると、絶対にああならないのよねえ」

「こんな景色を見ながら、食べものの話ばかりする我々」

「品が悪いわよね」

「そんなことはないさ。ここで深呼吸すると、下界の花の匂いを胸いっぱいに吸い込めるね」

「だからって、別にいいこともないけど」

「……そうかなあ」

「ごめんなさい。わたし、嫌な女だよね。とくに最近」

「どうしたんだよ、急に」

「自分なりに反省したり、努力はしてるの。だけど、なかなかうまくいかなくて」

「オレは別に、知美に不満なんかないよ」

「それはあなたが我慢強いからよ。千香にも言われた。お母さんは文句ばっかりで、自己中の女王様だねって」

「それは中二病じゃなく、高二病だな。母親を傷つけるようなことを、ぐさっと言ってみたい年頃なんだ」

「今日、あの子が一緒に来なかったのも、わたしのせいよ。先週から冷戦状態なの。気づかなかった？　あなた忙しいもんね」

「何が原因で喧嘩したんだよ」

「いろいろ。千香は、お母さんは性格が悪いって言うの。晩婚の麻美をバカにしたり、あなたが部署を移っても残業が増えるばっかりで昇給しないってグチったり、うちの父の電動介護ベッドを買うお金……」

「君が出してあげたんじゃないか。パートの給料を貯金してさ」

「わたしがすごく恩着せがましくって、やたらに威張るもんだから、おじいちゃんもおばあちゃんも可哀想だって」

「……景色をごらんよ」

「わたしなんかに見られたら、花が気の毒よ」

「バカだなあ」

「バカですよ。バカで意地が悪くて言葉がキツいんです」

「花をごらんよ。今年も、Remember の文字が見えるかなあ」


「あ〜、花は変わらないね。景色も変わらない」

「わたしが覚えてる限り、ここで雨に降られたことってないわよね。曇りもない。いつも上天気」

「我々の日ごろの行いがいいからだ。しかし、釜飯は残念だよなあ」

「閉店のご挨拶の貼り紙、見ない方がよかった気がする。泣けちゃう」

「この展望台が、いよいよ廃墟になりつつあるのも残念だわ」

「二人とも、手すりに体重をかけるなよ。錆びて脆くなってるかもしれない」

「ここに来るのは、今年が最後ね。ぐるっとまわりを見て、他のよさそうな場所を探してよ。あなた、双眼鏡を持ってきたでしょ」

「お父さん、双眼鏡なんか買ったの？」

「忘年会のビンゴで当たったんだ。二等賞だったんだぞ。幹事が野鳥好きでさ、その筋の人たちに人気の逸品だって」

「……それって、広い範囲を幅広く見るには向いてないんじゃないのかなあ」

「Remember の文字は、ちゃんと見えるよ」

「千香、サークルの合宿でまたこっちに来るんでしょう？　来月だっけ」

「合宿はゴールデンウイークになりそう。その前に、わたしはやめちゃうけど」

「サークルを？　どうして」

「ちっともテニスなんかやらないんだもの。集まって飲み会ばっかり。時間の無駄よ」

「大学のなかには、軽音楽愛好会はなかったのかい？」

「あるけど、やってるのはヒップホップばっかり。ヒップホップも嫌いじゃないけど、わたしはクラリネット奏者なのよ」

「川北君も一緒にやめるの？　彼とのお付き合いはどうするの？」

「それもわかんない。彼、男同士でワイワイやる方が好きな人だし」

「まあ、千香のやりたいようにしなさい。彼氏に振り回されることはないよ」

「このあいだの法事のとき、麻美おばさんとそんな話をしてたら、おばあちゃんがさ、あんまり好き勝手してると、麻美みたいに結婚が遅れるわよって口を挟んできて」

「あらら」

「おばあちゃんって、そんなことを言うタイプの人だったんだね。いっつもニコニコして、言っちゃ悪いけどおとなしいだけの人だと思ってた」

「おとなしいだけであるもんですか。このあたしの母親なんだから」

「それ、いばるところかな？」

「おじいちゃんが死んだって、ちっとも落ち込んだりしてないでしょ。お父さんの方のおばあちゃんは、おじいちゃんが亡くなったら、ひと回り小さくなっちゃったけどね。うちのおばあちゃんには、そんな可愛げはないのよ」

「これからは、言いたいこと言うのかな」

「かちんときたら、言い返していいわよ。お母さんもそうするから」

「わかった。わたしもお母さんの娘だから、言い返すのは得意だよ」

「君たち、花を眺めなさいよ」

「あら、そうだったわね」

「ここ、足をかけたら危ないかな。あ、ヤバそう。やめとこ」

「お母さん、そのリュック、重そうだな。なんで車に置いてこなかったんだ？」

「これ？　えっと……ここで食べられたらいいなあと思って持ってきたんだけど、テーブルもないし、足元も汚いし、無理だわね。車のなかで開けましょう」

「開けるって、何を？」

「お弁当」

「弁当？」

「作ってみたの。おかみさんがね、釜飯のレシピを公開してたから」

「釜飯を持ってきたのか？」

「まさか。うちで炊いて、おにぎりにしてタッパーに詰めてきたのよ。菜の花のおひたしも。天ぷらはわたし下手くそだし、油がはねて怖くてできなかったの。ごめんね」

「……いいよ、お母さん。おにぎりなら、ここで食べよう。ここで食べたい」

「そうだな。ちょっと待っててくれ。何か台になるものを探してくるから」

「あのお店の釜飯の味じゃないわよ。レシピどおりに作っても、同じにはならない」

「でも、思い出の味だよ。今度わたし、うちで大きい茶碗蒸しを作ってみる」

「あのお店の、ビッグサイズだったよねえ。あれだけはおかみさんが作ってて、先に頼んでおくと、うどんを入れて小田巻き蒸しにしてもらえたんだって。早く教えてほしかったわね」

「ご主人が亡くなったのって、おじいちゃんとほとんど同じころだったんでしょ」

「そうね。何度か入退院を繰り返してたみたいよ。おかみさんも大変だったでしょう」

「ご夫婦で切り回してた店だもん、たたむのはつらかっただろうなあ」

「お子さんはいるみたいなんだけど、少なくともツイッター上では、話題に出てこなかった。何か事情があるのかしらね」

「うち、あのお店でさんざん釜飯や菜の花の天ぷらやおひたしを食べたのに、ご夫婦のことはほとんど知らないまんまだった」

「おい、これどうだろう」

「え、何これ。どこにあったの？」

「展望台のなかの、棚の陰に」

「プラスチック製かな。ヘンな形」

「まあ、頑丈だからいいだろ。お母さん、弁当、弁当」

「ちょっと、先にウエットティッシュでこの上を拭いて」

「お母さん、ありがとう」

「この展望台とのお別れ会ね」

「別れても、春も花もここにいるよ」

「わあ、美味しそう。いただきま〜す！」

同じ飯同じ菜を食ふ春日和　　平和

あとがき

本書をお手に取ってくださった皆様に、まず深く御礼を申し上げます。ありがとうございました。十二の俳句と十二の短編小説の世界をお楽しみいただけたでしょうか。このあとがきでは、本書の成り立ちについて、簡単にご説明させていただきたいと思います。

十四年ほど前のことになりますが、仕事を通して親しくしてきたほぼ同年代の人たちと、「BBK」という会をつくりました。三、四ヵ月から長くても半年の間隔で定期的に集まってカラオケを歌おう。その際に、一人一曲必ず新曲を披露しよう。それによって新しい音楽に積極的に興味を持つことになるし、ゆくゆくはボケ防止につながるに違いない――という趣旨の会でして、BBKは「ボケ防止カラオケ」を略したものでした。メンバーは十五名です。

さて、二〇一二年の夏、私は『怖い俳句』(幻冬舎新書)という本に出会いました。作家で俳人で翻訳家の倉阪鬼一郎さんが、古今の数多の名作俳句を「怖い」をキーワードにセレクトしたアンソロジー句集です。章立てに沿って読み進めば、芭蕉から現代に至る俳句の歴史を学ぶことができる上に、個々の句に添えられた倉阪さんの丁寧でわかりやすい鑑賞・解説が素晴らしく、私は深く感動いたしました。

ちょうどこのころ、自分の仕事の主軸が江戸怪談を書くことになり、様々な媒体の「怖い」表現に興味を持っていましたが、この『怖い俳句』によって、それまでまったく触れたことがなかった十七音の俳句の世界に、私は魅せられてしまいました。さまざまな句集や俳句の評論集などを読み始め、そうすると自分でも一句ひねってみたくなるわけですが、なにしろド素人ですから、初めの一歩の踏み出し方がわかりません。また俳句は「座の文芸」とも呼ばれるもので、人が一座に集って創作することに大きな意味を見出します。一人でうんうん唸っていても、本当の意味で俳句を楽しんだことにはなりません。

そこで、ＢＢＫのメンバーを誘ってみようと思い立ちました。何人か、興味のある人に付き合ってもらえるだけでかまわない。そう思って切り出してみたところ、何と全員が思いっきり乗り気で参加してくれました。しかも、本で読んだことしか知らない私とは違って、句会を経験していたり、先生について習っていたり、実作の経験があるメンバーが少なからずいたのです。

という次第で、「ＢＢＫ」には「ボケ防止句会」の意味もつくことになりました。以来、切磋琢磨しながら楽しく句作を続けてきたのですが、私はやっぱり骨がらみで小説家でして、へぼ句をひねる一方で、何とかして俳句を小説の題材にできないかと考えるようにもなりました。

そして思いついたのが、「ＢＢＫ句会で生まれた俳句をタイトルにして、原稿用紙三十枚から四十枚前後の短編小説を書く」というアイデアでした。

一つの俳句をタイトルにすることは、その句を鑑賞・解釈することとは違います。短編小説が、タイトル句の作者の創意とはかけ離れたストーリーになることも大いにあり得ます。それでもかまわない、むしろ自分の句がどんな短編になるか興味があると、メンバーのみんなが快諾してくれましたので、私はこのアイデアに取り組むことにしました。

その時点で、『ぼんぼん彩句』という短編集のタイトルも決めました。私たちＢＢＫはまだまだ俳句の「凡手」ですが、お菓子のボンボンのように繊細できれいで、彩り豊かな句を詠みたいと願っています。その句を題材に書く私の短編集も彩り豊かなものになりますように——という願いを込めました。

嬉しいことに、ＢＢＫ句会が活動を始めますと、メンバーのご家族も投句で参加してくださるようになりました。巻頭に置いた「枯れ向日葵」の句の作者、俳号・よし子さんは、俳号・客過さんのお母様です。客過さんは講談社で拙作『ぼんくら』シリーズなどの編集を担当してくれまして、よし子さんは、当時たまたま私と同じテレビゲームのファンだというご縁があり、ずっとお手紙のやりとりなどを続けていたのですが、句会を始めてびっくり！　実は私たちよりはるかに長いあいだ句作を続けておられた大先輩だったのです。そうして、ＢＢＫ句会ではよし子さんが私たちの師となり、私たちはよし子さんの生み出す自由奔放でイリュージョンのような句に何度となく胸をときめかせることとなりました。

この短編集が世に出る前に、よし子さんが鬼籍に入られてしまったことは、今も残念でたまりません。やっとまとまって、本になりましたよ、とお伝えしたいです。

第一巻の十二作では、まだメンバー全員の句をカバーしきっていませんし、二巻、三巻と続けていきたい。「凡凡」な眼差しと、身近な暮らしのなかに彩りを見出す俳諧の心を大切に、創作を続けていきたいと思っております。

令和五年四月吉日

宮部みゆき

俳句作者　略歴

よし子（こ）　柔軟で自由、ちょっぴりホラーな句風が魅力。第一句集「枯向日葵」を上梓した二ヶ月後に他界。享年八十五歳。

薄露（はくろ）　ロシア生まれと風評のある広島県人。出版業に従事してきたが、最近はもっぱら居酒屋と鉄道と古書店の日々を送る。

若好（じゃっこう）　某S社で少女漫画と文芸に関わってほぼ四十年。ワインと映画があれば生きていける（ような気がしています）。

客過（きゃっか）　「サラダ記念日」である七月六日生まれの、短歌雑誌の編集長。普段は俳句より「七七」多い世界に生きています。

衿香（えりか）　書評家。北方謙三氏秘書時代からのカラオケ仲間と俳句を始める。十七文字を呟きながら花を活ける時間が好き。

独言（どくげん）　結社に所属して俳句を作っていた友人の見様見真似で、素人だてらにＢＢＫ句会の司会進行をしております。

今望（こんぼう）　愛知県名古屋市出身。昨年某B社を定年退職。ヒマジンは、ハイジンをめざします。

灰酒（はいしゅ）　鹿児島生まれの日本あちこち育ち。いまは神田川のそばに棲む。酒と花を好む耳鳴り持ちの六十二歳。

石杖（せきじょう）　昨年、某K財団を退職し、〝現在はひとり編集プロダクション〟でほそぼそと糊口をしのぐ毎日です。

蒼心（そうしん）　S学館を定年退社後のセカンド・キャリアは、四十年前の夢に挑戦中！「声優ときどき編集者」をやっています。

青賀（せいが）　セガの広報時代にゲーム好きな宮部さんと出会い俳句の道へ。現在は某アニメ会社の代表をしています。

平和（へいわ）　静岡県富士市出身。芋焼酎が好きな六十歳。俳号のとおり、こよなく平和を愛するものです。

初出一覧

「枯れ向日葵呼んで振り向く奴がいる」　『俳句』二〇一八年六月号付録
「鋏利し庭の鶏頭刎ね尽くす」　『俳句』二〇一九年一〇月号
「プレゼントコートマフラームートンブーツ」　『俳句』二〇二三年二月号
「散ることは実るためなり桃の花」　『俳句』二〇二一年三月号
「異国より訪れし婿墓洗う」　『俳句』二〇一九年一一月号
「月隠るついさっきまで人だった」　『俳句』二〇一八年六月号付録
「窓際のゴーヤカーテン実は二つ」　『俳句』二〇二二年一〇月号
「山降りる旅駅ごとに花ひらき」　『俳句』二〇二一年五月号
「薄闇や苔むす墓石に蜥蜴の子」　『俳句』二〇一八年六月号付録
「薔薇落つる丑三つの刻誰ぞいぬ」　『俳句』二〇一九年九月号
「冬晴れの遠出の先の野辺送り」　『俳句』二〇二三年一月号
「同じ飯同じ菜を食ふ春日和」　『俳句』二〇二一年四月号

単行本化にあたり、加筆修正を行いました。

宮部みゆき（みやべ みゆき）

1960年生まれ。東京都出身。東京都立墨田川高校卒業。

法律事務所等に勤務の後、87年「我らが隣人の犯罪」でオール讀物推理小説新人賞を受賞してデビュー。

92年『龍は眠る』で第45回日本推理作家協会賞長編部門、同年『本所深川ふしぎ草紙』で第13回吉川英治文学新人賞。

93年『火車』で第6回山本周五郎賞。97年『蒲生邸事件』で第18回日本SF大賞。99年『理由』で第120回直木賞。

2001年『模倣犯』で第55回毎日出版文化賞特別賞、第5回司馬遼太郎賞、第52回芸術選奨文部科学大臣賞文学部門をそれぞれ受賞。

07年『名もなき毒』で第41回吉川英治文学賞受賞。

08年 英訳版『BRAVE STORY』で The Batchelder Award 受賞。

22年 第70回菊池寛賞受賞。

ぼんぼん彩句（さいく）

初版発行　2023年4月19日

著者　宮部みゆき

発行者　石川一郎

発行　公益財団法人 角川文化振興財団
〒359-0023　埼玉県所沢市東所沢和田3-31-3
ところざわサクラタウン 角川武蔵野ミュージアム
電話　050-1742-0634
https://www.kadokawa-zaidan.or.jp/

発売　株式会社 KADOKAWA
〒102-8177　東京都千代田区富士見2-13-3
電話　0570-002-301（ナビダイヤル）
https://www.kadokawa.co.jp/

印刷所・製本所　株式会社暁印刷

 Printed in Japan ISBN 978-4-04-876519-0 C0093

JASRAC 出 2301775-301